渋柿の木の下で

孤高の俳人・松根東洋城の生涯

宇和島城天守。仙台藩、伊達政宗の長男・伊達秀宗を藩祖に、９代にわたってこの地を統治した宇和島藩の８代藩主・伊達宗城と、その城代家老・松根図書が東洋城の祖父である。

栃木の自然を愛し、たびたび塩原温泉を訪れた東洋城は、数多くの俳句を残した。昭和２年７月、50歳のときに建立されたこの両面碑には

すずしさやこの山水に出湯とは

さまみえて土になりゐる落葉かな

の２句が刻まれている。

司法省。旧宇和島藩からは多くの法律関係の人材が輩出した。東洋城の父・松根権六は松根図書の長男で、維新後は判事となり、東京、栃木、愛媛県各地の裁判所に勤務した。

（国立国会図書館）

東洋城の伯母初子の夫・柳原前光。公卿出身で、元老院議長、枢密顧問官などを歴任。妹の愛子（なるこ）は大正天皇の生母。

伊達宗城。慶応３年、新政府の議定に就任、明治２年、民部卿兼大蔵卿となり、日清修好条規の締結後は外国貴賓の接遇にあたった。

宗城のお伴をし、東洋城の両親がひんぱんに出かけていた歌舞伎の芝居小屋「新富座」。

（国立国会図書館）

夜ごと外国の賓客を招いて舞踏会などが行われていた鹿鳴館。柳原前光は、ここで次女誕生の知らせを受け、きらびやかな灯りから燁子（あきこ）と名づけたといわれる。のちの柳原白蓮である。

（国立国会図書館）

東洋城が松山に下宿し、通っていた愛媛県尋常中学校（松山中学）

松山で英語教師をしていた頃の夏目漱石。熊本へ転任後、東洋城は俳句の指導を受けた。

父の転勤により、東洋城は宇和島に近い大洲に住んだ。南伊予一帯を流れる肱川には、帆掛け船や筏流しが見られる風光明媚なところで、鮎などの川魚もふんだんに捕れ、東洋城の豊かな感性を育んだ。

（大洲市立博物館）

旧松山藩士たちによって行われた東雲神社の能。東洋城はこれをよく見にいき、のちに高浜虚子の父が藩主お気に入りの能楽師だったと分かり、親近感を抱く。

東洋城の一家が大洲で住んだ住居。明治２年、大洲城二の丸金櫓跡に建てられたもので、武家屋敷の遺構が一部のこされている。

「ホトトギス」を主宰した高浜虚子。当初、東洋城は親しく交際したが、のちに義絶した。

子規亡き後、「日本俳句」を引き継ぎ、三千里を歩き、新傾向俳句を鼓吹した河東碧梧桐

科学者で、名随筆家でもあった寺田寅彦。「渋柿」で東洋城との連句などを発表した。

（日本近代文学館）

書斎での漱石

漱石は英国留学から帰国後、教壇に立っていたが、「ホトトギス」に「吾輩は猫である」を書いてから、当時のインテリ青年たちを中心に注目され、やがて売れっ子作家として文筆活動するようになった。東洋城は学生時代から漱石の家に出入りしていたが、宮内省に入ってからも多くの若者たちと文学サロン「木曜会」に出席し、文学論を戦わせた。

前列左・小宮豊隆、右・安部能成、後列左・森田草平、右・阿部次郎。４人の文をまとめて出版した『影と声』の出版記念写真。

（日本近代文学館）

大正天皇

歴代天皇の中でも、数多くの和歌を作ったことで知られる大正天皇から「俳句とはいかなるものか」とのご下問があり、東洋城が「渋柿の如きものにては侯へど」と答えたことが、のちに俳誌の名につながった。

東洋城が仕えた北白川宮能久親王（左）と、親王妃の富子（右）。富子は宇和島藩最後の藩主・伊達宗徳の娘だが、結婚後、能久親王が台湾で病没し、子の成久王も留学先のフランスにおいて自動車事故で失うという悲劇に見舞われている。

東洋城とは、血のつながらない従妹の関係になる柳原燁子。東洋城は結婚を望んだが、両親に反対され、生涯「妻持たぬ」と心に決めた。

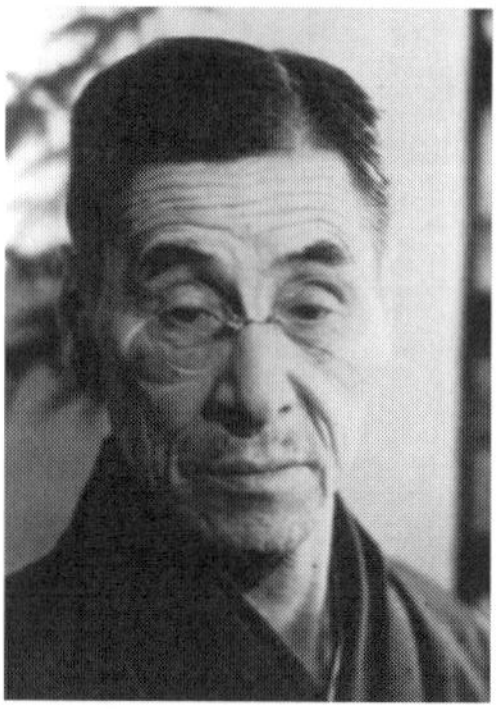

東洋城は戦後の物不足の頃、東京を離れ、渋柿同人の多いふるさとの伊予に住んだ。

渋柿同人の佐伯巨星塔を頼り、身を寄せた、旧三内村（東温市）にある惣河内神社。

皿ヶ峰連峰が目前に広がる東温市河之内。東洋城はこの風景が気に入り、何度もここを訪れた。

巨星塔の家族が住む座敷の一隅を「一畳庵」と名づけ、ここで近所の青年に俳句を教えたり、「渋柿」の編集をしたりした。

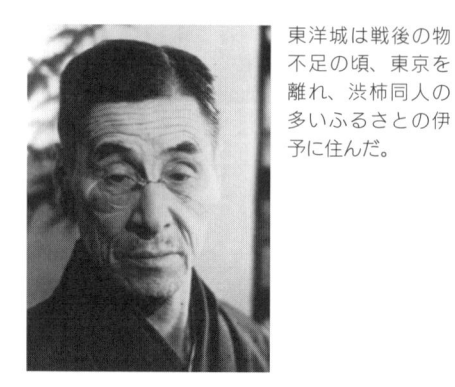

宇和島藩主の菩提寺のひとつである金剛山大龍寺。ここに、東洋城の墓がある。戒名は、「松月院殿東洋城雲居士」。墓碑銘は、松山中学の同窓生で、親友でもあった安部能成の筆になる。

東洋城は、俳壇に対しても、門下に対しても、一切の妥協をせず、ことに門下に対しての指導は峻烈を極めた。
写生は俳句の重要な基本の一つだが、写生一辺倒では人間が詠えない、心が詠えないというのが持論だった。

東洋城の代表句「黛を濃うせよ草は芳しき」の句碑

渋柿の木の下で――目次

◆少年期　――各地での経験が育んだ豊かな感性――

祖父は大名で、江戸育ちの芝居好き

「伊達《だて》様のお通りだよっ」

茶屋の若い男衆は幼い豊次郎を肩車したまま、そう言って木戸御免で芝居小屋のなかに入った。豊次郎の姓は松根なので、実際は伊達ではないのだが、歌舞伎を観にくるときはたいてい祖父・伊達宗城《むねなり》のお伴をし、一家総出でやってくるので、男衆はそんなふうに言った。

一体、いくつのころから芝居に連れていかれるようになったのか、豊次郎ははっきりと覚えてはいない。ただ、宵の口から遊び疲れて寝てしまう自分に、母が強いるように冷たい水を飲ませ、驚いて目を見開くと、

「目がお覚めかえ。さあさあ行きますよ」

と、いやもおうもなく、さらうようにして連れていかれたことだけはぼんやりと覚えている。

幼い目には、芝居を観たところで、筋もなにもわかりはしなかったのだが、強烈な色彩と音は知らず知らずのうちに記憶の底に焼きつけられたのか、長じてからも幼いころのことを思い出すと、いつもきらびやかな極彩色のなかで賑やかな音曲が鳴り響く光景が夢のように浮かんできた。

松根豊次郎は明治十一年二月二十五日、東京の築地で生まれた。父松根権六《ごんろく》は旧宇和島藩の家老であった松根図書《ずしょ》の長男で、廃藩後、判事になった。母敏子は宇和島藩八代藩主であった伊達宗城の三女である。

宇和島藩伊達家は、四国伊予の西南部に位置する十万石の外様大名で、仙台藩の伊達家とは親戚関係にあり、独眼竜伊達政宗の庶子秀宗が領有して以来、九代にわたってこの地を治めた。

宇和島藩は江戸時代、三カ所の江戸屋敷を持っていて、藩主や家族が住む上屋敷は麻布龍土《りゅうど》、中屋敷は木挽町《こびきちょう》、下屋敷は目黒にあった。麻布の上屋敷は約三万二千坪の広さがあり、その中央に藩主が住む御殿があったのだが、明治以降、この広大な土地には陸軍麻布連隊区の営舎が建てられたため、宗城は木挽町に住んだ。

伊達宗城はもともと旗本の次男坊で、江戸に生まれ育った。それもあってか無類の芝居好きで、月に何日も観劇に行ったから、名優のほとんどがご贔屓《ひいき》となり、屋敷にもたびたび呼び寄せていた。そうしたとき役者たちから、

「次の芝居にもぜひ御出《おいで》を願います」

と乞われると、いくら忙しくても足を運びたくなるのが人情というもので、宗城は嫁にやった娘一家まで引き連れて芝居小屋におもむいたのだった。

もっとも、よく行った新富座《しんとみざ》は木挽町にあった宗城の邸のすぐ近くで、豊次郎たちが住んでいた築地からも目と鼻の先だったので行きやすかったというのもあった。

木挽町には江戸時代から見世物小屋が集まり、芝居といえば木挽町、木挽町といえば芝居といわれるほどだったが、「天保の改革」（十二代将軍家慶時代）による風俗粛正で、市村座や中村座、森田座が浅草猿若町へ移転してからは火が消えたようになっていた。しかし明治に入ってから守田勘弥《かんや》が木挽町に近い新富町に「新富座」を開いたので、再び芝居の灯がともった。

新富座は、できてから数年後に火事で焼けてしまったのだが、明治十一年に再建されたとき、勘弥は客席の一部に椅子席をつくり、ガス灯もつけて文明開化にふさわしい近代劇場にした。また、開場にあたって、ときの太政大臣・三条実美《さんじょうさねとみ》をはじめ外国の公使を貴賓として招待し、西洋の劇場にならって日本で初めて夜に興行したり

したので、国内外の上流階級の人たちが訪れる社交の場になり、それもあって宗城公は前にも増して足繁く通うようになったのである。

明治二十二年、木挽町に歌舞伎座が落成するまでは新富座が一番大きな劇場で、木挽町の一区画全体に芝居茶屋が建ち並び、宗城ならずとも引きつけられずにはいられない別天地のように華やかな場所になった。豊次郎の両親も、宗城公からお誘いを受けるようになってから大の歌舞伎好きになり、時には同じ芝居を三度も四度も見るほどになった。

ここまでになると、芝居茶屋の若い男衆ともすっかり顔見知りというわけで、幼い豊次郎はひょいと抱き上げられ、肩車に乗せられると、そのまま木戸御免で通り抜けるほどになった。そんな肩車のまま舞台を見たのも数度ではなく、物心つかないうちから芝居小屋を遊び場にしてきた豊次郎が、両親同様、大の芝居好きになったのは当然のなりゆきといえた。

明治維新後の藩主と家来たち

「豊次郎、お祖父《じじ》さまのところに行きますよ」

豊次郎は芝居だけでなく、時折母に連れられて宗城の邸へご機嫌伺いに行くこともあった。木挽町の邸には、邸の外の堀割から海水を引き入れている池があり、潮が満ちてくると海の魚が水門から出入りして、池の中で跳ねるのが見えた。

宗城は面長で鼻が高く、背丈も大きかったので、幼い豊次郎はこの母方の祖父を並はずれて大きな人のように感じた。母から、お祖父さまはお国のために立派な仕事をされたということを聞いたことはあったが、子どもに言ってみたところでわかるまいと思ったのか詳しく聞いたことはない。しかし宗城の威厳あるようすに子どもながら崇拝するような気持ちを抱き、すこし近寄りがたいところはあったものの、この祖父を好いていた。

豊次郎が築地の文海小学校に入学したころ、宗城は華族令によって伯爵となった。宇和島藩は十万石だったので伯爵は家格相当だったのだが、のちに宗城の功績を認めた政府が特別な計らいとして侯爵の地位を与えた。もっとも実際に侯爵となったのは、宗城の跡を継いで九代藩主となった伊達宗徳《むねえ》である。

本家筋にあたる仙台藩は国主《こくしゅ》大名にもかかわらず、維新のとき賊藩だったために伯爵となり、華族の地位としては分家になる宇和島伊達家の方が上になってしまった。

宗城が宇和島藩主になったのは二十七歳の時で、三千石の旗本の子だったとはいえ、あるいは部屋住みの身で終わったかもしれない次男坊でもあり、藩内でもさほどの逸材だとは思っていなかった。宗城の実父・山口直勝は画家として有名な渡辺華山の門人だったのだが、華山は洋学にも通じていたため、師事した直勝もしぜんと外国事情に明るくなり、先進的な考え方をするようになった。宗城はその父譲りの開明性を持った人物だったので、宇和島に入ってからも次々に藩政を改革し、蘭癖《らんぺき》といわれるほど蘭学の導入に熱を入れた。

明治維新後、宗城は新政府の閣僚に名を連ね、明治二年には民部卿と大蔵卿を兼ね、来日したイギリスのアルフレッド王子を明治政府初の国賓として迎える接待役を務めたばかりでなく、鉄道敷設のための借款《しゃっかん》も取り付けた。また明治四年には欽差《きんさ》全権大臣として清国におもむき、日清修好条約、通商協定を結んだ。

宗城がこうした外国を相手とする仕事に抜擢されたのは、西洋人にひけをとらない押し出しの良さと、外国人と相対《あいたい》しても臆することのない度胸の良さのためである。宗城は大役ともいうべき条約の調印を終えると中央政界からは引退し、主に外国貴賓の接待役に任ぜられた。

宗城は、長門萩城主・毛利斎元《なりもと》の娘である孝子夫人が二十五歳で亡くなり、二度目の夫人として迎えた出羽久保田城主・佐竹義厚の娘佳子も三十二歳で亡くしたものの、側室とのあいだに男十一人、女十四人と、二十五人の子どもをもうけた。生まれてまもなく死んだ長女をはじめ、何人かが夭逝《ようせつ》したが、残った十六人のうち男は大名の跡継ぎとして養子に出し、明治の世になって何人かは子爵、男爵といった華族に列した。

娘も、次女の初子は宗城が全権大使として清国へ行ったときの副使で外務大丞だった柳原前光《やなぎはらさきみつ》に嫁がせ、三女敏子は家老の松根家へ、七女順子も家老の桑折《こおり》家へと、しかるべきところへ嫁がせた。東京にはその初子や敏子がいて、宗城公は外孫の顔も時折見ることができたのである。

伊達家には隅田川をさかのぼった今戸にも別邸があった。川に面した館からの眺めが気に入っていたのか、あるいは近所に七代目坂東三津五郎といった人気者の家が軒を連ね、維新の際に宗城とともに活躍した松平春嶽《しゅんがく》の別邸もあったためか、宗城公はよくここに遊び、しばしば長逗留した。

豊次郎の父方の祖父・松根図書も、お殿様の姫をせがれの嫁にいただくほどだから宗城とは仲が良く、いわゆる水魚《すいぎょ》の交わりをした切れ者の家老として幕末には名の知れた人物であった。しかし戊辰《ぼしん》戦争のとき、宇和島藩が箱館《はこだて》戦争への派兵に応じなかったことから宗城は一時処分され、図書も家老を退任させられた。

維新後、宇和島藩は明治政府の上位官職を薩長土肥にほぼ独占されてしまい、宗城以外は排除された格好となって、家臣たちは官吏などになって生きていかねばならなかった。有能な宇和島藩士たちが選んだのは、政治や行政といった本流からはずれている法律・裁判といった司法関係の仕事である。のちに大津事件で「護法の神」といわれた大審院長の児島惟謙《こじまこれかた》や、法律学の先駆者となった穂積陳重《ほづみのぶしげ》も宇和島藩の出身で、家老の子であった松根権六が判事の仕事を選んだのも同じ理由だった。

権六は判事になってすぐ東京に勤務し、築地に住んだ。築地は木挽町と同じくすべて堀割で区画され、橋で結ばれていた。縦横に走って隅田川と交わっている堀割はいつも満々と水がたたえられ、青く澄んでいる。

築地は明治二年に外国人居留地が設けられたところで、アメリカ、フランス、スペインなどの外国公使館をはじめ、学校や教会、病院、ホテル、レストラン、商社などがあり、外交官や宣教師、医師、教育関係者などが数多く住んでいた。

豊次郎は、そんな西洋館が建ち並ぶ築地明石町へよく遊びに行き、屋敷のなかで遊んでいた西洋人の子どもを、

「おーい。外に出られないのかい。ここは檻《おり》なのかい」

などとからかっては外へ引っぱり出し、一緒に遊んだ。

築地警察署の近くには日本で初めて西洋靴をつくった伊勢勝《いせかつ》製靴工場があり、芝を植えた高い土手を工場の周囲に巡らせていた。松根家は伊勢勝の隣にあった家を借りていたのだが、その借家には庭がなかったので、遊び場といえばこの芝堤や道路の一角だった。築地の道路はかなり道幅が広く、片側町で往来もすくなく、車もめったに通らない静かな通りだったため、安心して思う存分駆け回ることができた。伊勢勝の角からは逢引橋が架かっていて、その右手に築地橋があり、渡ると芝居小屋の新富座が見える。

司法の道に進んだ父

父の権六はこのころ勘解《かんかい》裁判所の仕事をしていた。勘解とは、裁判に訴えてきたものを和解で解決しようとする調停裁判である。最初に原告を呼んだら、翌日は被告を呼ぶというふうに、かわるがわる双方の言い分を聞く方法をとっていたが、それには裁判所より家のほうがくだけていいだろうと、判事の自宅で聴き取り調査をおこ

ない、それを宅調といっていた。

やはり土地柄か、このあたりのもめごとで多かったのは興行資金に関することで、新富座の役員や役者たちが貸借関係の原告、被告となってよく家にやってきた。そのなかには市川団十郎や中村芝翫《しかん》などのお歴々もいて、最も頻繁にやってきたのが座元の守田勘弥《もりたかんや》である。

勘弥は新富座を再建した翌年、アメリカ合衆国の前大統領ユリシーズ・グラントを迎え、フィナーレには芸者七十人に赤白の横筋が入った着物と星を染め抜いた揃いの襦袢を着せ、星条旗に似せた扮装で踊らせるという奇抜な演出で観客をあっと言わせた。モダンで新しい物好きの勘弥は、やがてイギリスの俳優八人を使って芝居をさせたりしたが、せりふの通じない外国人ではやはり無理があり、見物人の多くは意味もわからぬまま腹を抱えて大笑いするありさまで、勘弥の欧化熱は大きな負債を抱えてようやく冷めた。

芝居通の敏子は、そんな世間の噂を耳にしていたのか、権六から今日の宅調には勘弥が来ると聞くと、

「また、勘弥さんですか。いくら文明開化の世の中といっても、勘弥さんはすこし度が過ぎますよ」

と可笑しそうに言った。

「ああ、あのぶんじゃあ、また大きな損を出したのだろう。困ったやつだ」

権六も、知らない仲ではないのでなんとかしてやらねばと思ってはいたが、どこを押したらあんな奇抜なことを思いつくのだろうと、勘弥にはいささか呆れていた。

豊次郎は、両親がそうした芝居にまつわる噂話や、年寄りの勘弥が寒さのあまり、つい水洟《みずばな》を落とした話などを可笑しそうにしているのを聞いたためか、勘弥が来て玄関を上がろうとするのを見つけると、「守田勘弥さん鼻水垂らした」と門前で節をつけて歌い、勘弥が「いやだよ」とばかり、芝居がかって打《ぶ》つ振りをするのを面白がった。豊次郎の周辺には、そうした非日常的ともいえる光景が当たり前のようにあった。

しかし松根家は、こうした華やかな東京の生活に別れを告げなければならなくなった。父権六に転勤の命が出て、栃木町に赴任しなければならなくなったのである。

権六は、栃木県庁の近くにある瓢箪堀《ひょうたんぼり》というところに家を借りた。ここには県令（知事）の住宅にあてられた官舎があり、庭に大きな瓢箪形の池があったことからこの名が付けられていた。栃木県庁は時計台のそびえる和洋折衷の近代的な建物である。

権六は官舎から毎朝のように歩いて裁判所に通った。寒い時期には黒のフロックコートを着ていることもあったが、たいていは羽織袴という姿で、白いなめし皮の鼻緒をつけた駒下駄を履いていた。このころの官吏には官尊民卑の役人気質を持つ者が多く、しかつめらしく構えていた者がすくなくなかったのだが、権六はいつも道すがら町の人と気さくにあいさつを交わした。

権六にはこれといった趣味はなかったが、唯一道楽といえるのが狩猟で、土曜日の午後ともなると、役所から退《ひ》ける時にワラジを一足持ち、そのひもをブラブラさせながら浮き浮きとした調子で帰った。

「松根さん、どうやら明日は鉄砲撃ちのようだな」

権六を知る町の人はそのようすを見ると、そう噂し合ったが、そのことば通り、日曜日になると必ずといって良いほど、鉄砲を肩に二匹の洋犬を連れた権六の姿があり、前の日にぶら下げていたワラジを履いていた。

権六の狩猟は、義父の伊達宗城から教えてもらったものだった。英国貴族の伝統である猟犬を使った狩りの面白さに、まず宗城がのめり込み、周囲の者に広めたのだった。宇和島伊達家では九代藩主であった伊達宗徳《むねえ》侯爵も狩猟好きで、よく鉄砲を担いで山へ行った。宗徳は狩猟のとき、イギリス製の上等なツィード地のジャケットや帽子を身に付けていたが、足元はワラジに脚絆《きゃはん》というきわめて日本的ないでたちで、いささか上下がアンバランスだった。しかし山道ではこの方が動きやすいので、権六もそれにならっていた。

狩猟は山道だけでなく、ときには沢を上り下りするなど、予想以上に運動量のある激しいスポーツだが、権六には鉄砲撃ちのセンスがあったのか、猟の帰りには必ず野兎や山鳥などの獲物をさげていた。東京から引っ越したばかりのころは、芝居小屋があるかどうかもわからない土地で、無聊《ぶりょう》を慰める術《すべ》があるのだろうかと案じていた権六だったが、すくなくとも、ここにはここの楽しみ方があるとわかった。

栃木町は江戸時代から巴波川《うずま》を使った船運が盛んに行われていて、北関東有数の商都として栄えていた。大きな問屋が林立し、豪商たちは白壁の土蔵を巴波川沿いに競うように建てたことから蔵が目立って多い。また日光《にっこう》例幣使《れいへいし》街道の宿場町でもあったので気の利いた料理屋なども何軒かあり、松根家は角正《かどまさ》という料理屋が気に入って、役所へ届ける毎日の弁当も角正なら、客が来たときのもてなし料理も角正、伊達家の親戚が猟に来たときも角正の料理を取り寄せるといった具合に、しょっちゅう出前を注文していた。

その注文をことづかって店へ使いにいくのは松根家の書生で、

「今日のお客様は華族様だから、特に気をつけるように」

などと権六のことばを伝え、念を押して帰っていく。そのときは必ず長い耳を垂らした二匹の洋犬が一緒で、いわば散歩を兼ねたお使いになっていたのだが、ときに豊次郎の手を引いていることもあった。豊次郎はいつも白地の絣の筒袖《つつそで》を着ていて、その袖が筒状になった新しい着物などは、栃木あたりの子どもはまだあまり着ていないものだったので珍しそうに見る人もいた。また、ひょろ長い豊次郎の背中でチョコンと結びきりにされている兵児帯《へこおび》の端が、ふた筋とも同じ長さに垂らしているのも、なんとなくふつうの子に見えない。豊次郎はそんなことでも、いやおうなく人目を引いた。

松根家に出入りする者たちも、ここの夫人が「四国のさる大名の御姫様《おひいさま》だ」ということを知ってから、ふつうなら豊次郎のことを「坊っちゃん」と呼ぶところ、「若様」と呼んだ。

若様一家はほどなくこの地を離れ、東京に戻ったが、権六は父の図書が高齢だったこともあり、そろそろ老親の面倒をみたいと、以前から郷里宇和島への転任願いを役所に出していた。しかしすぐというわけにいかなかったのか、比較的郷里に近いところへ異動させられ、次の赴任地は伊予・松山となった。そして三年間、松山治安裁判所に勤めると、明治二十四年、伊予・大洲《おおず》に転勤することになった。

父の郷里の伊予に戻り、若様は腕白坊主に

明治憲法が制定された明治二十三年、裁判所構成法というものができ、近代的司法制度の骨格が定められた。裁判所は大審院・控訴院・地方裁判所・区裁判所という組織で構成され、大洲には大洲区裁判所があった。

大洲は周りを山に囲まれた盆地で、町のなかを伊予一の大河・肱川《ひじかわ》がゆったりと蛇行しながら流れている水郷の町である。旧大洲藩は加藤氏が十三代にわたって治め、肱川を望む小高い山の上には四層の大洲城があったが、廃藩置県後、天守は荒れ果ててしまったため、権六が赴任する二年前に解体されていた。権六が入った判事の官舎は、大洲城二の丸金櫓《かねやぐら》跡に建てられていた武家屋敷風の家で、天守があった場所に通じる坂道のふもと近くにあった。

大洲は景色の美しい落ち着いた感じの町で、川べりには武家屋敷が建ち並んでいる。また流れがゆるやかなこの川は、上流から木材を筏に組んで流したり、船で物資を運んだりするのに適していたために帆を掛けた船が日に何艘も下り、艪《ろ》をあやつる船頭の歌が聞こえたりもした。

肱川にはいくつもの支流があり、山奥からさまざまな林産物や農産物を積み込むので、何カ所か河港《かわみなと》がある。

大洲もその河港のひとつで、川べりに何軒かの宿があり、流れにその影を映していた。

父の赴任にともない、豊次郎は大洲尋常高等小学校に転校した。都会育ちで品良く若様風に育てられた豊次郎だったが、田舎の子どもに混じるとたちまち野山を駆けずり回る腕白坊主へと変身した。

いろいろな遊びのなかでも豊次郎を一番夢中にさせたのは鮎捕りで、鮎の季節になると毎日のように網を持って肱川に急いだ。

肱川の流れは透き通っている。豊次郎がすねのあたりまで深さがある流れのなかを、ひざで漕ぐようにして下流に向かって歩いていくと、水が陽の光を反射してきらきらと輝く。あたりは静かで早瀬の音が響くばかり。豊次郎のいでたちは、川肌着と白い猿股《さるまた》、頭にはツバの広い麦わら帽子、足元は川の石にも滑らない丈夫な草鞋、そして腰には竹で編んだ魚籠《びく》をつけるという姿である。

豊次郎はすこし深くなっているところを見つけると、手に持った網が空中で大きく輪を描くように投げた。網はザブリと水面を打つと水の底に沈んでいく。投網《とあみ》での鮎捕りは、水音に驚いた鮎が上流に向かって逃げようとするのを、沈んでいく網の裾を素早く両手で川底に押さえつけ、鮎が編み目に頭を突っ込んで逃げ場を失ったところをつかまえる。網を投げたあと、沈むまでじっと押さえつけなくてはならないので水の冷たさが体にしみこみ、芯まで冷えきってしまうのだが、豊次郎は何度やっても飽きることがない。網のなかで暴れる鮎の力強さや、一匹一匹つかんで魚籠に入れるときのぬるりとした感触、香魚独特の匂いがたまらなく好きで、なぜこれほどまでに鮎捕りに夢中になるのか、自分でも不思議なほどだった。

網を肩にかけ、流れのなかに立ったまま次の投網を打つ場所を見計らっていると、川が大きく蛇行し、両岸に迫った山々の遠くのほうが藍色に染まっているのが目に入る。豊次郎は大河の流れる雄大な風景に見とれてしまい、感動で思わず「ほう」と、大きく息を吐くことすらあった。幼い頃、おとなたちに囲まれてちやほやとされた豊次郎の日々は、自然のなかでたくましさを身につけていく日々へと変わり、その心をみずみずしい感受性で染めていった。

松山の中学時代、楽しみは大洲への帰郷

明治二十五年四月、豊次郎は大洲尋常高等小学校を卒業し、その後、松山の愛媛県尋常中学校に入学した。愛媛県立松山中学校の前身である。

松山のまちは、山頂に松山城の天守をいただく城山を中心に広がっていて、旧藩時代はその西北にある古町が商業の中心地だったが、明治になってからは城南に賑わいの中心が移った。

町並みは整然としていて、城山に近いところから順に一番町、二番町、三番町という東西に走る通りがある。一番町は県庁や裁判所がある官庁街、二番町は尋常中学校をはじめ、尋常小学校、高等小学校、幼稚園、女学校などがある学校街、三番町は劇場や勧商場、勧工場などがある商店街になっていた。また、もとの城郭の一部である三の丸には廃藩後の明治十年に松山分屯大隊が置かれ、十七年に歩兵第二十二連隊の兵営となった。

松山は大洲と違って廃城令のあとも天守が残っていたことや、人口の四分の一がもとの武士階級である士族だったこともあり、町のたたずまいにまだ城下町の雰囲気が色濃く残っていた。だが、明治二十一年に、町の中心部と海の玄関である三津のあいだを小型の陸蒸気《おかじょうき》が走るようになり、港もできて定期航路が開かれると、すこしずつ文明開化の波が押し寄せてきた。

豊次郎は城南の南夷子町《みなみえびすまち》にあった三浦という家に下宿し、家族と離れてひとり住まいをするようになった。

面長で鼻筋が通った品の良い顔立ちの豊次郎は、このころからぐんぐん身長が伸び、若人らしい溌剌《はつらつ》さに溢れ

ていた。同じ家に下宿していた同級生などは、豊次郎と一緒に町を歩くと道行く女性たちがみな振り向いてこちらを注視するので照れ臭いと言うほどで、学校でも校内一の美少年として知られ、おかまほりの悪童に目を付けられるほどだったが、さすがに悪さをされなかったのは、やはり大蔵卿を務めた名士の孫ということで敬遠されたためだった。

豊次郎も周囲からそうした視線を投げかけられるのを、やはり意識せずにはいられないようすで、少年らしいおしゃれをするようになった。ことさら高級なものを身につけるわけではなく、身なりはいたって質素だったのだが、きちんと身だしなみを整え、背筋をいつもしゃんと伸ばして、その立ち居振る舞いからも育ちの良さが感じられた。

豊次郎にとって楽しみだったのは、夏休みや冬休みに両親やきょうだいの待つ大洲の家へ帰ることだった。きょうだいは、東京にいたころに生まれた妹の房子、弟の新八郎、貞吉郎に、大洲で生まれた卓四郎と宗一が加わり、大勢になって賑やかだった。豊次郎は戸籍の上では次男なのだが、長男は生まれてまもないころに亡くなっていたので実質的には長男として育てられてきた。この年頃になると、豊次郎は下のきょうだいたちには頼もしい存在になっていて、父親の相次ぐ転勤で転校を余儀なくされた弟妹たちが、ことばの違いなどで地元の子どもたちにからかわれていると、すぐに助けにきてくれる強い味方になっていた。

豊次郎はまとまった休みでなくても、休日が二日続くとなるとすぐ家に帰った。松山から大洲城下までは十五里（約五九キロ）ほどあり、そのあいだには犬寄《いぬよせ》峠と中山《なかやま》峠という二つの峠がある。普通の人の足なら丸一日かかってしまうのだが、豊次郎はこれを半日で帰るというのを自慢にしていた。といっても、初めの三里（約一二キロ）は平野なので人力車を使う。まだ夜が明けない午前三時に、以前父の権六が松山で仕事をしていたとき出入りしていた吉《きち》という老車夫に頼んで出発し、石手川《いしてがわ》、重信川《しげのぶがわ》の堤を西へ下り、松前《まさき》に出るとそこから郡中《ぐんちゅう》へ向かい、峠のふもとへと到着する。豊次郎はここで人力車を降り、脚絆《きゃはん》の紐を締め直して犬寄峠へと登っていく。犬寄峠はこの道が大洲街道と呼ばれていた時代から夜間の通行が危険な難所で、恐ろしい山犬の伝説が名前の由来になっていた。峠道は険しく、若い豊次郎も難渋するほどなのだが、「歩き始めは勢いが肝腎だ」と彼は自分自身に気合いを入れ、ムキになって登った。

谷間を進んでいくと、丘陵のような山がいつまでも長く続く。中山三里の永峠《ながとうげ》である。その永峠の途中に茶店が一軒あり、茶を頼むと赤々と煮出した番茶を飲ませた。

秋のころには、店先の床几《しょうぎ》に二合半の桝《ます》に茹《ゆ》で栗を山盛りにしたのが置かれる。最初豊次郎は、売り子がいないのでどうするのかと思っていると、旅人は代金を置き、桝の栗を風呂敷やポケットなどに移して持っていく。豊次郎もそれを見て小銭を置き、歩きながらポケットに入れた栗を探っては取り出し、ポリポリとかじった。昼飯は遅くなっても家に帰り着いてから食べるといつも決めていたので、栗はそれまでの腹つなぎだった。

この中山三里が終わると再び平地になるので、また人力車を雇い、内子《うちこ》、新谷《にいや》を走らせると、やっと大洲盆地に出る。このあたりは毎年のように肱川が氾濫を繰り返し、それが肥えた沃土《よくど》となったため、あたりには見事なまでの野菜畑や桑畑が見渡す限り続いている。人力車がいくつもの畑を通り越し、大洲城の城山のふもとに来ると、ようやく到着である。

「ただいま戻りました！」

豊次郎の声を聞くと、

「豊兄様、おかえりなさい！」

と、きょうだいたちが玄関に飛び出してきてまとわりつき、団子のようにかたまったまま茶の間に入ることになる。すると、昼食がいつでも食べられるよう、夏なら肱川の大鮎、冬なら父の権六が猟で獲ってきた雉や兎、小さくても山鳩の料理くらいが必ずといって良いほどすでに料理されて並んでいる。豊次郎にとって久しぶりの家の飯はただでさえうまかったが、大洲の米はことさら白く艶々としており、野菜も肥えていて、下宿で食べるそれとはまったく味が違う。豊次郎が何杯もおかわりをすると、

「うちの御膳はそれほどおいしいのですか」

と、母は豊次郎の食べっぷりを惚れ惚れしたように眺めて言う。

「はい、うまくてうまくてたまりません」

豊次郎のことばに父までが声を上げて笑い、家の者みんなを嬉しがらせた。

満腹して一休みすれば、肱川へ鮎を捕りに行ったり、猟の好きな父と山野を駆け巡ったりと、豊次郎は休みを目いっぱい楽しむ。長期の休みのときなどは猟も本格的なものになり、猟犬を使い、鉄砲を担ぎ、おとなに混じって山野を跋渉《ばっしょう》するのだが、豊次郎はその壮快感に、遊びや楽しみというより、自分の中に狩猟本能とでもいうべきものがあるのかもしれないと思ったりした。

夏休みには父母の郷里である宇和島に行くこともあり、そのときは海で釣りをしたり、艪《ろ》で船を漕ぎ回ったりして遊んだ。自分の腕ひとつで、船が思いのままに波を切って進む爽快さはたとえようもない。豊次郎は艪を握ることに自信を持ち、かなり沖の方までひとりで漕ぎ出すまでになった。

六尺（一八〇センチ）近くの上背《うわぜい》がある体躯に恵まれた豊次郎は、そのエネルギーを発散するように体を動かし、運動を堪能した。そして休みが終わると、来たときと同じ道を通って松山へと戻っていった。

中学に入って三年がたった明治二十七年三月、父方の祖父松根図書が危篤となった。すこし前から図書の病は重く、権六夫妻も大洲から馳せ参じて看病に努めていたのだが一向に病勢は好転せず、ついに医師も危篤を告げたので、権六は松山にいる豊次郎に電報を打ち、すぐ帰ってくるよう命じた。ちょうどその時は学年末の試験の

最中だったが、長男たる豊次郎はせめて祖父の最期にまみえたいと、父の命ずるまま松山から長い山坂の道を昼夜兼行で帰宅した。松山から宇和島までは、およそ二十五里（一〇〇キロ）ほどある。

ようやく到着し、草鞋《わらじ》の紐を解くのももどかしく、権六に連れられて図書の枕辺にぬかずき、

「ただ今帰りました」

と豊次郎が頭を下げると、それまで死線を彷徨し、昏々《こんこん》と眠っていた図書はその声に目覚めたのか頭をもたげ、心配気に見つめる豊次郎の顔を認めた。権六が、試験中にもかかわらず帰ってきた豊次郎のけなげさをそれとなく口添えすると、図書はそのとたん口調を強め、

「豊次郎、お前はそれでも松根家の長男か。大事な試験を打ち捨てて帰るとは何事か、すぐ帰れ」

と叱りつけた。そばで聞いていた両親は、せっかく帰ってきたものをと豊次郎を可哀相に思ったが、ことばを挟む余地すらない厳粛な雰囲気に図書の思いを感じ取り、豊次郎を別室に下がらせて諭《さと》した。豊次郎は食事を済ませると旅の疲れを休める暇もなく、さきほど脱ぎ捨てたばかりの草鞋を履いて、帰ってきたばかりの道を戻った。

松根家は宇和島藩の家老職をつとめる家柄ではあったが、その祖は出羽国山形城主・最上《もがみ》義光の弟義保に発した。義保の戦死後、その子光廣は義光の養子として育てられ、やがて庄内の地に一万三千石を領し、その城館があった地名によって松根備前守光廣と称した。しかし、光廣は最上騒動と呼ばれるお家騒動により、幕府から九州の柳川藩主・立花宗茂《むねしげ》に預けられた。

その預かりの身となった松根家が、なぜ伊達家の家老に取り立てられたかというと、伊達と松根が親戚関係にあったためである。義光の妹である義姫が米津城主・伊達輝宗に嫁して生んだ子がのちの独眼竜・伊達政宗で、松根光廣と政宗はいとこの関係になる。その光廣の子である図書守宣が、仙台藩二代藩主の伊達忠宗によって伊達家一門と認められたため、宇和島藩の家老となったのである。

図書はこうした家系を誇りとしてきた。藩主の姫を息子の嫁としていただいたのは、むろん宗城公と図書との結びつきの強さを示すものではあるが、松根家は伊達家一門であるという矜持があったためでもある。

松根家には豪勇で知られた松根新八郎という先祖があり、その人にまつわる言い伝えが代々語られてきた。それは諸国を修行中、無念の形相すさまじい侍の幽霊から仇討ちの助太刀を頼まれ、その手立てをしてやったところ、数日後再びその幽霊が現れ、「おかげでこのとおり恨みを晴らすことができた」と血のしたたる生首を置いて姿を消したというものである。松根家はこれを邸内の竹藪に葬り、ねんごろに弔うとともに、以来これを旗印とし、兜《かぶと》の前立ての飾りにもした。その旗印は宇和島藩二代藩主・伊達宗利のとき、毎年旧正月に行う野始めといわれる閲兵の儀式に「首の指物《さしもの》も差出候事《さしだしそうろうこと》」と命ぜられ、行列に加わるようになったことから、一躍「松根の生首《なまくび》の旗印」は有名になった。

松根家はそうした勇猛果敢な血筋を受け継ぐだけでなく知謀にも富んでいて、なかでも幕末に生まれた図書は七代藩主宗紀《むねただ》、八代藩主宗城《むねなり》と二代にわたって厚い信頼を得、宇和島藩の軍事・藩学・財政・外交を担当してきた。また幕末の動乱期には、国事に専心する宗城の政治活動を補佐し、大きな役割を果たした。一時代を築いた図書はわが命が消えようとするとき、新しい時代を生きていく孫にうしろを振り返ることなく前へ進めというように、将来に関わる大事な試験のほうを優先させた。豊次郎もそうした祖父の気持ちを受け止め、松山に戻って受験を続けたのだった。

ちょっと変わってる夏目先生

明治二十八年四月、豊次郎が最上級生の五年生になったとき、ある出会いがあった。教員の人事異動は毎年あり、新任の教師も何人かが着任したが、講堂の壇上に並ぶ新任の教師を見たとき、豊次郎は一人の人物にほかの教師とは違う深い印象を与えられた。鼻の下に髭をたくわえているその人は、背はさほど高くはない。けれど、顔に品が備わっているというのだろうか。顔立ちが整っているだけでなく、しぜんに滲み出てくる知性や思慮深さが表情に出ていて、一目見たときからなんとなく気になった。

その新任教師は夏目金之助という名前で、英語の教師だった。教頭の紹介によると、東京の出身で東京帝国大学英文科を卒業し、昨年までは東京高等師範学校の教師をしていたという。そんな帝大出の先生がなぜこんな田舎町にやってきたのかわからないが、東京生まれの豊次郎は、東京から来たと聞いただけで、なんとなく懐かしい親しみのようなものを感じた。

豊次郎のクラスはその夏目金之助に英語を教わることになった。豊次郎はどちらかというと和漢文に比べ、英語はそう好きな方ではなかった。それというのも、これまで教えてくれた外国人の教師が難しいテキストばかり選び、「難解なものをやればやるほど力がつく」などとむやみに詰め込むので、あまりよくわからなかったのである。しかし夏目教諭はテキストにアービングの『スケッチブック』という短編集を選び、それを懇切ていねいに講義してくれたので、「英語とはこういうものか」と見当がつき、英語もなかなか面白いものだと思うようになった。同級生の中には、新任の教師をやっつけてやろうと、あの手この手の質問攻めに合わせるいたずら者もいたが、夏目教諭はそんなものは意に介さず、ことごとく彼らを撃退してしまった。

あるときなどは、

「先生、今お言《い》いた（言った）とこは、辞書に書いとるのと違《ちご》うとりますが」

と鬼の首を取ったように言う生徒がいたので、夏目教諭がその訳を言わせると、

「それは辞書が間違ってる。直しておけ」

と言ったので、みな、ほおーっと逆に感心してしまった。しかも夏目教諭の英語の発音は実にきれいなので、日本人でもここまでなめらかにしゃべれるのかと、豊次郎は尊敬の念を抱いた。

豊次郎はある朝、学校に向かって走っていた。その日学校に持っていかなければならないものがなかなか見つからず、すこし出かけるのが遅くなったので遅刻しないようにと急いでいたのだが、もう生徒たちはみんな登校してしまったのか、通学路には誰の姿もなかった。

そのとき、二番町の大通りを歩いていく一人の紳士を見かけた。不思議なことにこの人は、わざわざ道の端っこにある溝のそばの石を踏んで、飛ぶように歩いている。よく見ると、小さなカバンを持ち、紺の背広を着たその人は、英語の夏目教諭である。人通りがすくないうえに広々とした通りで、特に道の端を歩かなければならない理由はない。道を歩く時はよほど特別なことでもない限り、真ん中を歩くのが普通だし、ましてや教師ともあろうものがそんなふうに歩くことはない。堂々と闊歩するのが通常の姿だ。しかし夏目教諭には学校の教師一般が持つ尊大さはなく、人が見ようが見まいが一向構わないようすで、さきほどからの歩き方を変えない。豊次郎はあいさつをしようかどうしようかと迷ったが、教室で会うだけで特別の交際があるわけでもなく、夏目教諭も何か石でも数えているのか脇目も振ろうとしないので声はかけず、道の反対側を歩いた。そして先生はちょっと変わったところがあるなと思った。

豊次郎はスポーツ好きだったが、文学好きでもあり、子どものころからおとなが読んでいた「団々珍聞《まるまるちんぶん》」や「都の花」「歌舞伎新報」などをひっくり返すことに慣れていたし、巌谷小波《いわやさざなみ》の「こがね丸」など、少年向けの小説をはじめ、文学叢書や明治文庫、文芸倶楽部、国民小説のほか、「明星」などの雑誌も愛読していた。

読むだけでなく創作もするようになり、子どものころ俳句をつくるようになった。そもそも豊次郎が俳句を始めたのは、家にいた居候が俳句をしていたためだった。月並俳句だったが、出来がいいと賞品が出て、その居候も柱時計をもらったりしていたので、豊次郎はうらやましかった。それで、小学校の終わり頃から五七五と指を折るようになり、一人でひねくった俳句を新聞に投句するようになった。父の権六は武家育ちのうえ維新の動乱期に青年時代を送ったので剛健を好み、「文芸の道は文弱に流れる」といって嫌がった。豊次郎が俳句を詠むのも、禁じるまではしなかったが一向に理解しようとせず、母も遊びごとのように思っていて、両親とも俳句好きの息子を変わり者のような目で見ていた。

投句は中学に入ってからも続き、豊次郎はその結果を知りたくて毎日のように新聞社の前に立っては掲示板に貼った新聞を見ていたのだが、そんな姿を友達が見ていたのか、「今日は出ていたよ」と先に知らせてくれることもあった。

やがて、同級生たちのあいだで夏目金之助と松山出身の正岡子規との関係が口に上るようになった。新聞「日本」の記者をしている正岡子規が日清戦争の従軍記者として清国に行ったものの、結核が悪化し、いま夏目先生の下宿で療養を兼ねた居候をしているというのだ。豊次郎は最初、正岡子規と聞いてもぴんと来なかったが、新聞に俳壇を設けている人だとわかって、それからは熱心にその文章を読むようになった。

夏目教諭も正岡子規の影響からか俳句を始めたようすで、試験の監督をしている時など教壇に俳句の本を広げて熱心に読んでいることがあったし、松山近辺の名所や史跡といったところに足を伸ばし、そこで句作に励んでいるという噂もあった。俳号は漱石と名乗っていた。

このころ学校には、旧松山藩主・久松定謨《ひさまつさだこと》伯爵からの賜金《しきん》五百円を基金に、保恵会《ほけいかい》という同窓会のようなものがつくられていた。運動、演説、雑誌の三部で成り立っていて、毎年その卒業年度の生徒が交代で理事となり運営する。その雑誌部から保恵会雑誌というものが発行されていて、豊次郎もその三人の理事の一人に選ばれていた。発行にあたり、「夏目先生にもなにか書いてもらおう」ということになったので、原稿を依頼しにいくことになった。

職員室に入り、夏目教諭のところへ行ってそのことを話すと、「そうか。しかしおれは近頃、頭のなかが空っぽだから、これといって書くこともないよ」と最初は固辞した。だが、豊次郎たちもそこで引き下がるわけにもいかない。「先生、なんでもいいから書いてください」と食い下がると「それほど言うなら仕方ないから書くが、おれはお世辞が嫌いだから君らの気に入らないことを書くかもしれないよ」と言って、後日、辛辣な警句と痛烈な皮肉に満ちた「愚見数則《ぐけんすうそく》」という教訓的な原稿をくれた。豊次郎はそれを読んで、江戸っ子らしくポンポン書いているが、ものごとについて実に深く考えている先生だなと内心驚いた。

このことをきっかけに豊次郎は夏目教諭と親しく話すようになり、やがては家にも遊びに行くようになって、師弟関係に親密さが増した。

ある日、健康そのものだった豊次郎に異変が起きた。医者に診てもらうと脚気《かっけ》だという。脚気は江戸時代、麦飯や粟飯を食べていた地方の人が江戸に出てきて白米の飯を食べるとこの病気になったため、別名「江戸やまい」などと呼ばれていたが、庶民に限らず将軍の徳川家定もこの病気で死んだことがよく知られていたので、怖い病とされていた。後年ビタミンB1不足が原因と判明したが、明治時代にはまだ原因不明の病気とされ、特に維新後の軍隊では日本兵の貧弱な体格を欧米人並みにしようと白米を食べさせ、脚気患者が増えていたため、一種の流行病のようになっていた。

豊次郎の場合、さほど病状が進んでいたわけではないものの、放っておけば足のむくみや手足のしびれから歩行障害や視力減退をもたらすだけでなく、悪くすれば心臓マヒを起こして死亡する恐れもある。松根家の実質的な長男である豊次郎は、万全を期して休学せざるを得なかった。

熊本の夏目先生に指導してもらった俳句

明治二十九年、一年ほどたって豊次郎が復学したとき、同級生たちはすでに卒業してしまっていた。そして夏目金之助も松山にいたのはたった一年で、熊本の第五高等学校に転任していた。豊次郎はなんとなく淋しかった。

卒業した同級生の中には熊本の五高に進んで、また夏目金之助と一緒になった生徒もいた。西条出身の矢野儀三郎である。豊次郎の卒業が間近となった五年の三学期も終わろうかというころ、その矢野がひょっこり下宿にやってきた。

「ひさしぶりだなあ。もう病気はすっかりいいのか」

「ああ。一年遅れたが、僕もいよいよ卒業だ」

豊次郎は高校生になっている矢野を、まぶしそうに眺めた。

「実はな、君は以前、ひとりで俳句を作っていたと思うが、夏目先生も漱石の名で熊本で俳句を作っていて、それがなかなかいいと評判なんだ。君さえよけりゃ夏目先生にお願いして、松山と熊本とのあいだで手紙による俳句指導をしてもらえるよう話してみるが、どうだ」

「えっ、そんな仲介をしてくれるのか」

「ああ。といっても、君ひとりじゃなく、中学で俳句をやっていた連中全員の句を見てもらうんだ。みんながつくった俳句のなかから比較的出来の良いものを選んで書き抜いて、それを夏目先生に批評してもらうというわけだ」

豊次郎に異論のあるわけもなく、ぜひにと、矢野に頼み込んだ。

矢野が熊本に戻って夏目金之助に話すと、意外にもすんなり快諾し、早速句を送ると「漱石妄評」と題し、朱筆で注意点などいろいろ評を書きこんで返送してくれた。それには◎や○がつけてあり、手紙にあった説明によると、◎はBest、○はGood、その他は評のとおりで、評も何も書いていないものは可もなく不可もない作か、評するに値しない作だとある。

豊次郎も何句か送ったが、大洲に帰るときに中山峠でつくった

茹で栗を峠で買うや二合半

の句には二重丸が付き、漱石は「これからも遠慮せず次々貴吟を送りなさい、貴君の句は有望です」と励ましてくれていた。

漱石の俳句は一風変わっていた。どことなくユーモアがあるというのだろうか。レトリックにも満ちていて、個性があった。豊次郎はそんな漱石の句がいっぺんに気に入った。


明治三十年、松山の中学校を卒業した豊次郎は東京の第一高等学校に入学した。父の助言もあり、帝国大学の法科に進んで、ゆくゆくは司法界に入ることをめざしたものだった。豊次郎の本音としては文科に進みたかったのだが、長男的立場からして父の意向には逆らえなかった。

東京の住まいは、母のすぐ上の姉にあたる初子が嫁いでいた関係から、麻布《あざぶ》笄《こうがい》町の柳原《やなぎはら》伯爵の邸で世話になることになった。

豊次郎の伯父に当たる柳原前光《さきみつ》は駐清公使、駐露公使を経たあと元老院議長を務め、枢密顧問官《すうみつこもんかん》となって皇室典範《こうしつてんぱん》の制定にも関与する重職を担ったが、明治二十七年、四十四歳で病没したため、家督は慶應義塾に学んでいた長男の義光が十八歳で継いでいた。豊次郎が上京したとき二十一歳になっていた二歳年上の義光は、前年の明治二十九年、明治天皇に拝謁し、正五位の伯爵となっていた。義光は豊次郎に対し、田舎から来た母方の親戚というだけの従弟にさしたる興味も示さず、豊次郎のほうも特に義光に親しみを感じることはなかった。のちに義光はさまざまな醜聞事件を起こしている。

柳原家には、可愛らしい従妹たちもいた。長女信子と、次女燁子《あきこ》である。

前光は生前、同じ屋敷内に妾を囲い、おりょうという芸者も外に囲うなど、この時代の権力者がほしいままにしていた放埓《ほうらつ》な女性関係を繰り広げていた。また前光は、華族といっても公家の出で、豊かな大名華族とは経済面で比較にならなかったのだが、体面を保つため、初子の実家である伊達家が柳原家の屋台骨を支えていたこともあり、本妻に頭の上がらないところがあった。初子はおりょうが燁子を産んだと知ると直ちに実子として引き取り、実の子である信子と分け隔てなく可愛がって育てたため、本人の燁子は長いあいだ初子を実母と思っていたほどだった。

燁子は前光が亡くなった明治二十七年、十歳で北小路子爵家に結婚を前提に養女に出され、豊次郎が柳原家に寄寓したころにはいなかった。

柳原家の隣には、東宮《とうぐう》侍従長でお歌所《うたどころ》長官でもあった入江為守《ためもり》子爵の邸があった。のちに柳原信子は入江子爵夫人となったが、両家は裏手にある木戸一つで行き来できるため、親しく交際していた。

豊次郎は一高に入学すると、早速「一高俳句会」に入った。

このころ会には、先輩として荻原井泉水《おぎはらせいせんすい》や山田三子《さんし》、田中孤雁《こがん》などがいた。荻原井泉水はのちに季題をなくし、自由律俳句を提唱する新傾向俳句の「層雲《そううん》」を主宰するなど、俳句界に新風を巻き起こす若きリーダーとなった人物だが、一高時代には根岸の子規庵によく出入りしていたので、豊次郎も彼ら先輩に誘われて根岸へ行くことになった。

「ぼくらのような学生が顔を出してもいいんですか」

豊次郎が聞くと、

「ああ。一高からは数学の数藤五城《すどうごじょう》先生も熱心に通ってるからね。先生にお口添えいただければ問題ないし、お口添えがなくても、若い者が参加するのは歓迎してくれてるよ」

と先輩たちはこともなげに言う。子規庵には、漱石からも「一度訪ねて指導を仰ぐとよい」と手紙で勧められていた。

◆青年期 ——俳句に染まり、文学者たちと交流——

子規庵に通い続け、俳句漬けの生活に

東京にはいろいろな俳句結社があり、尾崎紅葉や角田竹冷《つのだちくれい》たちが「卯杖《うづえ》」という雑誌を発行していたので、豊次郎は当初そう深く考えもせず、それに投句したりした。

子規はこの四年前ころから、新聞「日本」で新しい俳諧を提唱し、それは新派とか日本派といわれていた。子

規は「日本」に「文界八つあたり」という文を掲載し、旧派の宗匠《そうしょう》が俳句好きを利用し、点料とか入花料《にゅうかりょう》と呼ばれる謝礼をもらうことばかりに汲々としているのを、「月並宗匠連は、学識も佳句も節操もない屁鉾《へっぽこ》連だ」などとこき下ろし、以来、月並宗匠ということばは旧派宗匠を罵倒することばとして使われるようになった。一方、宗匠たちも負けず、「書生っぽが何を言う」とばかりに、子規たちの作る近代俳句を「書生俳句」と小馬鹿にした。

明治三十年には、松山の友人・柳原極堂によって俳句雑誌「ほととぎす」が発刊され、子規は俳論などの長いものはこちらに書いた。子規の後輩に当たる高浜虚子と河東碧梧桐は、京都の三高で勉学していたが、学制の変更で学生たちは全国各地の高等学校に分散することになり、二人は仙台の二高を選んだ。しかし二人ともその校風になじめず、仙台のまちそのものにも京都のような明るさや自由さがなかったため失望し、ここを退学して東京の子規を頼った。

「ほととぎす」派となって子規を取り巻いている連中には内藤鳴雪《めいせつ》、水落露石《みずおちろせき》などがいたが、二十歳そこその豊次郎たち学生にとってはただ仰ぎ見るだけの存在だった。

やがて「日本」や「ほととぎす」で、「卯杖」は大学派ではあるものの月並臭ふんぷんだということが言われ始め、豊次郎自身もそう感じるようになったのでそこを抜け出し、子規の会のほうに移っていった。また子規の会だけでなく、虚子が主宰する会や子規の弟子にあたる佐藤紅緑《こうろく》の会にも行って俳句の修行をした。豊次郎の句は未熟で、「ほととぎす」に投句してもめったに載ることはなかったが、「一声」という号で作句した

箸にすべく折りし小枝の芽の多き

が、子規選として「ほととぎす」に載った。

明治三十一年夏、この「ほととぎす」は高浜虚子が引き継いで東京で刊行することになり、誌名も「ホトトギス」と改名された。

明治三十三年、豊次郎ははじめて東洋城の号を名乗った。俳人のほとんどは、洒落か本名をもじったもののいずれかにすることが多かったので、豊次郎は本名のほうにした。城の字は祖父・伊達宗城を思い浮かべ、そこからもらったものだが、ひとには「城が好きだから」と言っていた。

豊次郎は一高の作家たちに同化されながら、すこしずつ成長していった。

根岸草廬例会に出席しての高点句は

のどかさに寝てしまひけり草の上
雛棚や崩しもやらで二三日

といった佳作である。

豊次郎は、俳句会でいろいろな俳人に出会い、交際するのが楽しくて仕方なかった。学生の身でふんだんに金があるわけではなかったから、帰りに連中と食事をすることなどはできなかったが、年末に近い十二月二十五日に子規庵で開かれた「蕪村忌《ぶそんき》」に参加し、子規の母がこしらえてくれたふろふき蕪のふるまいを受けたりした。

「どうぞ。熱いですから、気ぃつけてお上がりてください」

かいがいしく、参加者のあいだを回って皿に載せたふろふきをふるまっているのは、子規の妹・律である。蕪村忌に蕪が出てくるのは、蕪村の句に

名物や蕪《かぶら》の中の天王寺

があり、蕪村が天王寺村に生まれたという説もあるためで、三年前の明治三十年、子規庵ではじめて蕪村忌が開かれて以来、恒例になっていた。豊次郎は、真っ白な蕪に味噌をつけて食べているといっぱしの俳人になったような心持ちがし、素朴な味がこの上ないご馳走に思われた。

そういう特別な会の時には写真師を呼び、大判の記念写真を何枚か写す慣例になっていた。写真師は庭に写真機を構え、出席者は縁側に子規を中心にして並び始めている。豊次郎がお歴々と一緒に並んでいいものかどうか、遠慮して隣の部屋に立っていると、

「おい、君もお入りや」

と子規に手招きされ、端のほうに座らせてもらったりした。

このような会には、土岐善麿《ときぜんまろ》（哀果《あいか》）や寒川鼠骨《さんがわそこつ》といった新聞記者も来ていた。しかし豊次郎は、鼠骨という人物がどうも純粋な俳人には感じられず、好きになれなかった。哀果の句もそう出来がいいとも思われず、若者だけが持つある種の鋭い感性がおとなの臭いを敏感に嗅ぎわけた。

豊次郎の俳句熱は、いささか異常なまでに昂揚していた。根岸までの交通機関は鉄道馬車がようやく電車になったばかりで、東京市内の隅々まで電車路線が延びているわけでもなく、夜更けに句会が終わると、麻布笄町までかなりの距離の夜道を歩かねばならなかった。こうなると学校の勉強と俳句の述作とどちらが本分かわからず、自分に期待を寄せてくれている両親のことや将来のことを考えると、ほどほどにしなくてはと思うのだが、やはり句会が開かれる日になると足がしぜんとそちらに向き、行くと夢中になって、ただただいい俳句を作ることしか考えられなかった。

一高入学以来、豊次郎の俳句修行は本格的になっていき、根岸の例会には欠かさず通うだけでなく、神田の虚子庵、根岸の碧梧桐庵の句会にも出て、のちには若者たちが発行する雑誌「鵜川」や「アラレ」にも投稿して気を吐いた。しかし、特に子規に教えを乞うたということはなかった。豊次郎が子規庵に通っていたころ子規はす

でに病床にあり、仰臥したまま話すのを学生仲間と坐って聞くだけだったからである。

そもそも豊次郎が俳句を始めたころ、添削は熊本にいる漱石にしてもらっていたので漱石との結びつきのほうが強く、子規門に参じておきながら指導は漱石に受けるという妙な具合になっていた。ところが漱石が、明治三十三年の秋から英語研究のため二年間イギリスに留学することになり、豊次郎は漱石から添削ができない旨の丁重な手紙を受け取った。漱石は妻子を妻の実家に託し、留学の準備をするために七月に熊本から東京に戻り、久しぶりに子規と面会した。子規はその前から、新聞で漱石の留学をすでに知っていた。いつまでも田舎の熊本に引っ込んだままで気の毒に思っていた漱石が幸運にも留学の機会に恵まれたのを喜ぶ一方、西洋に行くことを渇望していた子規にとっては、改めてわが身の病を嘆かずにはいられない辛い知らせでもあった。しかし子規は、別れに訪れた漱石を笑顔で迎え、はなむけの句を短冊に書いて渡した。これが最後になるかもしれないことは、両人ともことばには出さないものの覚悟の上で、さりげない友情といたわりの気持ちをことばの端々ににじませ、心の中で別れを告げた。

こうして豊次郎も、結局俳句を独学独習するしかなかった。

子規亡きあとの虚子と碧梧桐の苦闘

明治三十五年九月十九日、長い病臥生活を送った子規がついに病没した。子規と豊次郎の交渉は六年足らずの浅く短いものであった。

豊次郎が根岸に通って得られた収穫は、むしろ子規ではなく、その弟子である同年代の高浜虚子たちと知り合い、その後も親密な交際が続けられるきっかけを作ったことだった。

明治七年生まれの虚子は、豊次郎より四歳年上である。旧松山藩士池内《いけのうち》家に五人兄弟の末っ子として生まれ、祖母方の高浜姓を継ぐ者がいなかったことから、虚子が継いだ。松山では豊次郎と同じ愛媛県尋常中学校に通い、京都の三高へ進んだ。

虚子の父・庄四郎（信夫《しのぶ》）は松山藩で剣術監や祐筆《ゆうひつ》を務めた人であったが、能楽もよくし、地頭《じがしら》（地謡《じうたい》の統率者）でもあった。維新後も、年に三回ほど藩祖を祀る東雲《しののめ》神社で能を奉納していたのだが、中学時代の豊次郎はそれと知らずに観にいき、その面白さに心酔していた。また東京に来てからは、九段の能楽堂で観世流、喜多流、宝生《ほうしょう》流など流派の違う五つの派を一堂に集めて催しを行ったりしていたため、豊次郎はそのたびに足を運び、各流の妙技を比較して味わったりした。このころは明治三名人といわれた能の名手も揃っていて見ごたえがあり、豊次郎はしばしばここを訪れて鑑賞していたのだが、その能楽振興のために奔走していたのが虚子の長兄・池内信嘉《のぶよし》だったと虚子から知り、俳句とは違った意味で親近感をもった。

この当時の豊次郎は、一度は子規の提唱する写生主義の俳句にどっぷり浸かったものの、若者らしい貪欲な関心は俳句にとどまることなく文学全般に広がり、さらには芸術、芸能へと向けられていった。なかでも並々ならぬ興味と関心を示したのが虚子と関連のある能楽で、豊次郎の若い芸術心を育ててくれたのだった。

虚子と碧梧桐は子規門の双璧といわれ、口さがない連中から、何かと比較されたり、子規の後継者になるのはどちらかと噂の種になったりしたが、「日本俳句」の選者には碧梧桐がなった。

子規が松山にいた子ども時代、漢詩を教わっていたのが碧梧桐（秉五郎《へいごろう》）の父・河東静渓《かわひがしせいけい》である。子規と秉五郎とは六歳離れているので直接の交流はなかったのだが、子規が帰省時に話していた俳句を自分も作ってみたいと思い、東京の子規のところに自作の句を送って添削を乞うたのが、そもそも秉五郎が俳句に足を踏み入れたきっかけだった。碧梧桐という号を付けてくれたのも子規である。

碧梧桐の句は子規から、「特色すべき所は極めて印象明瞭なる句を作るにあり」と言われていた。子規の提唱した写生、写実の句で、感覚的なのに即物的で印象明瞭な句だと評されていたのである。

虚子は秉五郎より一つ年下で、中学時代は仲間から「聖人」とあだ名されるほどおとなしい少年だったが、しつけの厳しい親元を離れてからは解放されたように奔放な生活をした。碧梧桐も日本新聞社に入社したものの入社早々不始末があって退社し、遊郭に通ったり娘義太夫に凝ったりと、虚子同様、生活が乱れていた。子規は存命中、二人のどちらかを自分の後継者にと考えていたが、その願いは失望へと変わっていった。

けれども、「ホトトギス」に関していえば、虚子が明治三十一年に発行人になって以来、順調に発展し、発行部数は二千を越えるまでになった。むろん子規という大きな後ろ盾があり、熱心な援助によるところは大きかったのだが、ここになるまでの虚子の経営努力も並大抵ではなかった。虚子は、松山から上京してきた次兄の池内政夫と共同経営で下宿屋を営み、お膳の用意だけでなく客の靴磨きまでするなど、さまざまな雑用を子どもの生まれてくる苦しい生活の中でこなしていった。しかし下宿業はあくまでも当面の暮らし向きのためで、虚子にとっては、「ホトトギス」の成功こそがすべてだった。俳句人口を増やそうと『俳句入門』を出版し、「国民新聞」の俳句選を引き受け、「ホトトギス」の発行に自分の全力を注いだ。

明治三十四年八月、兄の政夫が病死すると下宿屋だけではやっていけないと考えた虚子は、「俳書堂」という出版部門を創設した。また、地方から竹細工を取り寄せ、ホトトギス発行所で取次販売して資金を稼いだことすらあった。

しかし「ホトトギス」が順調に発展していくと、俳句仲間には嫉妬や羨望からか、虚子はわれわれに手伝わせて「ホトトギス」で金儲けをし、商売に身が入って俳句が下手になったと陰口を叩く者すら出てきた。あるとき何人かが匿名で「虚子は俳諧師四分七厘、商売人五分三厘」という皮肉とからかいに満ちた投書を「ホトトギス」に出した。虚子はどんな悪口にも決して激することのないがまん強い性格であったが、さすがにこれは腹に据えかね、「ねがはくは今後余をみるに一個の商賈《しょうこ》を以てせよ。唯その一商賈殊勝にも時に句をひねり、文を作る僻《へき》ありとなせ」と反論した。俳誌経営の苦労も知らず、「商売人に落ちた」などと思いやりのないことばを平気で発する仲間に対し、なにか言わずにはいられなかったのだった。

思えば、子規からは何かにつけてああしろこうしろと重圧をかけられるし、仲間からも酷評される。虚子はほとほと「ホトトギス」の経営や俳人仲間に嫌気がさした。

あるとき、軍人であった俳人・佐藤肋骨《ろっこつ》の家に行ったところ、陸軍中将が同席していて、中国の経済事情についていろいろ話を聞かせてくれた。それによると、長江《ちょうこう》上流にある重慶ではさまざまな近代工業が起きつつあるとかで、その話に心動かされた虚子は重慶に行ってマッチ会社の経営でもやってみるかと考えた。そのことを碧梧桐に言ったところ、それが子規に伝わった。病の重い子規は「ホトトギス」だけを命の支えにしている。「どうか、それだけは思い止まってくれ」と虚子に手紙をよこし、虚子はその手紙を読み、子規の胸の内を思ってことばもなかった。子規庵に行き、重慶に行くことは頭の中で考えただけで実際に行くわけではないと弁解すると、子規は何も言わず、ただはらはらと止めどなく涙を流した。

子規没後、「ホトトギス」にしても「日本俳句」にしても、全般的に精彩を欠き、沈滞し、低調の域を脱し切れなかった。

碧梧桐は、自分が「日本俳句」の選者になっても従来通り投句してくれるかどうかひそかに心配していたのだが、その懸念はすぐに現実となって現れた。俳句欄を賑わした有名作家たちがぴたりと投句しなくなったのである。だがそれは、碧梧桐の力量うんぬんというより、みな子規の死にショックを受け、立ち直れなかったのだった。

子規が亡くなった十日後の「日本俳句」には、碧梧桐選としていくつかの句が掲載されたが、それは新しく投句されたものではなく、子規が予備に書き留めておいたもののなかから碧梧桐が拾い出したものだった。では今後どうするか、「日本俳句」欄を賑わした有名作者たちに頭を下げて投句を頼むか、といえば、それは碧梧桐のプライドが許さない。ならば、自分を支持してくれる新しい投句家を育成するしかないと、碧梧桐は悲痛な思いで新人の養成にとりかかった。

碧梧桐が信条としたのは、徹底した写実の追求である。それは子規が唱えた写生主義をさらに推進しようとするもので、客観の句には飽きたとか、写生趣味は陳腐だという一部の世評に対しては、デッサンを怠った絵画が稚拙なように、写生を離れた句作はたいてい陳腐であり、平凡な句になると応酬した。

碧梧桐の句はもともと子規が評したように、印象明瞭が特色だったから、彼が写実の道を選んだのは当然だった。この頃から碧梧桐の句は、天性ともいうべき感性で近代的清新さをみなぎらせた写実俳句を作り、これが若い俳人たちを魅了した。

この頃の碧梧桐は求道的《ぐどう》ですらあった。「日本俳句」の投句者は子規が生きていたころから一変し、がらりと顔ぶれが変わっていた。なかでも碧梧桐は八歳年下の小沢碧童《おざわへきどう》を最も有望な新人だと見ていた。碧梧桐は夕方散歩に出ると、近くに住む碧童の家に立ち寄り、二人で熱心に句作した。碧童の家では、いつも石衣《いしごろも》という碧童好物の菓子がお盆に山盛りに出され、酒好きの碧梧桐も時折それをほおばっては句作にふけるのだが、碧童の母が茶を持っていっても二人とも見向きもせず、無言のまま句案していた。

句会のなかで大勢が和気あいあいと句作したり、評をしたりというのではなく、寡黙に、むしろ苦しむような思いのなかで新たなことばを見出し、これまでにない句境を得ようとする修行のようなやり方は、有望な新人の数が増えていっても変わらなかった。そしてこれは、「俳三昧《はいざんまい》」と呼ばれる碧梧桐一派の鍛練句会のもととなった。俳三昧とは俳句に心を集中し、句を練ることで、碧門の猛烈な俳句修業を象徴することばとなった。

虚子が発行する「ホトトギス」の俳句も精彩を欠き、沈滞していた。当時の「ホトトギス」は、鳴雪《めいせつ》、虚子、碧梧桐、癖三酔《へきさんすい》、浅茅《あさじ》などが交替で募集俳句の選をしており、俳句界の関心は、「ホトトギス」よりも碧梧桐選の「日本俳句」に移りつつあった。しかも碧梧桐の俳三昧句稿や各地俳句会の記事は「ホトトギス」に載ってはいたものの誌面に占める分量は少なく、俳句ファンには物足りない。

というのも、このころの虚子は写生文に惹かれていて、さまざまな文章を「ホトトギス」に掲載していた。

イギリス帰りの漱石、「ホトトギス」で作家デビュー

子規が亡くなった翌年、イギリス留学を終えた夏目金之助が東京に戻ってきた。しかし英国で神経衰弱に悩んだ漱石は、帰国後、あまり外に出ることもなく、漱石の妻から頼まれた虚子が芝居などに誘い出しても面白そうな顔をしなかった。

虚子はこのような生活を送る漱石に、気分転換に「山会」で朗読する文章を書いてみることを勧めた。山会というのは、子規が「文章には山がなければいかん」といったことから名づけられたもので、たとえば落語家が高座に上がって噺《はなし》をしているとき、客がドッと笑うところがすなわち話の山である。必ずしも滑稽な話に限ったことではないのだが、子規は落語が好きだったため、山会の文章は滑稽に重きを置くといった傾向があった。

虚子は、十二月の何日かに山会があり、行きがけに寄るからそれまでに何か書いてみませんかと言ったところ、意外にも漱石は承諾し、約束の日に行くと数十枚の原稿を書き上げていた。漱石の求めに応じ、虚子がその場で朗読すると、漱石はおかしいところで声をあげて笑ったり噴き出したりした。虚子はちょっと変わった原稿なので戸惑ったが、面白かったので大いに褒めた。漱石はこのとき題名を二つ考えていたが、決めかねていたらしく、虚子に「猫伝」と「吾輩は猫である」のどちらがいいかと意見を求めたので、「吾輩は猫である」のほうが良いと言った。この「猫」は、明治三十八年一月の「ホトトギス」に掲載した。

この年の四月から漱石は第一高等学校の講師になり、東京帝国大学英文科の講師も兼任して文学論を開講した。漱石の「猫」は、猫の視点で人間を見るという着想そのものがユニークであったことや、どうやら漱石自身のことを書いているらしい主人公の教師の行動が実に滑稽で、それでいて内容は、とてつもない博識でなければ書けないものだった。小説といっても、これというストーリーがあるわけではなく、教師夫婦の会話や訪問客との話が綴られているだけの日常風景なのだが、これまでにない自在な書き方だったことから、学生たちを中心とするインテリ読者に受けた。

また、内容もさることながら、筆者がイギリスから帰国したばかりの英文学者だったことも文壇や学生たちのあいだで評判となった。

虚子はそうした空気を敏感に察知した。そして書くことこそが、漱石の心に渦巻く表現への渇望を満たし、火を点けたのだと気づいた。

漱石は当初、「猫」は一回だけの読みものとして書いたつもりだったが、虚子が引き続き執筆するよう求めたことから次々と続編を書き、「ホトトギス」は「猫」が載ると売れ、載らないと売れ行きが悪かった。

「猫」が学生たち若者に人気を博したのは、西洋の科学を、わかりやすく、ユーモアを交えて書いていたためだった。たとえば「首つりの力学」というのは、弟子の寺田寅彦が東京帝大理科大学で古いフィロソフィカル・マガジンを見ていたところ、レヴェレンド・ハウトンという科学者が首つりに関する珍しい論文を書いていて、それを漱石に話すと、「それは面白いから見せろ」ということで、「猫」のなかに寒月の話として書いた。漱石は一般科学に対して深い興味をもっていて、英語で書かれた論文を読むのはむろん造作のないことで、高等学校時代は数学も得意だったため、文学者でありながら理系のことも理解して解説できる希有《けう》な存在だった。当時、そうした素養をもつ文学者は異例中の異例で、若い学生たちはそうしたところにも惹かれた。

広範な知識や深い考察にユーモアや風刺をしのばせた漱石の文才を、他の出版社もほおっておくはずはなく、「帝国文学」に「倫敦塔《ろんどんとう》」と「趣味の遺伝」、「学鐙」に「カーライル博物館」、「新小説」に「草枕」、「中央公論」に「薤露行《かいろこう》」と「二百十日」というふうに、漱石は明治三十八年から三十九年にかけて次々と短編小説を書いた。

脚気で休学し、宇和島で俳句指導

一高生として東京暮らしを満喫していた豊次郎は、都会ならではの豊かな文化に触れ、これまでにない心の充足を味わっていた。

子どものころは、歌舞伎の芝居小屋を遊び場にして育った豊次郎だったが、その後、大洲の野山でキジやウサギを追いかけるようになってからは、演劇などの芸能に触れる機会はとんとなくなってしまった。しかし松山の能楽によって芸能を味わう心をいくばくか取り戻してから東京に戻ると、幼いときの芝居の印象が突如よみがえり、堰を切ったように東京中の芝居という芝居をほとんど見逃すことなく見て回るようになった。こうして豊次郎は、一高生としての生活を十分過ぎるほど楽しんでいた。

このころ、判事をしていた父の権六も弁護士となって、郷里の宇和島裁判所の仕事をするようになった。豊次郎は夏休みには毎年帰省し、ときには冬休みにも帰省して両親や弟妹たちと過ごした。

明治三十三年七月、豊次郎は第一高等学校を卒業。無事、一高から東京帝国大学の法科へ進むことができた。豊次郎が一高にいるあいだ熊本にいた漱石は、同年九月イギリスに留学し、明治三十六年に帰国して東京へ戻ってきた。豊次郎は、そのころから漱石庵に入り浸りとなった。

ところがこの年、豊次郎は思いがけない不運に見舞われた。再び脚気を病み、郷里での転地療養をやむなくされたのである。さらに運の悪いことに、今度は郷里でパラチフスにかかってしまい、百日も寝込んでしまう大病となったため、仕方なく一年間休学することにした。

豊次郎は、夏休みや冬休みと違って時間だけはたっぷりあるため、もっぱら俳句に漬かる日々となった。

それをどこで聞いたのか、同好の士がツテを求めて豊次郎のところに来るようになった。維新前、家老職を務めていた松根家はこのころも当時のままの屋敷構えだったため、門から玄関までかなり長い敷石を踏まねばならず、玄関から豊次郎の部屋がある奥へ行くにも幾部屋も通り過ぎなければならない。一般庶民にはいささか恐れ多い訪問先ではあったのだが、それをおっくうとも思わずに出入りする人々がしだいに増えてきて、なかでも父権六を通して交遊を結んだ裁判所関係の人が多くなった。

そのひとりが田村甲南《こうなん》という弁護士で、彼は東京で司法試験に及第したあと、地元宇和島の弁護士事務所に入って仕事をしていたのだが、ある時、偶然船の中で豊次郎と出会って意気投合したことから、初対面にもかかわらず弟子入りした。もっとも甲南は、すでに権六から豊次郎のことを聞いて知っていた。

裁判所の書記も権六の紹介で訪ねてきた。豊次郎が甲南の下宿を会場に借り、そこで毎晩のように句会を開いたところ、小さな宇和島の町で噂はすぐに広まり、松根の御曹司《おんぞうし》が「俳諧」という奇妙なものを東京から持ち帰ったというので、実業青年会の若者たちや土地の名士たちも加わり、会はいよいよ盛んになった。

参加者が増えてくると、会に名前がないのは不便だということになり、この地の名勝「滑床渓谷《なめとこ》」にちなみ、「滑床会」とした。豊次郎は、甲南庵に「滑床会」の札を掛けさせてもらった。

やがて、大阪商船の支店長も噂を伝え聞いて仲間入りを求め、社員全員を引き連れて出席するようになったため、句会の会場をその支店の二階に移した。

宇和島には宇和島新聞などいくつかの地元紙があり、その発行人がこうした噂を聞きつけたのか、豊次郎に俳壇を設けてほしいと依頼してきた。そこで豊次郎は夜を重ねて句会を開き、毎日紙上に同人の作品を発表するようになった。宇和島で新聞に俳句が載ったのは、それが初めてである。

新聞は宇和島市内だけでなく、南予《なんよ》（南伊予）地方一帯で読まれていたので、この地に日本派俳句を紹介するきっかけになり、豊次郎のところには近隣の吉田や卯之町《うのまち》からも指導を乞う手紙が届くようになった。しかしこの地は交通の便が悪く、句会に参加するといっても、吉田なら知永《ちなが》峠、卯之町なら法華津《ほけつ》峠というふうにいくつもの峠越えをしなければ宇和島には来られない。四国山地が連なる南予地方は平らな地形が少なく、一つ峠を越えればまた次の峠というふうに旅人泣かせの道が続いていたから、草鞋《わらじ》がけに弁当持ちという準備万端の備えがなければ、おいそれと句会に出ることもかなわなかった。

豊次郎は、それほど望まれるならせめて日曜日くらいは吉田や卯之町の会員のために便宜を図ろうと考え、会場を移動することにした。それを豊次郎が移動式と言い出したので、「移動式俳句会」という名もできた。

このころ、豊次郎が初めて会って意気投合したのが、教員をしていた吉田出身の岡田燕子《えんし》（賢次郎）である。

燕子は、宇和島藩の支藩である吉田藩の祐筆《ゆうひつ》岡田早苗の子で、「燕子」と号して俳諧を嗜んでいた父の号を継いで二代目燕子を名乗っていた。彼は若い頃から俳句を志し、松山で発行されている海南新聞の俳句欄に投句をしていたが、それを偶然見た正岡子規が感嘆し、新聞「日本」にも掲載したいと手紙をよこしたことがあった。その末尾に

白牡丹咲くや四国のかたすみに

の一句が添えてあったのは、燕子の才能を認め、白牡丹と称えたものだった。

燕子はひとづてに豊次郎のことを聞き、子規庵にも通うほどの人物がこの僻遠《へきえん》の地に現れたことをこの上ない幸運と感じ、手紙を出したのだった。豊次郎も子規の認めた俳人ということを知って興味を覚え、訪ねていくことにした。

初めて燕子君を訪ふ
子やあらむ土筆《つくし》ちらばる上り口

豊次郎が訪ねていくと、玄関先につくしが散らばっていて、出てきた燕子は慌ててそれを拾った。燕子は穏やかな人であったが、俳句に対する思いは熱く、豊次郎は時を忘れて語り合った。

吉田では寺の本堂を借りて句会を開いた。卯之町からこの移動式句会に参加する人は大変で、宇都宮閑子《かんし》という青年などは宇和から法華津峠を一気に走り下ってきたのか、息をハアハアはずませながら「ただ今まいりました」と脚絆《きゃはん》がけで上がりこんできたほどで、豊次郎ですら、なにが彼らをこれほど熱心にさせるのかと不思議に

思うことがあった。しかし考えてみると、宇和島で無聊《ぶりょう》を慰めるものといえば、花柳界で遊ぶか酒を飲むことくらいしかなく、健全な若者たちが打ち込める娯楽に乏しかった。俳句は、表現の手段を持たなかった青年たちが心の内を発露する格好の文芸であり、知的な遊びでもあったのである。

故郷での療養でようやく病が癒えてきた豊次郎は、再び帝大に復学するため東京に戻ることになり、滑床会とは今後も交流を持ち続けることを約束して会員たちに別れを告げた。

東京帝大から京都帝大に転学

だが東京に戻ると、しばらくの学業ブランクが豊次郎に思わぬ情況をもたらした。法科の勉強が日に日に難しさを加え、特に試験の時は難しい法律の条文を丸暗記しなければならないので、すこし神経衰弱気味になってきたのである。

「おれは、孫子《まご》の代まで法科なんかには絶対やらせないぞ」

豊次郎は、進学のため上京してきた弟の新八郎にこぼしたりした。父の意にしたがって法科に進んではみたものの、やりたかった文科の勉強に比べ、なんとも味気なくつまらない。だんだん法科が嫌になり、豊次郎は憂鬱な顔をするようになった。

郷里の父も豊次郎の状況を知り、この際思い切って環境を変え、楽に勉強ができるようにするのも大事だと考えていたところ、豊次郎が京都に帝国大学のできることを知り、親子は相談の結果、そこへ転学することにした。そのまま東京の帝大にいれば、休学したために同級生より一年遅れることになるのだが、京都は卒業論文を書かなければいけなかった代わり、三年で卒業することができたので四年制の東京帝大の同級生と同時期に卒業できる。また、京都の大学はできたばかりで学生がおらず、豊次郎の希望した法科はたった三人しかいなかったのでかなり融通を利かせてもらえ、なによりも入学すること自体が歓迎されたので気持ちも晴れた。豊次郎は東京帝大ですでに三年の学業を履修していたため、京都帝大仏法科の一番上級へ入ることにしたが、新年度が始まるまでかなり日数があった。そこで、のんびり俳句をつくりながら京都の風物を楽しみ、それまでの期間を待つことにした。

京都の下宿は、吉田山という左京区の丘陵地がある地域にある。真如堂《しんにょどう》という天台宗の古刹があり、自然の中で好きな句をつくっていると豊次郎の神経衰弱は次第におさまってきた。

京都帝大の新年度が始まり、学業の再開に向けて豊次郎も張り切った。

だがひとつ残念だったのは、楽しみにしていた大学の俳句会がなかったことだった。京都にも俳壇はあるにはあったが、熱気を帯びた東京とはまるでムードが違っていた。

しかし明治三十七年春から関西俳壇きっての論客、中川四明《しめい》が俳誌「懸葵《かけあおい》」を創刊していた。四明は大学予備門教授を経て大阪朝日新聞記者となり、子規との親交を深めて、「京阪満月会」という句会を結成した人で、日本派の関西の砦を作っていた。そこで豊次郎は、これを基盤に活躍するようになった。

そして、この年の十一月には、句三昧に入る十夜の勤行《ごんぎょう》「俳諧十夜」を実施した。

豊次郎の住まいの近くにある真如堂は比叡山延暦寺を本山としており、京都の年中行事のひとつとして「十夜講」がおこなわれていた。京都帝大も近く、付近には学生が大勢下宿していたので、豊次郎はこの十夜講にならい、十一月五日から十日間、俳諧三昧に入って句作し、俳談や茶話をするということを思いついた。「要は唯究むるにあり、練るにあり、修むるにあり、よき句を得るを目的とす」という趣旨である。学業のかたわらやることなので限られた人にしか知らせず、参加した人は多くはなかったのだが、京都俳壇に新風を巻き起こした俳句修行として注目された。むろん豊次郎は十日間すべてに出た。

京都の冬は底冷えがするとは聞いていたが、僧坊の寒さは尋常ではなかった。最後の日、本堂から僧が小豆粥《あずきがゆ》を運んでくれ、また四明が蕎麦湯をふるまってくれたのでそれらで腹を暖め、句の選を終えると白々と夜が明けた。

この「俳諧十夜」を済ませた豊次郎は、大学が冬期休暇に入ったことから、年の瀬の迫ったころに上京し、虚子の経営する富士見町の俳書堂を訪れた。

京都三高に学んだことのある虚子は時折京都を訪れ、この地の俳人たちと親交を結んでいたが、偶然豊次郎と再会した。豊次郎と虚子は顔見知りではあったものの、さして親しい間柄というわけではなかったのだが、虚子は学生時代を過ごしたこの地に懐かしさがあり、心も解き放たれる心持ちがしたのか、いつになく豊次郎と打ち解けた。そんなこともあって、年末に豊次郎が虚子を訪ねるとその歓迎ぶりは大変なもので、集まってきた俳句仲間と大晦日の酒宴となった。

ともに酒を酌み交わしながら熱っぽく俳句を語りあったのは、中野三允《さんいん》、岩田鳴球《めいきゅう》、柴浅茅《あさじ》、岡本癖三酔《へきさんすい》といった若い俳人たちである。そのうち虚子は「実に今晩は愉快だ。僕は来年から復活するよ、いや今晩から復活する、君も復活するだろう」と興奮気味に言い、「僕もする」「僕もする」といった具合に一同が一斉に浮き立ち、酒宴はいつ果てるともしれない様相だったが、やがて酒がなくなり、最後は水盃でおひらきとなった。

このときの連中が、のちに豊次郎とともに、虚子の主宰する「日盛会《ひざかりかい》」という句会へ参加する同人となった。

東京で虚子と始めた俳諧散心

明治三十八年七月、京都帝国大学仏法科を卒業した豊次郎は、ようやく東京へ戻ってきた。病気で二度ほど休学したため、もう二十八歳になっていた。

豊次郎は相変わらず俳句漬けで、虚子の俳書堂で出会った若い俳人たちと接触するうち、同年代の気易さもあってか、彼らの素の部分も見えてきて面白かった。

なかでもユニークだったのが埼玉出身の中野三允で、彼は俳毒庵《はいどくあん》という妙な別号をつけ、悪筆ならぬ毒筆を書いていた。子規に俳句を学び、明治三十三年に早稲田俳句会を設立した三允は、三十五年には埼玉県安行《あんぎょう》村から俳誌「アラレ」を創刊。俳句をする若い連中の中には、「われわれの思い通りのものを創ろう」ということで新雑誌を出す者もいたのである。

そういう自由奔放なことを書く雑誌として、憎まれ口のターゲットになったのは謡《うたい》で、碧梧桐や虚子が謡や能をやり、内藤鳴雪も謡の本を朗読していたのだが、それが気に入らないというので「謡曲亡国論」などと毒づいて文章を書いていた。豊次郎はこうした若い連中からなにか書いてくれと言われ、それに快く応じたことがきっかけとなり、和気あいあいと付き合う間柄になったが、かねがね混迷した俳壇をどうにかしなくてはいけないという気持ちを持っていたので、彼らに定型俳句の立て直しについて話したところ、みな大いに乗り気だった。

若者たちのエネルギーに感じるものがあった豊次郎は、虚子に「彼らを引っ張り出そう」と話し、虚子も「謡曲亡国論」に苦笑いしながらも、彼らと新しい俳句をつくっていこうという豊次郎の提案に賛成した。

こうして虚子は週に一回、月曜日の夜にその若者たちを集めることになり、赤坂の茶寮《さりょう》でうなぎなどを食べながら句会をやった。そのため、俳句会は当初「月曜会」という名だった。

第一回の会に集まったのは、東洋城こと豊次郎と、高田蝶衣《ちょうい》、癖三酔、浅茅、岡本松浜《しょうひん》の五人で、埼玉に帰郷していた三允は、電報で参加できないことを伝えてきた。

月曜会は、碧門の俳三昧と同じく、題を課して繰り返し三回行われた。第一回の席題は「草芳《かんば》し」である。このとき注目された東洋城の句が、

黛《まゆずみ》を濃うせよ草は芳しき

で、宮中の女官たちに眉を濃くし、草の芳しい春を満喫せよと詠んだ、若々しい句である。

席題にちなんで「芳草集」と名付けられた句集は、松浜が謄写版で刷り、癖三酔が表紙画を描いて冊子にしたが、作品を「ホトトギス」に発表する際、虚子はそれを「俳諧散心《さんしん》」とした。

「散心」とは「三昧」と同じく仏教語で、気の散ること、散乱する心をいい、「俳諧散心」とは俳句に心を散ずるという意味だった。碧門が俳句に対して心を集中し、没入する「俳三昧」であるのに対し、虚子はあえて対語を選んだのだった。

虚子が「月曜会」を始めたのは豊次郎の宮内省入りが内定したころで、会の中心は虚子だったのだが、「俳諧散心」を謳うという趣旨からすれば、会のメンバーに東洋城が存在する意義は小さくなかった。なにしろ宮中に仕え、貴族的で気品ある容貌に加え、瑞々しい浪漫精神の持ち主である。「黛を濃うせよ草は芳しき」の句は、恋愛の気配をはらむ瑞々《みずみず》しさを感じさせる句として話題になり、のちに東洋城の代表句のひとつとされた。

風呂屋の離れから宮内省に出勤

豊次郎が宮内省に入ることになったのは、自分自身の希望というより、周りからのお膳立てによるものだった。卒業と同時に職に就くことを考えねばならなかった豊次郎は、法科を出たので父のように司法関係の職に就くのが順当のように思われていたが、そうした仕事には心が動かなかった。

その頃、こんな仕事なら面白いかもしれないと思ったものがふたつあった。ひとつは京都の有名な呉服店で、フランスの絹織物の産地リヨンへ特派員として行き、絹織物や美術品を扱ったりする仕事だった。明治以降、ヨーロッパからは日本へ絹や蚕を買いにくる西洋の商人が殺到したし、絹織物の産地である京都も、天皇が東京へ移って以来、伝統工芸や絹織物業がさびれていたのが、海外との取引や技術の導入などで息を吹き返しつつあった。

豊次郎が惹かれたもうひとつの仕事は、清朝の皇族・粛親王家《しゅくしんのう》が所有する広大な森林を管理するという仕事だった。近代化のまっただ中にいた豊次郎には、できることなら海外に飛躍し、大きな仕事をしてみたいという野心があった。

だが、そうした希望は親の了解が得られにくい。豊次郎は親からの賛同が得られないまますずるずると就職活動から遠ざかり、相変わらず柳原の家に居候し続けて浪人生活に甘んじた。

そうした肩身の狭い境遇にもかかわらず、豊次郎は俳句三昧の生活に浸り、虚子と一緒に「四夜の月」などをやっていた。これは、名月や待宵《まつよい》月、居待《いまち》月、立待《たちまち》月を名所や景勝地まで見に行って句をつくるというもので、乗り物で行けるところは乗るが、ほとんどが歩きである。

虚子の女房は、虚子が夜通し家をあけるのは遊ぶためなのではないかと嫌がったが、「松根さんとご一緒なら」と送り出した。虚子のところへ行くと、ときに豊次郎は虚子に勧められ、夕飯を食べて泊まったりしたこともあったのだが、酒を飲まなかったので女房に真面目だと思われていたのである。

二人は一日目、東京を一晩中歩いて句を作った。翌日の晩も朝まで句作を続け、それが四日続いた。虚子は二人の句を「四夜の月」という題で「ホトトギス」に出した。若くて元気な豊次郎はそれが面白くてならず、方々へ行っているうちに評判になったため東京以外でもやることになり、なかでも叡山を主にして京都を巡る吟行は何度かやった。

だが、そうした噂を聞いた宇和島の親は息子の行状に眉をひそめ、学生時代からずっと面倒を見てきた伯母の初子も「なにをしているのやら」とそのありさまを憂えていた。そこで親類間で相談し、豊次郎本人には内緒で宮内省へ入れる運動をした。柳原家からは前光の妹・愛子《なるこ》が明治天皇の典侍《てんじ》として宮中に上がっており、大正天皇の生母であった。

当時、官公庁には高等官と官吏という職制があり、豊次郎をいきなり官吏で、というのは無理だったものの、身分の低い属官からなら、ということで採用されることになった。明治三十九年、二十九歳になった豊次郎はあまり気が進まなかったものの、やむなく役人になったそのことを、

役人にならうと思へば暑さかな

と句に詠んだ。

配属されたのは、宮内省の帝室会計審査局。月給三十五円の判任官という下級官吏である。

宮内省に入ると、豊次郎は伯母の初子から、

「もうあなたもお勤めに出て月給を取るようになったんだから、自分で家をお持ちなさい」

といわれた。豊次郎は

「三十五円じゃ家は持てません」

と言ったのだが、さすがに伯母も三十近い大の男をいつまでも居候させておくわけにはいかず、問答無用で言い訳を封じた。豊次郎は、仕方なく借家を探すことになった。

赤坂見附の風呂屋の奥に二階建ての離れがあり、そこを借りることにした豊次郎は、自炊をしながら役所に通うことにした。自炊といっても、朝、買ってきたパンを食べるくらいで、昼も夜も食事は役所で取った。

この風呂屋の離れへは、人が通れるだけの細い路地から出入りした。出勤のときや買い物に行く時は問題ないのだが、夜になると用心が悪いからと家主が路地の入り口の木戸を閉めてしまう。したがって豊次郎は、夜、仕事から帰ってくると、下駄を下げて風呂屋の洗い場を通って離れに行かなくてはならなかった。ただ、男湯を通ると、男は乱暴で桶の湯が飛び散って着物が濡れたりするので、豊次郎は女湯のほうを通るようになった。

そうした笑い話にも似た話が上司の耳に入ったのか、豊次郎は、宮内省の役人ともあろうものが風呂屋の路地から出てきたのでは困ると叱責され、別のところを探さなくてはならなくなった。そこで移ったのが、九段坂の中ほどにあった三階建てのかなり大きな下宿屋「望遠館」で、下宿屋のなかでも高級下宿屋といわれるものだった。ここからは神田区の甍の波を隔てて駿河台のニコライ堂の鐘楼が眺められ、朝夕鐘の音が聞こえてくる。その背後にある日本橋や京橋などは晴れ渡った日でも霞が立ちこめ、品川の海などは見えなかったが、豊次郎はまあまあ気に入ったため、三階の八畳の間を借りることにし、そこから役所へ出勤するようになった。

明治三十九年四月、「ホトトギス」は百号を迎えた。松山で創刊されてから八年がたっていた。

虚子は、三百ページを超える特大号を発行し、それに漱石の新稿「坊っちゃん」を載せた。その号は、のちに「坊っちゃん号」と呼ばれるほど爆発的に売れ、「ホトトギス」の発行部数は急増した。

「吾輩は猫である」を書くまでの漱石は機嫌が悪かった。しかし「猫」を書き始めてからの漱石の顔は晴れ晴れとしてきた。一方、虚子の気持ちは、「猫」が三回、四回と続くにしたがって、やや複雑な思いになっていった。漱石が教師をしながら余技として文章を書いているだけなら、漱石と虚子との間にはなんら利害関係はなかった。だが漱石が文壇の大家になっていき、さまざまな雑誌から原稿依頼が来るようになってからは、それまでの親しく無邪気な気持ちは失われ、作家と原稿をもらう編集者の関係へと変貌していった。

というのも、仲間内で出版をしていた「ホトトギス」は、それまで原稿料を払ったことがなかった。そういう意味では、漱石もまた子規の友人ということで「仲間」に入ってもらっていたのだが、ここまで売り上げに貢献してもらって原稿料なしというわけにもいかない。虚子は、漱石に一ページ一円の原稿料を払うことにした。その額は、他の雑誌と比較してけっして十分とはいえなかったが、漱石はそんなことはお構いなしで、いわば「ホトトギス」は自分の生みの親だといった気持ちで筆を執った。

しかし、他の雑誌社からどんどん執筆の要請が来て、日増しに激しくなってくると、しぜん漱石が「ホトトギス」に執筆する機会は減っていく。そこで漱石は自分の門下生を虚子に紹介し、「ホトトギス」誌上でその作品を発表してもらうようになった。

また、虚子自身も文を書き、「ホトトギス」に載せるようになった。

明治三十九年四月には、写生文「畑打《はたうち》」を掲載した。昔好きだった男が美しい妻を伴って帰郷したことを知った若い女が、働かない亭主と夫婦になったわが身を嘆きながら畑打ちをし、別れた当時を追憶していると、幼いわが子が怪我をしたということで連れてこられる。我に返って母の心持ちを取り戻し、現実を受け入れて、また畑打ちをするという短い作品である。写生文ということで、他地方の人にはややわかりにくい伊予弁を使っているのが難点だが、微妙な女心を描いたものだった。

虚子の一家は維新後、松山の中心地から離れた柳原《やなぎはら》という田舎に引っ込み、武士であった父は鍬を持ち、肥桶《こえおけ》を担ぐ百姓となった。虚子は、母が遍路や百姓相手にまんじゅうやわらじを売るようすを「店のある百姓家」などの短編に書き、また、少年期に見た維新後の武士たちが困窮するありさまを「死に絶えた家」に書くなど、激しい明治の世の移り変わりに黙々と耐える姿を描き続けた。

これらの作品は、言うなれば没落していく武士階級の話で、似たような経験をしてきた者には辛気臭《しんきくさ》く思われたのか、あまり高い評価も得られなかったが、ひとり漱石は「畑打」を評し、「人は、何だこんなもの、と通り過ぎるかもしれませんが、僕は笹の雪流な淡白な味を愛します」と賞賛する手紙を送った。子どものころ小説を書くことを夢見ていた虚子は、そのことばに百万の味方を得たような気持ちがした。

漱石は、「ホトトギス」をもっと充実した雑誌にすべきだという考えを持っていた。虚子さえ承諾すればそれも可能だったのだろうが、旧ホトトギス派とでもいうべき人たちのなかには、漱石らの作品を中心とした文芸路線には不服で、純粋な写生文雑誌として発行すべきだという意見の者もいた。発行人の虚子にしてみれば、そんな純粋路線を取って、乏しい売上げに汲々とするのもやり切れないので、すこしは世間に人気のあるものにしたいと、漱石の作品を歓迎する傾向があったのだが、かといって完全に雑誌の内容を変えてしまうわけにもいかない。

虚子は、子規ゆかりの伝統ある俳句雑誌を文芸雑誌にするつもりはなかった。読者から、小説や写生文などが増えて俳句の分量が減ったという意見があると、それに応え、明治三十八年八月号の編集後記で、次号は俳句に関するもののみで編集するつもりだと書き、その九月号には「俳諧須菩提経《すぼたきょう》」と題する文章を掲げた。題名といい内容といい、かなり人を食ったものだったが、これはいかにも虚子らしい〝俳句の勧め〟だった。俳句を作る人には、天分の豊かな人と天分に恵まれない人がおり、作る句にも大きな差があるが、ひとたび俳句に志した人は、全く俳句を作らない人と比べて、救われぬ人と救われた人とのほどの差があり、俳句を作る功徳《くどく》はそこにある、といった意味のことを説いていた。そして最後に、「天才ある一人も来《きた》れ、天才なき九百九十九人も来れ」と結んだ。

このころ碧梧桐は、平凡で単純な写生句に飽き足りなくなり、五七五調や季題にとらわれない「新傾向俳句」を提唱し、自由律俳句誌「層雲」を主宰する荻原井泉水《せいせんすい》と句作活動を行うとともに、「新傾向俳句」をひっさげ、明治三十九年八月から四十四年まで、京都の東本願寺法主・大谷句仏《おおたにくぶつ》の援助により、二度にわたる長期間の全国旅行に出た。

碧梧桐の「日本俳句」は秀才を集めた観があるのに対し、虚子のほうは天分なき大衆を相手に俳句を説こうとするところがあり、それは碧梧桐にはない寛容さであり、虚子のふところの深さともいえた。虚子の気持ちの背景にあるのは、自分を後継者にと引き上げてくれた子規への感謝の念であり、子規の指導によって文学への道筋をつけられ、出版経営という社会的な地位を与えられたことへの責任感のようなものでもあった。

式部官は、鶏の群れなかの鶴

明治三十八年の末ごろからは、漱石の家で山会が行われるようになっていた。さらに、漱石が流行作家として名を知られるようになってからは、彼のもとに大勢の若手文学者や学者の卵が集まるようになった。しかし、その訪問があまりにも多かったため、音を上げた漱石は面会日を木曜日に設定し、明治三十九年十月から「木曜会」が始まった。

漱石の人脈は、松山・熊本・東京での教師生活から生じた人間関係だけでなく、子規との友情がもととなり、虚子を中心とする俳人たちも含まれた。教え子では、松山中学時代の豊次郎と、熊本の五高時代の寺田寅彦、一高の野村伝四《でんし》らがおり、俳人たちは河東碧梧桐、坂本四方太《しほうだ》、寒川鼠骨《さむかわそこつ》らである。そして文学を志す個性的な知的エリートたちには、小宮豊隆《とよたか》、鈴木三重吉《みえきち》、森田草平《そうへい》、野上豊一郎《のがみとよいちろう》、弥生子《やえこ》らがおり、のちに安倍能成《あべよししげ》、阿部次郎、和辻哲郎《わつじてつろう》、岩波茂雄らが加わった。

会の最初のころは、書いてきた作品を誰かが朗読した。虚子は読むのがうまいということでよく読んだが、時には漱石が読むこともあり、著者本人が読むこともあった。その場にいる者はその作品に対する批評をするのだが、ほとんどがけなされ、ときには激しく議論を戦わせることもあった。かといって、その木曜会の空気が険悪になるかといえば、そんなことはなく、おそらく他のどこにもない自由闊達なものだった。

豊次郎は、この連中のなかでも漱石の最も古い教え子ということになるが、宮内省に勤める式部官という身分もあり、異色の存在と見られていた。天皇の国事行為に関する宮内省そのものが、一般平民からすると雲の上の存在で、特に祭典、儀式、接待に当たる式部官などは、住む世界が違う別人種のようにさえ思われている。しかも豊次郎は美男子で、黒羽二重《くろはぶたえ》の紋付き羽織と仙台平《せんだいひら》の袴を着け、鶏の群れのようなやかましい連中のなかで、鶴のように行儀よく坐っている。話すことといえば、すべて雲上人《うんじょうびと》の秘事にわたることで、文士や画家たちの貧乏臭い話とは一線を画していたから、三重吉や森田草平などは豊次郎の話にやっかみにも似た眼差しを向けることがあった。

また、小宮豊隆などは漱石を尊敬するあまり独占したがる向きがあり、そういう意味では同じ傾向のある豊次郎にライバルは多かったが、育ちが良く、しぜんで遠慮のないところや真面目なところが漱石に好まれた。

明治三十九年八月、虚子への手紙に漱石はこんなふうに書いた。

「二三日前、東洋城来る。……東洋城は遠慮のない、いい男です。あれは不自由なく暮らしたからああいうふうに出来上がったのだろう。それから俳句をやるからあんなになったのだろう。僕と友達のように話をする。そうしてやっぱりもとの先生のような心持ちをもっている。それが全く自然で具合がいい。こんど逢ったらそう言って下さい……」

漱石が教師をしながらさかんに執筆活動をしたのは、朝日新聞社に入る明治四十年五月までの二年半だった。「ホトトギス」や「中央公論」などの雑誌に次々と発表し、なかでも、松山中学時代の経験をもとに書いた『坊っちゃん』はその痛快ぶりで好評を博した。もっとも、小説のどこにも舞台は松山とは書いておらず、出てくる温泉の名も道後とは一言も書いていないのだが、「なもし」という方言や、漱石の経歴からして、松山のことを書いたのに間違いないとされた。

明治四十年一月、漱石は「ホトトギス」に最後の原稿を書いた。同年四月、一切の教職を辞して朝日新聞社に入社することになったためである。文筆だけで生活していくことは漱石の強い願望であり、長年の夢でもあった。入社の条件は月給二百円である。それに年二回、特別賞与がつくという破格の条件だった。家族に対する義務感の強い漱石は、その条件の履行を確認して入社を決めた。それ以降、この破格の待遇に律儀に応えるため、ほとんどの作品は朝日新聞で発表した。

宮内省の因習とぶつかって事務嫌いに

豊次郎は帝室会計審査局の仕事と式部官を兼務していた。上背があって姿かたちが良く、容貌も優れていたので、晴れの席にはうってつけだということで式部官を命じられたものだった。

本来、祭典や儀式を司る式部官は高等官なのだが、その月給は出なかったので名誉職だということになった。だが豊次郎は、これ幸いとその立場をうまく利用した。

式の前後には準備の時間や片付けの時間があるので、大礼服を着たまま、「今日は式のほうへ用があります」と言えば、事務を執らなくて済む。豊次郎は事務仕事が好きではなかった。

と言っても最初からそうだったわけではなく、帝室会計審査局に入ってまもないころは、仕事として始めたからにはなにごともきちんとやらなければと考えていた。仕事の内容は、宮内省各部局が発注した業務の約定書や契約書を審査し、法規に照らしてまちがいがないかどうかを確認する会計検査的なもので、規則に照らして問題があれば指摘し、ときには事件として摘発する。

この仕事は宮内省全般が見渡せるというので、入省したての若い職員は、みな最初にこの仕事をさせられた。面白くはなかったが、一年に一度だけ実地検査があり、ひと月ほどかけて地方へ検査に出ることがあった。宮内省の所管は全国にまたがる広範なものなので、職員は毎年ほうぼうへ旅行ができ、それが唯一の骨休めになった。

豊次郎がいたときの帝室会計審査局のトップは斎藤桃太郎という局長で、その下に審査官が五人ほどいた。

豊次郎は、机の上に山ほど積まれた書類を見て内心辟易しながらも、一枚一枚取り上げて見ていった。宮内省のいくつかの部局を担当していた豊次郎は、あるとき大膳寮《だいぜんりょう》の書類を見ていると、天皇の食事の献立表が出てきた。料理は十種類ぐらいあり、汁物もあれば刺身もあり、時には洋食もある。

刺身には、まぐろ、たい、ひらめなどが使われ、一皿に三切れか五切れずつ乗っていると思われるのだが、どんな魚を買っているか調べたところ、大鯛一匹、大きなぶり一匹といった具合に、かなりの量を買い入れている。いいところだけを使うにしても、そんなに買わなくても良さそうなものだと豊次郎は思った。また調味料も、醤油が一升、みりんが一升、洒が一升という具合に、毎回三度の食事に数が上っている。一回の食事ごとに一升というのは、どう考えても多過ぎる。

そこで豊次郎は、それについて審査官のところに建議書を出した。それによって審査官が会議をし、通れば、魚や調味料を買い入れた部署に問い合わせがいく。

ところが、それまでそういう指摘をした者は誰もいなかった。審査官が五、六人集まって相談した結果、これはここでは判断できないと思ったのか、長官のところまで話が行った。

しばらくすると、豊次郎は長官から「ちょっと来い」と呼ばれた。何かまずいことになったのだろうか、それとも叱られるのだろうかと、豊次郎はいくぶん緊張気味に長官のいる部屋に行き、前に立った。すると長官は穏やかな表情で、

「松根君、書類を見たが、まったく君の言う通りだ。確かに多いとは思う。けれども、魚はいいところだけを取って陛下にお出しするんだろうから、これは仕方がない。それと、君も書記官になると宿直をすることになるが、毎日五人なり六人なりの書記官が一晩ずつ替わりあって泊まる。その時、夕方まで執務したあと、三人ぐらいの属官も一緒に夕食をとることになるんだが、それは大膳寮から下された料理で、毎日出る。その魚もそこから出ているわけだ」

と豊次郎を説得するような口調で言う。

「しかし長官、醬油やみりんはどうなんです。三度三度一升も使わないのではないですか？　それに、洋食の時も醬油は使わないじゃありませんか」

豊次郎は正論を言った。

「それも、もっともだ。もっともだけれども、ねえ君、そう力んでもいけない。宮内省というところには長い習慣があって、そういうことにして通してきたんだよ」

長官はなおも説得をする。

「いくら慣習と言っても、無駄は無駄です。調味料なんて、今の半分で十分だと思います」

長官は、豊次郎をきかん気の強い理屈屋と見たのか、

「君たちは、いつも坂下門から出入りしているが、坂下門はどういうところか知ってるかね」

「通用門でしょう」

「そうだ。この門は徳川の頃から将軍が食べるものを納める業者が出入りしていて、それが今に続いている。その連中が言うには、将軍様のお料理には必ず大鯛とか大ぶりとか、そういう大きなものが使われる慣わしだったというんだ。天皇のおわす宮殿は新しいけれども、宮城《きゅうじょう》は徳川の御殿だった場所だから、大膳寮にもそのころの習慣が残っている。お上にお仕えする連中の遺風というわけだ」

「明治の御代《みよ》になってもですか」

「君だから、ちょっと言うがね。ここだけの話だよ。大膳寮の役人は、帰る時に魚を半分持って帰る。陛下にお出ししたあとの余ったやつなんだが、それは徳川の時代からあった習慣で、ご門の番人は見て見ぬふりをして大目に見ていたらしい。ふところから、着物の下へ包んだ魚を入れて、ぶら下げて帰る。その時に魚の頭が衿元から出て、しっぽが裾から出なければいい。つまり隠しきれないほどの量でなければ、お目こぼしされたというこ

とだったんだな」

豊次郎は、長官ともあろう人がそんな下世話な話をするのかと内心がっかりし、そこまで弁解するのならという感じもして、黙って礼をして引き退がった。

宮内省の各局は、因習にとらわれた年寄りの華族たちが牛耳っていてどうしようもなかった。若い者は伝統やしきたりを知らないからと排除していたのを、革新派が宮内省を改革しようと大学卒業生を入れるようにして変わっていったが、それまでは旧態依然としたやり方がまかり通っていた。

斎藤局長自身が八丁堀のもと与力という家の出だった。昌平黌《しょうへいこう》に学ぶほど出来が良かったことから明治政府に仕え、イタリアに留学後、外務省に入ったが、いろいろ融通がきく人物だからというので宮内省に移り、長官に据えられた人物である。

豊次郎も、いうなければ縁故による採用だったのであまり人のことは言えなかったのだが、一応、宮内省を改革しようと入れた三人目の大卒者である。にもかかわらず、なにかにつけて因習とぶつかった。外国語がしゃべれる大卒者は外事課に入り、皇族に随行して海外へ行ったりするので、因習とぶつかる機会は少なかったのだが、豊次郎は外国語に苦手意識を持っていたため、推薦されても断ることが多く、仕事の憂さはもっぱら俳句で紛らわせていた。

「国民俳壇」の選者となり、全国の有望新人と出会う

虚子の「俳諧散心」の会は、明治四十一年八月、ホトトギス発行所で第二回が催された。前回のように月曜に開くのではなく、八月一日から三十一日までの猛暑期に連日開くことにしたので、「日盛会」と名付けられた。

しかし俳諧散心は、碧門の俳三昧ほど新機軸も打ち出せず、若者たちに旺盛な俳句熱を上げさせるには至らなかった。あえて新しいものを挙げるとするなら、枯淡の境地とは対極にあるエロティックな句で、虚子は、

お小姓に惚れたはれたや白重《しろがさね》
行水の女に惚れる烏かな

と艶な句を作った。白重とは、暑い夏に重ねて着る白い麻の着物のことである。

するとと、東洋城も負けていられない、もう一つ上をいってやれと田舎源氏に題材をとり、

光氏と紫と寝る蒲団かな

と作句したりした。

だが虚子は、これではだめだと思ったのか、東洋城に相談するかのように、「もう一年、色情狂を発展させようじゃないか」と自分の気持ちを書いた手紙をよこした。

しかし、話の本筋はそこではなかった。東洋城に悩みを相談したかったのだった。

「ホトトギス」は、元老たちの方針で編集が行われていたが、彼らも年老いて俳句をやめていき、しだいに「ホトトギス」から遠ざかっていった。そのため虚子は一人になり、編集は自分の思い通りにできるものの相談相手がいなくなり、雑誌をやっていくのに必要な昂揚感のようなものが得られなくなっていた。しかも「ホトトギス」は赤字続きで、経営的にどうしようもないありさまになっている。

虚子には、雑誌本体が傾いているのに俳句そのものを革新していっても仕方がないという無力感もあり、しだいに俳句そのものが嫌になって俳句から離れたい気持ちが強くなっていた。

俳句をやめて小説を書きたい虚子は、東洋城に国民新聞の「国民俳壇」の選をしてくれないかと言った。東洋城は、自分程度の人ならまだほかにたくさんいるからと断ったが、虚子は「君がやらなければ、ほかにやる人がない」と懇願した。

東洋城はどうしたものかと思案に暮れた。郷里の宇和島での「滑床会」、京都では京都三高での指導を経験したが、若い人たちの俳句への一途《いちず》な思いを考えると、虚子が選者を下りることは大いなる落胆をもたらすに違いない。表向きは虚子が選者のままの方がいいのではないかと思い、「実際の選は僕がするから、当分君がしたことにしておいてはどうか」と提案した。

こうして明治四十一年十月、東洋城は虚子になかば押しつけられるように選を始め、虚子は国民新聞に入って文芸部を創設した。投句はすぐには来なかったが、幸い虚子が選者をしていた時に集まった句がたくさんあったので、虚子が辞めると発表するまではそれをなしくずしに見ていくだけでよかった。しかし虚子が国民新聞で、「自分は小説に専念するので、俳句の選は東洋城にやってもらう」と正式発表したとたん、投句数は目に見えて減った。東洋城では虚子ほどの閲歴がないと、同輩たちが侮ったためである。

明治四十一年十月、虚子は国民新聞文芸部創立にあたって部長として赴き、新聞の連載小説として「俳諧師」を書き始めた。虚子の分身とでもいうべき三蔵《さんぞう》という青年の、青春の彷徨を描いたものだった。これまでに多くの写生文を書き、明治四十年には「風流懺法《ふうりゅうせんぽう》」「斑鳩《いかるが》物語」「大内旅館」などの短編を集めた『鶏頭』を出し、漱石に長い序文を書いてもらうなど、虚子は作家としての道を歩みはじめていた。

虚子のあとを受けて「国民俳壇」の選者となった東洋城は、下宿屋の望遠館でも週に一度、句会を開いた。その句会は開かれた場所にちなんで「望遠館句会」と呼ばれ、東洋城が才能を見込んだ、いうなれば選ばれし人のみが参加した。長谷川零余子《れいよし》、岡本松浜《しょうひん》、野村喜舟《きしゅう》などのほか、若き日の飯田蛇笏《いいだだこつ》や、当時暮《ぼう》雨と名乗っていた久保田万太郎など十名ほどである。

そこには来なかったが、宿所《しゅくしょ》付けという宿屋の帳面を作る山本須磨《すま》という製本業の青年がいた。

白足袋の一度洗ひし白さかな

という須磨の句は、白足袋は糊のついた新品のときより、いっぺん洗ったほうがより白いという非常に細かいところを見たもので、心境の澄み切った、鋭利なまでの感性に心打たれた東洋城は、彼の句をよく新聞に出した。しかし須磨の仕事は下請けで、家には小さなきょうだいが多く、母親も養っていたため、望遠館の会には出たくても出られない貧しい境遇にあった。

やがて須磨は、結核で若くして亡くなった。須磨は自分の句が掲載された新聞の切り抜きを帳面に貼っていて、家人がその切り抜きを東洋城のところに持ってきて、「あとでごらんになるならば、これに俳句が揃っていますから」と言って手渡された。その帳面には、帳面屋らしくきれいに切り抜きが貼ってあり、東洋城は薄幸の若き俳人の才能を惜しんだ。

このころ東洋城は、ほかにも「国民俳壇」を通じて全国の才能ある俳人と出会うようになった。そのひとりが、当時としては珍しい女性の俳人、富山の沢田はぎ女である。

はぎ女は、本名を沢田初枝といい、明治三十九年、十七歳のときに銀行員の沢田弥太郎（俳号岳楼《がくろう》）に嫁した。岳楼は碧梧桐門の寺野守水老《しゅすいろう》に俳句を学び、「国民俳句」に投句していたが、はぎ女も結婚前から文学に関心を持っていたため、夫に俳句の指導を受けるようになり、明治四十年秋から国民俳句に投句するようになった。このころ選をしていたのが虚子と東洋城である。

はぎ女は国民俳句で、虚子選として発表される句も多く、成績も良かったのだが、東洋城に替わってから入選句が少なくなった。そこではぎ女は、無遠慮だとは思いつつも東洋城にそのことを手紙に書くと、東洋城は「ずっと前から虚子選の名で私が選んでいた。私の時になって、急に貴女につらく当たるということはない。貴女の句が、ちょうど私の選者名を出した時に振るわなくなったのだ」と返事に書いたため、はぎ女は安心したのか、再び作句に励むようになった。

それ以来、東洋城は何かにつけてはぎ女を慰め、励ます存在となった。

しかし、はぎ女には次々と子どもが生まれ、家事や養育に手を取られて俳句をつくる暇がなくなってしまった。つくろうと思えば子どもが寝ついてからの夜中の二時三時になる。それでもはぎ女は俳句をやめなかったのだが、姑がいい顔をしない。そんなことを手紙に書いて送ると、東洋城はそこまでして句をつくっていたのかと驚いた。

東洋城は巻紙にして一丈（三メートル余り）の長い手紙を書き、「姑にはよく仕えよ」「句をやめるでない」と、繰り返しやさしく励ました。はぎ女は、そんな真情溢れるしみじみとした東洋城の手紙に、ときには涙を流したりした。

東洋城は明治四十二年頃、「ホトトギス」に「俳句の評釈」と題して連載ものを書いていて、時折はぎ女の句

を取り上げた。その中の一句、

そなさんと知っての雪の礫《つぶて》かな

を、東洋城はこんなふうに解釈した。

「ここに一人の女がある。向こうから一人の男が来る。門前でも往来でもよい。すべて雪の世界の中のことである。男は女の在ることを知らぬ。知っているとしても、澄まして知らぬ貌《かお》をして来る。女は初めから来る人を見ている。やがてそれが自分の恋人であることを知った。恋はやさしいものである。若き恋は美しきものである。恋する若き女性の心の表示は唯そのままに絵である。美しき詩である。女の心は動いた。女は屈《かが》む。燃える気持ちを煽りたてるかのような紅《くれない》色の襦袢の袖から、かぼそく、たおやかな手を伸ばして雪の一塊をつかむ。細《ほそ》やかな指と小さき掌とを軽く合わせては合わせて、機敏に真白な雪の手鞠を作り上げる。すらりと起《た》った女の右手が肩の高さに迅速な、されども軟かき運動を起こしたと見る時、雪の鞠は空《くう》を切って飛んだ。雪は人の肩に当たって散る。すべて雪の中の世界に女性の美しき情趣である」

（ホトトギス第十二巻五号）

世間では、この句の中の男をはぎ女の情人とし、女をはぎ女と解釈したが、これは出初式の終わった後の消防夫と、はぎ女の家の近所にある料理屋の浮かれ女とのあいだに起こったことを句にしたものだった。説明は東洋城の書いた通りだったが、まるで一幅《いっぷく》の絵を見るような美しい解釈に、はぎ女は驚き感激した。

東洋城は、女性には女性ならではの情調があると思っていたので、句作をする女性が少ないのを残念に思い、もっとそういう人が増えてほしいと思っていた。はぎ女や大阪の井上いさ女は既婚の女性であったが、東洋城がその将来を嘱望していた才気溢れる女性俳人であった。

越中の秋の寒さを想ひけり　はぎ女君に似《しめ》す

こうして東洋城は若い才能を見出し、育んでいたが、国民新聞の社長・徳富蘇峰《とくとみそほう》は弱っていた。俳壇は紙面の中でも読者に人気のある欄で、投稿した句が掲載されているかどうかを、楽しみにしているふうなのだが、東洋城選では入選する人が限られていて読者が減る一方である。なんといっても虚子は子規の直門で俳人たちの信頼も篤く、長いあいだ選者をしてきたのでファンの数も多い。徳富蘇峰は虚子に、俳壇は新聞を売るためにやっている、東洋城では新聞が売れなくなって困ると、再び虚子に選者復活の打診をした。

虚子はその話に困惑した。あれほど無理を言って頼んだ東洋城に、今さら辞めてくれとはさすがに言えない。そこで考えた挙げ句、直接本人に言うことはできないが、それとなく新聞社の社員の口から言ってもらおうと、協力を頼んだ。

そんなこととは露知らぬ東洋城は、ある日突然「虚子が選者に戻ることになった」と社員から聞き、言いようのない怒りを覚えた。やむを得ない事情があるのなら、なぜ本人が「せっかく君に頼んだけれども」と断りを言わないのか、なぜこんなやり方をするのかと許すことができない。東洋城は「なんと言われてもやめない」と新聞社に抵抗した。

虚子はそのことを聞き、東洋城と話し合いをするしかないと観念し、会って「やはり選者は自分がやるしかないようだから」と言った。そして「君は俳句を尊重するが、ぼくは俳句を軽蔑する」と言い、「だから俳句の選をずうっと低くする」とも付け加えた。

東洋城は、「いかん」と怒った。さすがに口に出して言いはしなかったが、それは金に転ぶ、堕落するということではないか、俳句を誰でもがつくれるようなものにしてしまうことは、指導者として逃避することではないかと憤慨した。

虚子が「ホトトギス」の発行人と編集人を兼ねていなければ、このような言い方はしなかったかもしれない。発行人として経営の苦労を嫌というほど味わってきた虚子がたどり着いたのは、一人でも多くの俳人を育て、一人でも多くの読者を得る編集方針をとることだった。だが東洋城は、碧梧桐よりむしろ虚子のほうに文才があり、良い俳句をつくると思っていたので、虚子がそうした安易な方向に逃げることは無念で仕方なかった。国民新聞の選者のことも、言うなれば俳句にどう向き合うかを議論したもので、ただの喧嘩ではないつもりだった。

俳句界に居場所がなくなった虚子

虚子には、『新春夏秋冬』という句集についての思いもあった。

『新春夏秋冬』は、碧梧桐の『続春夏秋冬』に対抗し、明治四十一年六月から数年かけて俳書堂から刊行されることになっていたが、その編者が虚子の知らないあいだに東洋城に決まっていた。虚子がそれを知ったのは、春の部の校正もだいぶ進んでからのことで、それを知ったときの驚きを、「余は一打撃を受けたような心持ちがした」、「何だか余の存在がもうそろそろ俳句界に認められなくなりかけたような心持ちもする」と「ホトトギス」の消息に書いた。

そして東洋城が選んだ『新春夏秋冬』に対して「新春夏秋冬を読む」と題し、東洋城だけの選句を以て「ホトトギス」系を代表するというのは不穏当であること、「日本俳句」系でなく「ホトトギス」や「国民俳句」を材料とした句集に〝春夏秋冬〟の名を冠することも不穏当であることなど激しい批評を加えたが、すべて後の祭であった。

東洋城は、この攻撃に対抗するかのように、『新春夏秋冬』夏之部に漱石の序文を載せた。明治四十二年二月のことである。

「東洋城は俳句本位の男である。あらゆる文学を十七字にしたがるばかりではない、人世即俳句観を抱いて、道途に呻吟《しんぎん》している。

時々来ては作りましょうと催促する。題を課してやってみるとすこぶる遅吟である。君の句には厭味があるなどというと、なかなか承知しない。あなたのは十八世紀だといって、大変新しがっている。

そう説明されてみると、そんなところもあるようにも思われる。実のところ余《よ》（私）は近来俳句に全く興味を失なって、その後の動静をとんとわきまえない老骨である。運座は無論のこと出ない。かようにして追々十七字と縁が遠くなって、ようやく忘れ掛けると東洋城がやってくるのである。

近頃はさすがの東洋城もさあ作りましょうなどと筆紙を突き付けなくなった。たまたま、こちらから、おい、こういうのはどうだいと意見を提出すると、ふふんなんて軽蔑することがある。そこで俳句の話はせぬことにした。ところが新春夏秋冬の第二巻ができたので、序を書いてくれろという注文を出した。どうも書く資格がないような気がする。けれども東洋城と余は俳句以外に十五年来の関係がある。向こうでは今日でも余を先生先生という。余も彼の髭と金縁眼鏡を無視して、昔の腕白小僧として彼を待遇している。どうも書くのは御免だと断わる資格もないような気もする。それで逡巡しているとまた催促が来た。そこでとうとう書く。しかし俳人として書くのでは無論ない。その昔東洋城にはじめて俳句を教えたことがあるという縁故によって書くのである。東洋城の人世即俳句観は少なくともこの序に及んでおらんことを読者に於いて承知されたい。

とかくして鶯藪に老いにけり」

東洋城を茶化しているところもあるが、東洋城に初めて俳句を教え、十五年の付き合いがある師と弟子という二人の関係が、親しげなエピソードの数々によって明らかにされている。東洋城にしてみれば、嬉しく、誇らしい序文であった。

ホトトギス発行所では、かつて別部門のような形で俳書出版を目的とする俳書堂を創設していた。日本派の句集や俳書はほとんどこの俳書堂から出版され、俳句関連出版の名門と言われた。しかし明治三十八年、虚子は籾山仁三郎《もみやまにさぶろう》にその経営を譲渡してしまっていた。

虚子は、日本派の中心にいると思っていた自分の知らないところで、『新春夏秋冬』という名の句集が東洋城編でつくられることになり、その出版をするのが、これまた虚子と親しい俳書堂の籾山仁三郎ということで、大きな衝撃を受けていた。俳句界で閉め出されることが、いかに大きなものであったかということに、虚子は初めて気づいたのだった。

あれほど嫌になっていた俳句を手放さないとなると、再び「ホトトギス」を立て直すことを考えなくてはならない。虚子はその対策の一環として雑詠欄《ぞうえいらん》を設けた。これまではひとつの題を決めて俳句を募集していたのだが、題を決めず自由にした方が作者にとっては好きな季節に好きなものを詠めばいいわけで、かねてより読者からの希望も多かった。

狙いは当たって「ホトトギス」への投句者は増え、明治四十二年の一月号には九千句が集まった。これによって一時は、存続が危ぶまれるほど売れ行きが落ちた「ホトトギス」も部数が伸び、三千部くらいにまで回復させることができた。

また虚子は、ホトトギス発行所代理部ということで、新たに俳諧堂を創設した。出版はせず、原稿紙、書簡用箋、短冊、封筒、俳諧絵はがきなどの販売、俳句や絵画の依頼斡旋を主な業務とした。また、絵画や俳句の揮毫《きごう》取り次ぎのほか、表装の取り次ぎまでした。床の間に俳句や俳画の軸を掛けて風雅を楽しむ俳人たちから、表装の注文がかなりあったためである。

虚子がこうした副業を始めたのは、読者のために便宜を計るということがたてまえとしてあったが、本音はすこしでも利益を得て、「ホトトギス」の発行に充てたいと考えていたからだった。

そもそもこうしたことを始めたのは、雇った社員の一人が何かと目はしが利き、あちらこちらとよく動いてくれたためだった。はじめ虚子は、俳誌発行所がこうした副業を営むといろいろ誤解を受けるのではないかと危惧したが、「ホトトギス」を続けていくためにはやむを得ない。

俳諧堂の広告が出ると、毎日のように注文が来た。原稿紙や俳句用箋の申し込みが多かったが、短冊、色紙、扇面《せんめん》の照会も多く、絵画の依頼もあった。ホトトギス発行所の副業というのが珍しかったのか、あるいはもともと潜在的な需要が多かったのか、思いのほか繁昌し、虚子は胸を撫で下ろした。

こうした努力を必死になってやっている虚子と比べ、東洋城は所詮、苦労知らずの御曹司でしかない。

以前に虚子から「ホトトギス」が苦境にあると相談を受け、その苦悩を推し量ってはいたが、東洋城にその打開策を提案できるはずもない。「碧梧桐に対抗するなら、まずは芭蕉がわからなくては仕方がないから、二人で一緒に芭蕉の研究をしよう」と言うくらいしかなかった。

煮詰まっていた虚子は、一度はその案を承諾し、芭蕉の句集を買ってきたりした。ところがそれを読んでも、二人とも皆目わからない。虚子は早くも二回目に、「やめる」と言い出した。それで東洋城は仕方なく自分で芭蕉研究を始め、わかってもわからなくても、とにかく手当たり次第に資料を読んで勉強するようになり、職場の宮内省でも机の引き出しにこっそり本を隠し、人目を盗んで読んだりした。もっとも、ほかの人にはわかるまいと思っていたのは東洋城だけで、周りの職員たちは皆、「またやっている」と先刻ご承知だった。

虚子にはずっと気持ちの余裕がなかった。悠長に勉強している場合ではないということを、これでもわからないかとばかり、「俳句を軽蔑する」という強いことばを使い、国民新聞の選者など大したものではないと東洋城に悟らせるしかなかった。だが東洋城は、その深い思いを洞察することもできず、虚子と決別した。

国民新聞には、子規門下の古い俳人でもある吉野左衛門《さえもん》という記者がいて政治部長を務めていたが、虚子と東洋城の仲違いはまずいと心配したのか、東洋城を引っ張り出しては和解するようなだめた。東洋城は頑なにそれを拒んだが、吉野は京城日報社の社長となってからも諦めず、帰国するたびに東洋城を高級料亭に連れ出しては「虚子と仲直りをしろ」と口説く。酒を飲まない東洋城は、吉野一人が酔って説教するのがうっとうしく、「もう仲裁はやめてくれ」と言うこともあったが、食べることだけは好きだったので、柳橋の有名店のご馳走につられ、呼ばれると出かけていった。そんなことが何度かあり、頑固な東洋城も思案顔で頼むように言う吉野の顔を見ながら、人情に厚い好人物だと思うまでになったが、やはり気持ちは変わらず、同じ状況が長く続いた。

「ホトトギス」の危機に直面し、虚子体勢を立て直す

「ホトトギス」が経営難におちいった理由は、なんといっても漱石の寄稿がなくなったことだった。そして、雑詠欄も一年ほどで消え、またもや売れ行きが落ちてきた。

明治四十三年秋、虚子は「ホトトギス」の退潮に歯止めをかけようと国民新聞を退社した。

だがその背景に、実はある秘められた不祥事があった。ホトトギス社で仕事をしていた岡本松浜《しょうひん》の不正会計である。

岡本松浜は大阪で生まれ、和歌山で銀行に勤めながら句作し、「ホトトギス」に投句して虚子がその才能を認めた。上京し、「ホトトギス」発行所で事務員として働くことになり、虚子はもと銀行員だった松浜を信頼して、まだ二十代なかばという若さにもかかわらず会計のすべてを任せた。

やがて虚子が小説に没頭するようになると、松浜は会計だけでなく「ホトトギス」の編集までするようになった。雑詠欄がなくなると、その代わりに松浜が担当する「東京俳句界」と「地方俳句界」の欄が新設されたりもした。ところが松浜は、あることでホトトギス発行所の金につい手をつけてしまい、さらにその埋め合わせをしようと株に手を出してしまったことで、結果的にかなりの穴を開けてしまった。

「ホトトギス」から遠ざかっていた虚子は、そんな発行所の状況に気づくはずもなかった。しかも明治四十二年秋、虚子はチフスにかかり、入院を余儀なくされた。だが翌年夏、回復した虚子が地方の旅から帰ったとき、ついにそのことが発覚した。松浜が穴を開けた金額は大きなものとなっていて、「ホトトギス」の継続もままならないほどになっている。

虚子は驚くとともに、これを世間に知られてはならないと考えた。そもそもこうした不祥事のもとをつくった

のは、「ホトトギス」から離れ、松浜に任せきりにした自分だという自責の念もある。

虚子は九月号のホトトギス編集後記に、長いあいだホトトギス発行所の事務を取り、この一、二年は編集の一半をも助けてくれた岡本松浜氏は、先月をもって当発行所を辞し、別の事業に従事されることとなったと告知し、「六年間、忠実に事務に取り組み、私が後顧《こうこ》の憂いなくしておれたのは、全く氏の賜と深く感謝の意を表し、切に氏の新事業の成功を希望する所存であります」という松浜に対する感謝のことばだけで、不祥事については一切公言せず、穏便に事を済ませた。

松浜は愛弟子であった暮雨《ぼう》（久保田万太郎）と野村喜舟《きしゅう》の指導を東洋城に託し、故郷の大阪へと帰っていった。

虚子は国民新聞社を明治四十三年九月に退社し、ホトトギス発行所を芝区佐久間町にある親戚の家に移転させた。神田区錦町一丁目にあったホトトギス発行所は、同じ区内で印刷をしていた熊田活版所や書店の東京堂と近く、雑誌の広告を取り扱っていた博報堂も二キロほどの距離で、雑誌の発行にはうってつけの場所にあったのだが、やむを得ない。虚子は自宅も鎌倉に引っ越した。そして翌四十四年一月、ホトトギス経営のための雑務に復帰した。

漱石の低気圧と東洋城の気遣い

明治四十三年、東洋城は皇族の北白川宮御用掛《きたしらかわのみやごようがかり》を兼職するようになった。北白川宮能久《よしひさ》親王の妃は、宇和島藩の最後の藩主・伊達宗徳《むねえ》の次女富子である。

このころ漱石は以前から患っていた胃の具合が思わしくなく、内幸町《うちさいわいちょう》の長与胃腸病院で診察を受けると胃かいようだとわかった。この年の三月から六月まで連載していた『門』の連載が終了したため六月に入院したのだが、小康状態となったので退院した。東洋城が北白川宮の随行で伊豆修善寺へ避暑に行くから、その機会をとらえて修善寺温泉で療養をしたらどうかと勧めたところ、漱石は病後の保養のため転地療養でもしてみようと考えたのか、行くことを決めた。

漱石は英国留学から帰国後、神経衰弱の発作によく見舞われたが、朝日新聞社に入って小説を書くようになってからさらにそれが増し、胃の具合も悪くなった。そうすると気むずかしくなり、子どもは叱るし、妻の鏡子とも口をきかない。東洋城がこういうときに訪ねると、雪もよいの冬空のような陰欝な沈黙が守られ、話しかけても切り口上の返辞だったり、まったく返辞がないこともある。むろん、自分から物を言うことなどけっしてない。

東洋城はこういう場面によく遭遇した。というより、こういう場合に自ら進んで接し、あるいは接することを余儀なくされた。というのも、漱石夫人の鏡子から、

「(前略) 今日はよけいふさいで寝ていますから、あなたでも来て話をして下さったら気が晴れやしないかと御役所へ電話をかけたら、もう御帰りの後。宮様へもかけたら、おいでがないということゆえ……(中略) 明日でもおひまでしたらいらしって下さい、御願いします」

と、このような手紙が来て、受け取れば出かけていかざるを得なかったのである。

東洋城は夏目家に行くと、むすりとした漱石と一時間でも二時間でも二人きりで書斎にいた。書斎は二間になっていて、両方に机がある。東洋城は漱石の坐っていない方に座を占めて、別々に仕事を始めたり、書物を読んだりして持久戦に入る。食事時になると三度とも書斎に膳が運ばれ、鏡子が漱石のお給仕をするので三人とも黙りこくって食事をすませてしまう。

東洋城は、寝床の横でも机の前でも、時々思い出したように何か話の糸口を探し、半日か一日がたち、夜が更ければそのまま寝床を並べて寝ることもあり、翌日が休みなら翌日もいることがあった。こうなると根くらべのようなもので、そうこうしているうちに多少漱石の気分が変わるきざしが見えさえすれば、俳句や謡、散歩や文芸談、そして世間話が出るに到り、文豪の心を曇らせる低気圧はようやく通過していく。

漱石は、はじめは黙って一言も発しなかったのに、最後に東洋城が「帰ります」とあいさつすると、「もう帰るのか」と引き留めたりすることもあり、情味の濃い本来の顔が見えてくる。東洋城はようやく安心し、大切な人を守り得た満足を感じて家へ帰った。

木曜会に来る連中は、漱石が執筆に忙しいだろうから、と遠慮するような輩《やから》ではなかった。漱石は日記に、「今日も妨害にて小説をかかず、夜に入りてようやく一回書く」などとよく書いたが、弟子たちが勝手な言い訳をするとしたら、いろいろと漱石の邪魔をしたからこそ、淋しがりやの漱石もいくらかは気が紛れて良かったのだと言えなくもなかった。漱石は教師を辞めはしたものの人付き合いが嫌いというわけではなく、日常的に人と接することのない作家生活は孤独だった。

したがって逆に、漱石が弟子たちの下宿や自宅へいきなり遊びにきたりしたとき、ときには都合の悪いことがあったにもかかわらず、いつも彼らがそれを受け入れたのは、いくらかは漱石の気晴らしの役に立とうとする師への愛情があった。

瀕死の漱石と、俳句馬鹿の東洋城

修善寺行きを決めた時の漱石も、温泉好きということもあり、ゆっくりと湯治でもしながら、暇を見て東洋城と一緒に俳句でも作ろうと考えていたが、実際はそうはならなかった。

そもそも漱石と東洋城が新橋駅で待ち合わせる時点から、番狂わせがあった。北白川宮はすでに修善寺へ行っており、東洋城は随行者と交代するため一人で向かうので、そのとき漱石と一緒に行こうという段取りにしていた。ところが、東洋城はあと一歩というところで乗車予定の列車に乗り遅れてしまい、漱石は乗車したまま東洋城を待ちわび、とうとう一人で先に発たざるを得なくなった。東洋城はすぐ、途中の駅で下車して待ってくれという内容の電報を送った。

ひと列車遅れて着いたのは、東海道線の佐野という御殿場の手前の駅だった。富士山が見える駅のホームに漱石は立っている。「どうもすみません、乗り遅れて」と東洋城が謝ると、漱石は「ウン」とただ一言。ちょっと間を置いて、「遅かったな」とやや気重い感じで言った。

漱石は東洋城の分の切符を買っていたようだった。来るのが遅い東洋城に切符を買う暇はないだろうと考えたのか、あるいは、修善寺を案内させるのだから旅費くらいもってやろうと、生真面目で几帳面な漱石らしく気を使ったものと見え、一等の白切符を買っていた。東洋城は大いに恐縮したが、漱石は東洋城が来るまでに払い戻しをしてもらったようだった。

漱石がその払い戻しのため駅長室へ入って行ったとき、大きな西洋人が絵はがきに何かしたためていた。思いがけない所に思いがけない人がいるものだと、漱石はその外国人に好奇心を持ったのだが、駅長に向かって切符の説明をしていると、突然その大男が立ち上がり、漱石に向かって「あなたは英語を話すか」と聞いた。しわがれた声で「イエス」と答えると、男は京都へ行くにはどの汽車へ乗ったらいいか教えてくれと言う。はなはだ簡単な質問だったので、すぐ答えようとしたところ、このとき声量を失っていた漱石にはどうしてもそれができない。英語に通ずる駅員の助けを借りて、ようやくこの大男を京都行きに乗せたものの、そのことが漱石には不愉快で、東洋城と出会ってからも終始不機嫌な顔だった。

それが原因とも思えないが、漱石は修善寺に行く途中からすっかり声が出なくなり、菊屋旅館に着いたときも食欲がなかった。東洋城は医者から薬をもらってきたり、自分でうがい薬をつくったりしたので、漱石の喉はかろうじて話せるまでになった。

また、菊屋では別館に泊まる予定だったのが、空いている座敷がなく、東洋城が帳場に掛け合って談判したものの都合がつかず、その晩だけ別館に泊まって翌日から本館に移った。漱石は、縁側を絶えず通る湯治客に自分の姿を見せるのが嫌で、暑い中、障子を閉め切ったままにした。

漱石が修善寺に着いたのは八月六日だったが、胃の具合は一層変調をきたし、八日には胃けいれんが起こり、十七日には吐き気がして黄黒い水をしたたか吐き、それが緑青《ろくしょう》のような色になったかと思うと、黒ずんだ色へと変わっていった。医者を呼ぶと、「こういうものが出るようだと、早く東京に帰った方がよいでしょう」と忠告されたが、こういうものとは、実は血であった。

その後、事態はさらに困ったことになった。豪雨が降り続いて東京は水浸しになり、あちこちで崖崩れや家屋の倒壊が起きたばかりでなく、汽車は不通となり、電話すら通じかねる事態になって、漱石は帰るに帰れなくなった。

東洋城は、漱石のいる本館から百メートルほど離れた菊屋山荘で北白川宮の世話をしていたが、務めに追われ、なかなか漱石のところまで来ることができない。その日の役目が終わって、別館から漱石のいる本館に来ると、終日、一人淋しく寝ていた漱石は、疲れ切った顔つきではあったが、嬉しそうな淋しそうな笑顔で東洋城を迎え、夜更けに別館へ戻っていくまで昼間にあったいろいろな話をし、そのなかで「できたよ」と一句二句東洋城に見せたりした。

漱石の病気がかなり重くなってくると、東洋城は示された句を無理に頼んで紙に書いてもらった。仰臥のまま、苦しいのをこらえて漱石は巻紙に書いたが、東洋城には「もしかして、これが辞世の句になりはしまいか」という思いがあった。であるならば、無理を承知で書いてもらうしかない。

十九日、漱石は再び吐血し、急変に驚いた東洋城が東京に電話で知らせると、朝日新聞からは社員の坂元《さかもと》雪鳥《せっちょう》が派遣され、長与胃腸病院からは森成《もりなり》医師が駆けつけ、妻の鏡子もやってきて看病にあたることになった。

折悪しく、東洋城に母の具合が悪いという知らせが入り、ようすを見に行くために一足先に東京へ帰ることになった。加えて公務のこともある。重態の漱石を残して帰京しなければならない東洋城の顔は、曇りがちというより沈痛そのものであった。

けれども漱石は、そんな東洋城に心配しなくてもよいと気遣いを見せ、東洋城の帰京に際し、

別るゝや夢一筋の天の川

と詠んだ。天の川を何かにたとえたわけでも、何かの情景を詠んだわけでもなく、ふと頭に浮かんだことを詠んだ。一瞬、漱石と東洋城とのあいだで、俳句を介して心が相通ったように思われた。

しかし二十三日、漱石は東洋城がいなくなると妙に心細くなった。

不図《ふと》揺れる蚊帳《かや》のつりてや今朝の秋
宮様の御立《おたち》のあとや温泉の秋

八月二十四日、漱石は大吐血し、人事不省に陥った。「漱石危篤」の電報が関係者に送られ、翌日には門下生の安部能成や娘の筆子、恒子、栄子、高浜虚子などが前後して駆けつけた。

幸い、ドイツ帰りの医師たちが懸命に治療にあたってくれたため、漱石はかろうじて持ち直した。

大吐血から一週間が経ち、しだいに秋の気配がしのびよってくると、漱石はすこしずつ快方に向かっていった。

九月に入って体力や気力が回復してくると、ペンを持ち、仰向けに寝たまま日記をつけ始めた。そうしたなかで俳句や漢詩も作り始め、修善寺に滞在しているあいだに俳句七十五句、帰京のときに八句を作った。

生きて仰ぐ空の高さよ赤蜻蛉

漱石は、生をつなぎ止めた喜びを素直に詠んだ。

十月十一日、帰京の日に旅館の二階から橇《そり》のようなものに乗せられて玄関先に降ろされ、大勢の人に見送られて馬車で発つ時には、

足腰の立たぬ案山子《かかし》を車かな

と詠んだ。自分の姿を自嘲気味に案山子に見立てた漱石のユーモアがある。

そして東京に戻ると、自分の家の門をくぐらず、釣台《つりだい》に乗ったまま以前入院していた長与胃腸病院へと運ばれていった。

東洋城は横浜まで迎えにいき、漱石の乗る貸切車（ハイヤー）へ飛び込むように乗り込み、妻の鏡子や森成医

師らと並んで坐って、ずっと漱石の釣り台に付き添った。そして病院に落ち着き、一人帰り、二人帰りして誰もいなくなったあと、出てきた病院の食事がお気に召さないふうの漱石へ機嫌を取るように世話を焼いた。

白粥《しらがゆ》に鯛をむしるや箸の秋

後日、漱石は『思ひ出す事など』と題した随筆に、修善寺でのできごとを書き、「修善寺にいる間は仰向けに寝たままよく俳句を作っては、それを日記につけ込んだ」「健康のときにはとても望めない長閑《のどか》な春がその間から湧いてでる。この安らかな心が即ちわが句、わが詩である」と書いた。

修善寺での俳句のことについて、東洋城はほかの弟子たちからこっぴどく批難された。生死を彷徨《さまよ》う重篤な病状の漱石に無理やり俳句を作らせ、あろうことか、それを仰臥したまま巻紙に書かせたというので、小宮豊隆や安部能成などは、先生があの状態でそんなことができるはずはないと息巻いた。このころから、東洋城はとんでもない俳句馬鹿野郎だ、と思われるようになった。

粋な築地のつきあたり

東洋城が住んでいた高級下宿屋「望遠館」の部屋は八畳の広さがあったので、句会をするには十分だった。望遠館の女中も心得たもので、「今日は句会だ」と言うと、ちゃんと座布団を並べて席をつくってくれたりもした。だがその望遠館も、宮内省の学士連中から式部官には似つかわしくないといわれた。毎朝、迎えにきた馬車が下宿屋の玄関に横付けして待っているところへ、大礼服を着た東洋城が階段を降りてきて乗り込むと、どうしても人が見る。知っている人は畏れ多いという感じだし、知らない人は「おや」という怪訝《けげん》な顔をして見る。そういう話が宮内省の同僚たちの耳に入り、いくら高級下宿屋とはいえ、そういうところは君にふさわしくないから家を持てということになった。

東洋城もそう言われると逆らえなかったものの、どうせ家を借りるなら、もう一度、自分が生まれた築地に住んでみたいと思った。

すると、築地二丁目の大通りから路地奥に十間（約二十メートル）ばかり入ったところに、一階と二階にひと間ずつというこぢんまりとした二階家があるという知らせが入った。

築地の川っぷちの通りを歩いていると、船板塀に見越しの松がある、大きいけれども粋な屋敷があり、なかから三味線の音が聞こえてきたりする。通りには隠居といった感じの老人もいれば、きれいな女も歩いていたりする。東洋城が子どものころ住んでいた築地は、新富座へ勤める団十郎や芝翫《しかん》といった役者たちが大きな屋敷を構えて住んでいて、この界隈は役者町ともいうべき雰囲気を醸していた。その役者たちがどこか別のところへ引っ越していき、やがてその家が妾宅《しょうたく》になっていったようだった。

明治四十四年、東洋城はこの町が気に入ってその二階家を借りることにし、宮内省の連中には、「僕は大礼服を着ているあいだは宮内官だが、自宅へ帰ればそれを脱いで浴衣がけになる。浴衣がけになれば築地びとなんだから、それなりの自由な行動をとるよ」と言って了承してもらった。

なんのことはない、下宿屋の玄関で待っていた馬車は、路地の入り口に来て待つことになり、大礼服姿の東洋城は路地を歩いて馬車に乗ったり降りたりすることになった。

家を持てと言った同僚たちからは、それでも一軒家の住人になったのだからめでたい、お祝いを贈りたいが何がいいかと尋ねられ、東洋城はお客用の座ぶとんを五枚こしらえてもらった。その同僚のなかには、内閣書記官長を兼務していた柳田国男（民俗学者）がおり、維新の功臣のせがれたちもいた。
東洋城はお祝いのお返しに同僚たちをこの家に招待し、食事会をしたりした。
そして俳人たちにも、

訪ね来よ朧《おぼろ》の路地のつきあたり

と、下町情緒のある静かな町に来るよう呼びかけた。

東洋城はこのころ、審査局から異動して大臣官房総務課の書記官になっていた。総務課には行幸主務官《ぎょうこう》という職務があり、天皇の通常の行幸には若手書記官があたることが多かったため、御用邸に泊まる時などもお供をし、天皇や皇后の日常に接する機会が多かった。式部官と北白川宮臨時御用掛も兼務していた東洋城の年俸は一一〇〇円になっており、この年の一月に亡くなった父・権六も息子の出世を喜び、東洋城が勤務について書いた便りを送ると、それを何よりの酒の肴にして晩酌をするので、量を過ごすことが多くなったと返事にあった。

いまの東洋城なら借家ではなく、自宅を持つこともできなくはなかったが、築地にもう一度住みたいと願ったのは、父が若き日、勘解《かんかい》裁判所の仕事をしていて、役者たちを家に呼んで調停したりした当時をしのぶ思いもあった。また町には、なにか小説の題材にでもなりそうな、わけありふうのきれいな女もいたりして心惹かれた。

築地に住み始めてから、慶応の学生だった久保田万太郎が、学校帰りの夕方、東洋城のところへ来るようになった。このとき三十四歳で結婚をしていない東洋城は、炊事や着物の洗い張りなどができる知り合いの女を、留守番も兼ねて雇っていたので、万太郎は東洋城が帰宅する前から来て待っていた。朝は宮内省から馬車が迎えに来るが、夕方は馬車がないので、仕事が終わると東洋城は小一時間かけて帰宅することになる。万太郎は四時ごろから来て東洋城を待っていた。

この家は、東洋城の城の字をとって「城庵《じょうあん》」と名づけ、東洋城もいつしか「城師《じょうし》」と呼ばれるようになった。

ある日、句会をしていると、前ぶれなしに漱石がひょっこりこの築地の家に遊びにきた。漱石は東洋城と謡でもうたうか、雑談でもするつもりで来たようだったが、大勢集まって句会をやっている最中だったので、そう言うと、「それではちょっと銭湯に行ってこよう」と、東洋城にタオルと石鹸を貸してくれと言った。東洋城がそれを差し出すと、漱石は受け取って出て行き、しばらくすると帰って来て、「人力で行ってきたよ」と言った。銭湯は家から数百メートルくらいの距離なので、人力車に乗ったところで、走りだしたと思ったらもう着いた、くらいのものだったにちがいない。それでも漱石は探すのが面倒だと思って人力車で行ったようで、いかにも風呂好きの漱石らしい時間のつぶしかただった。

また大正元年のことだが、漱石が「一緒に飯でも食おう」と誘いにきたとき、東洋城は昼食後、句会を開く予定にしていた。しかし、まだ全員揃っていなかったので、客人にちょっと待ってもらうよう断りを言って中座し、漱石と食事に出た。

横浜火災海上保険に勤める守能断腸花《もりのうだんちょうか》は、東洋城から「久々に句会を開きたいので、ぜひ（大村）胡刀《ことう》氏と二人で来てほしい」というていねいな案内のはがきをもらい、二人ともその日は特に差し障りもなかったので、指定された十一月二十五日に東洋城の住まいを訪問した。二階の書斎兼句座に通されると、そこにはすでに何人かの人が来ていて、みな黙りこくって句を作っていたが、断腸花たちは座にいた人たちとは面識がなかったので軽くあいさつをして座に着き、しばらく沈黙していた。すると、柿色の法衣をつけていた僧がいて、親切に席題を教えてくれた。どうやらこの人が牛歩和尚らしく、お礼を言うついでに東洋城が席にいないことをそれとなく尋ねると、「松根さんは、ご来客と一緒に昼食を食べに出られましたよ」と言った。

しばらくすると、東洋城が玄関の格子を荒々しく開ける音がし、来客と二人で二階へ上がってきた。一同を見回し、「いや、どうも大変お待たせしました」と一礼し、新顔の断腸花と胡刀には「よくお出かけでしたね」と特にていねいなあいさつをした。そして車座になっている人たちの後ろを通り、机の側にあった大きな座布団のうえにドカと座った。

後から一緒に来た客は縁側に立ったまま、しばらく運座の席をじろじろ見るだけで、別段なかに入ろうともしないでいたが、東洋城がその客に向かって、「先生、お入りなさいませんか」とぶっきらぼうに言うと、ちょっと痩せたその人物は、「君、それじゃすこし邪魔をするかな」と答え、大きな声で「失敬」と言いながら、車座のまん中に置いてある硯や筆、短冊の上を蛙のように飛び越えて坐った。

断腸花は、東洋城が先生と呼ぶこの人物は誰だろうと思い、隣の胡刀にそっと聞いたが、胡刀は知らないと言い、その隣に坐っていた牛歩和尚に尋ねて、「夏目漱石先生らしいよ」と取り次いで教えてくれた。断腸花は、かねてより漱石の作品の愛読者で、思慕の情すら抱いていたので、その名を聞くとにわかに胸を高鳴らせ、それとなく漱石を観察しはじめた。

句会の常連の人たちも、東洋城が漱石の弟子だという話は知っていても、じかに漱石を見るのは初めてという人が多く、座にはそれなりの緊張感が漂い、好奇の目が光っていた。

しかし、壁際にうずくまっていた漱石は黙ってぼんやりと座の人たちの顔を眺めていて、東洋城が「先生どうです。ひとつお作りになりませんか」と勧めてもうっすらと笑みをたたえ、手近にあった半紙へなにか無駄書きをするだけでなんとも答えない。

東洋城が再び、

「先生、ここにおられる連中はみな古い句ばかり作られるのです。どうです、先生も古色蒼然としたのをおつくりになりませんか」

と言うと、

「俳句は、僕ももうしばらくつくったことがない。昔、正岡（子規）がいた時分には面白いと思って盛んにつくったがね……」

と、あまりに俳句に興味がない口ぶりで、さらに、

「俳句をつくってると、人間は駄目になってしまうよ。俳人は廃人に通ずるからね」

と漱石一流の皮肉が出てきて、東洋城はじめ、一同は苦笑するしかなかった。

しばらくすると締め切りの時間がきた。漱石はいつのまにか壁にもたれたまま眠そうに瞼を閉じていたので、作句中の東洋城は短冊と筆を下に置き、「すこし横になったらどうです」と言うと、激しく手を叩いて階下の老女中を呼び、押し入れの襖を開けて奥から毛布を出すと、じかに畳の上に横になった漱石の体にうやうやしくかけた。漱石はまもなく、海老のように腰から下を丸く折り、かすかに寝息を洩らした。

句作をしているうちに時は過ぎ、釣瓶落としの秋の陽は遠慮なく沈んでいって、夜の気配を見せはじめた。静かな眠りに落ちていた漱石は皆の話し声に目を覚ましたのか、やおら毛布を掻きのけて身を起こすと、すぐに威儀を正し、まぶしそうに点いたばかりの電灯を見上げた。そしてふところに手を入れ、古びた粗末な懐中時計を引きずり出して時間を確かめると、傍らにあった小さなハンケチの包みを取り上げて薬瓶を出し、それを二、三度振るとぐびぐびとラッパ飲みした。大病後の漱石は、片時も薬を離せなくなっていた。

しかし、運座の茶菓子として出されている塩せんべいを見つけると、その盆を膝元へ引き寄せ、上に覆《おお》い被《かぶ》さ

るようにしてぽりぽりと旨そうに食べた。そして突然、東洋城に向かって、

「君、僕はお湯へ行くから、ちょっと手ぬぐいを貸してくれたまえ」

と言うと立ち上がり、時計と同じくかなり古い黒の蟇口《がまぐち》を出すと、「湯銭《ゆせん》はあるかな」と独り言をつぶやいた。「こまかいのをあげましょうか」と東洋城が気づかうと、「これでも湯銭くらいはあるよ」と蟇口を上下にちゃらちゃら振り、女中から手拭いと石鹸を受け取ると、すぐ銭湯へ出かけた。

漱石が外出してからの雑談はもっぱら漱石についての話となり、東洋城は漱石が持病の胃かいようのほか、神経衰弱に悩まされていることや、訪問客から避難するため、よくここへふらりとやってくることなどを話した。

半時間ほどして帰ってきた漱石は顔も晴々とし、東洋城が選句を頼むと機嫌よく承知した。

先に注文した夕食が各々の前に運ばれ、東洋城は「釜あげくらいは召し上がってもいいでしょう」と漱石に勧めたが、昼食の遅かった漱石は食べたくないと言って箸をつけなかった。そんな漱石と東洋城のやりとりを見ていると、師弟を離れ、まるで父子のように親密で、一同は羨まずにはいられなかった。

俳句の選が終わった後、東洋城の話は二カ月ほど前に行われた明治天皇の御大葬《ごたいそう》のことになった。東洋城にとって人生で最も多忙であったのが、この御大葬であった。どの天皇も一代に一度きりのものであるから、宮内省の役人たちにとっても初めてのことが多かったのだが、七月三十日に崩御《ほうぎょ》した明治天皇の御大葬が行われたのは九月十三日で、約一カ月半の準備期間しかなかったため、東洋城は連日連夜、夜中の十二時、一時に退省する多忙な日々だったと話した。

「そういえば、好い記念品がある」と言って、東洋城は押し入れの中から大葬使を務めたときに着用した装束をみなの前に取り出した。冠や束帯《そくたい》、沓《くつ》などのほか、太刀もあり、平安時代の武官のいでたちのようだった。

漱石はそんな話を聞きながら興味深げにこれらの由緒ある品々を眺めていたが、弓のように反り返った帯刀《たいとう》を

取り上げるとおもむろに立ち上がり、「やっ」と声をかけて刀身を抜いた。そして皆の前で、玩具のようなピカピカした中身を振り、「こりゃ、うちの子どもたちが喜びそうなものだ」と言いながら、鞘《さや》へ納めた。そして今度は、「装束を着けてみよう」と神主がかぶるような冠をもっともらしく頭に乗せ、帯刀を兵児帯《へこおび》のあいだに差し、漆塗りの沓を履くと、「どうだ」と真面目な顔をしてそっくりかえったので、皆は一斉に吹きだしてしまった。

秋の夜は更け、漱石はもう遅いからと言って、傍にあったセルの袴を穿くと、細長い「城庵」の路地を通って帰っていった。

そして漱石は日記に「松根の宅は妾宅のような所である。築地辺の空気は山の手と比べると遥《はる》かに陽気である。水の光が柔らかに見える」と書いた。

東洋城、俳句雑誌「渋柿」を創刊

大正二年五月初旬、東洋城は川向こうの京橋区明石町《あかしちょう》に移った。ここはかつて西洋人の居留地だったところで、移った家は一軒家ではあったものの築地の家より古かった。

大正三年十月、大正天皇は「乙夜《いつや》の覧（読書）」をされていたが、東洋城が宿直をしていると、清水谷《しみずだに》侍従を通して、「松根は俳句なるものを嗜《たしな》む由であるが、俳句とはいかなるものか」との御下問《ごかもん》があり、併せて句を召されたとのことである。俳句としては先例なき栄誉であった。

東洋城は、直ちに近作三句を奉書三つ折りに清書し、「斯《こ》の道の光栄かくの如きはなしと気を励まし非才と雖《いえど》も必ず奉るべきの心を定め折柄戦争に因むもの三首ばかり近詠の内よりぬき謹て書き奉る」と、和歌詠進の型に倣《なら》って奉った。

青島征戦

長き夜や要塞穿つ鶴の嘴

壮丁田舎に肥ゆ

柿噛むや青島の役に従はず

怪魔独逸を呪ふ

秋風や世界に亡ぶ国一つ

なんとも大仰な怪魔《かいま》独逸《ドイツ》とは、ヨーロッパで第一次世界大戦が勃発し、日本は日英同盟によって連合国側に加わり、ドイツに宣戦布告したが、ドイツが権益を持つ中国の青島《チンタオ》を攻撃して勝利したことから、それを祝ったものだった。しかし東洋城は奉ってから後、つくづく考えてみるに、まことに拙《つたな》い句を奉ったものだと悔やまれた。

大正天皇は歴代天皇のなかで最多となる一三〇〇首余りの歌を詠んでおり、俳句というものに興味があって尋ねたものだったが、「俳句とはいかなるものか」との問いに対して東洋城は、

さて仰せかしこまり奉るとて

渋柿の如きものにては候へど

と俳句でお答えした。

その意味は——。

ひとつの解釈ではあるが、渋柿というものは渋い、甘くして食べることはできるが、渋柿はあくまで渋くて良い、その渋さを尊ぶことこそが俳句に通じるのだ、というもの。

こんな解釈もできる。

俳句の季語に「木守柿《きもりがき》」というのがあり、柿を収穫するとき全部を採りきらず、来年もよく実るようにと木の先端に一つ二つ残しておく風習がある。甘い柿は鳥がついばむこともあるが、渋柿は鳥もついばむことがないのでいつまでも枝に残り、秋の終わりになると真っ赤に熟して美しく見える。

世界のどこに、木の実をすべて収穫せず、来年の豊作を願って残す国があるだろう。真っ赤に熟した柿の実や赤い柿紅葉《かきもみじ》に、晩秋の美を感じる人がいるだろう。日本だからこそ、その美を感じ、俳句という詩にする。俳句とはそういうものなのです、と。

大正四年二月、東洋城のところにわずかに残っていた望遠館句会の弟子たちもしだいに腕が向上し、いよいよ機は熟してきた。栃木の桐生で「山国」という雑誌を刊行していた岡部杜城が東洋城の内諾を受け、横須賀の大塚菜浦と相談して東洋城の主宰誌を発刊することになった。編集発行は菜浦、資金は杜城が受け持ち、編集方針はすべて東洋城が決める。といっても、印刷のための文字のレイアウト（配置・割り付け）は、印刷屋に勤めていた男がおり、活字の種類や号数のことなどを教えてくれたので、その男を指南役に方法を学んでいった。

一番苦労したのは、誌名だった。あれこれと名前は出してみるが、どれも今ひとつ。半日かかっても決まらなかった。ところが、その中の一人がたまたま「渋柿の如きものにては候へど」の句をつぶやくと、

「ああ、渋柿だ！　これをおいてほかない！」

と叫び、うんうん考えていたほかの人たちも膝を叩き、

「おお、実に！　これだこれだ！」

と立ち上がり、みながそれに賛成し、その名に決した。安堵した同人たちは、みな喜んで汽車に乗って帰っていった。

東洋城は、「渋柿」発刊の告知を国民新聞でおこない、誌名のいわれと、主義（コンセプト）をこう書いた。

Le《ル》 Petit《プティ》『渋柿』
小さきもの汝《なんじ》の名は「渋柿」なり、情あるもの汝の名は「渋柿」なり、ただ誠なるものその名も「渋柿」なり。
（中略）「渋柿」とは、このほど横須賀にて誕生したる微《かす》かに情け深く、ただ誠よりほか知らぬ俳諧小誌の名なり。
偶然、余が後見することになりしより、ここにわが「国民俳壇」の別荘はできたるわけなり。

東洋城は、「渋柿」をフランス語で Le Petit（小さなもの）としゃれた感じで、肩肘張らず形容した。そして、その創刊についても大げさな言い方は一切せず、「ただ、自らふとまろぶがごとく生まれいでたり（しぜんに、ふと転がり出るように生まれた）」とし、同人たちが日々の疲れ直しに、摘草、虫の音、秋、春などを詠んで遊ぶ別荘にしてほしいとした。

そして最後に

壺菫《つぼすみれ》小さななさけを咲きにけり

の句を入れた。のちに「渋柿、いのち」とばかり、厳しく、ぎりぎりと締め上げた東洋城からは想像できない、軽やかな創刊の辞であった。

雑誌の表紙の字（題簽《だいせん》）は、最初角ゴシックの活字だったが、第三号から漱石の筆文字になった。

明治中期から大正にかけては、おびただしい数の俳誌が生まれていたが、その背景には、個性的で新しい俳句のスタイルを求める人々の需要があった。近代化が進んでいくにつれて全国に活版印刷が普及し、簡単に大量の印刷物をつくることができるようになって、この時期の俳句文化を大きく変化させていた。

「渋柿」もまたそうした雑誌の一つで、「芭蕉を宗とし、俳諧を道として立つ」ことを高らかに宣言した。

かつて子規は月並み俳諧の陳腐さを否定し、連句の発句のみをもって俳句の概念を作り上げるとともに、ヨーロッパにおける自然主義の影響を受け、〝写生・写実による、現実に密着した生活諷詠〟を主張したことにより、近代俳句の方向を位置づける改革者としての役割を果たした。

また子規は、与謝蕪村のように忘れられていた俳人を再評価したが、芭蕉については、その詩情は称賛したものの、蕪村を称揚するあまりか、芭蕉を高く評価しなかった。特に芭蕉が最も力を注ぎ、最も自信をもって世に問うた連句を文学的に価値のないものとし、きわめて低い評価しか与えなかった。そのため、子規の俳句革新を受け入れた当時の俳壇で、芭蕉の名を出す者はいなかった。

子規亡きあと、そうした風潮が残るなかで東洋城は「渋柿」を創刊し、やがて「芭蕉直結」「芭蕉に還れ」を標榜するようになった。

さらに東洋城は「俳諧は道である」と断じた。東洋城語録「俳諧道」には、俳諧は遊戯娯楽の具ではない、処世生活の法でもないとし、当然のことながら、俳諧は名のためではなく、利のためでもないとした。

東洋城がことさらにこう言ったのは、世間では何もかもがその反対のように思えたからである。

加えて東洋城には、「ある決意」があったからこそ雑誌を創刊したといっても過言ではなかった。虚子が「ホトトギス」を牙城として有望な新人を発掘し、その原石を磨いて誌上で光らせていったように、東洋城にも国民新聞で発見した新しい才能をより大きく伸ばしていくために、新聞とは別の場が必要だった。俳句を文学としてより深く解釈し、ときには俳句の新たな動きについての評論を載せ、研究し合い、各地からの通信なども報じて全国に句友を拡大したいという思いもある。東洋城は、「虚子には負けていられない。俺も一生俳句をやるぞ」という気持ちになっていた。

だが「渋柿」を創刊したものの、十一月には大正天皇の御大典《ごたいてん》が京都御所で行われたため、東洋城は再び多忙を極めることになった。天皇の即位儀礼には、前天皇の死後、ただちに後継者が即位する「践祚《せんそ》」と、天皇即位を国の内外に宣言する「即位式」「大嘗祭《だいじょうさい》」の三つの儀礼があり、即位式と大嘗祭の二つを合わせた「御大典」が、国のイベントとして盛大に行われたのだった。

大正五年、虚子が俳句に復活し、四月十七日、東洋城はついに国民俳壇の選者を下りた。それというのも、国民新聞の社長・徳富蘇峰が、選者を下りてほしい旨、手紙を送ってきたためだった。東洋城はかねてより、社長からなにか言ってくるまで辞めないつもりだったが、読むと、かなり困って書いてきたものだとわかった。「仕方がない、社長は大将だ。ここまで書いてくるのは、よほどのことなのだろう」と、ついに下りることを承諾した。そして、

有感《かんあり》

いかること知ってあれども水温《ぬる》む

という句をつくり、以後虚子とは義絶した。

九月には母の上京を促すため、帰郷した。末弟の宗一《そういち》が東京高商に入学するため上京し、以後、宇和島で独り住まいになっていた母の面倒を見るのは長男の務めだと思い、同居の説得に行ったのだった。

この年、東洋城にとって肉親の死にも等しい哀しいできごとがあった。十二月九日、漱石が死去したのである。

漱石の闘病と終焉

大正五年十一月十六日、漱石はこのところずっと胃の具合が悪かったのだが、床に就くほどではなく、家人も本人も「また持病が起こった」くらいに思っていた。しかし一週間経過した後も、どうもこれまでと違って思わしくない。漱石は前の日、新聞に連載中の『明暗』第百八十八回を書き終えていたのでその続きを書こうとしたのだが、気分がすぐれず、机の前に坐りはしたものの、ほとんどそこに突っ伏していた。

午後になって家人がそれに気付き、二時頃、床に就いた。

翌日は嘔吐し、昼過ぎには飲んだ薬を吐き、四時にまた吐いたが、これには修善寺の時と同じく血さえ混じっている。この日の朝、松山中学の教え子で、当時、東京帝大医科大学に勤めていた眞鍋嘉一郎《まなべかいちろう》医師が来診した。

夜七時、眞鍋が再びやってきたが、漱石は眞鍋を気遣い、きみは学校があって忙しいだろうから、誰かいつでも来ることができる人を選んでくれというので、かつて漱石を診察したことのある近くの安部学士に打診し、彼を主治医にした。この日から看護婦がついた。

二十八日、食を断ってほぼ七日になり、朝、葛湯やアイスクリームなどをすこし食べた。

午後十一時半ころ、漱石は就寝中だったが、ふいに起き上がろうとして気を失い、卒倒して脈が絶えた。鏡子の驚きはひとかたではなく、すぐあちらこちらに電話し、近くの二人の医師がまずやってきて、主治医の安部と眞鍋も相次いで到着した。

やがて漱石は持ち直して静かにはなったが、内出血したのかもしれないと、二人の学士は徹夜した。

床に就いて二週間ほどたった二十九日、少数の古い弟子たちに知らせが飛んだ。東洋城のところに知らせが来たのもこの日で、取るものもとりあえず駆けつけたが、もとより命にかかわるなどとは思いもしていなかった。東洋城は修善寺の大患以来、漱石が病を起こしたときの精神状態をよく知っているので、玄関まで来たとき、おもてから出入りしてその音で神経を刺激しては良くないだろうと思い、勝手口の方へ回った。

障子を開けて茶の間に入ると、電灯は明々と輝いているが、そこに置かれた四、五客の座布団は乱れ、人の姿はない。やがて夫人が病室から出てきた。軽くあいさつをし、

「奥さん、先生のご容態はどうなんです」と聞くと、

「それがね、そう軽くはないの」と声をひそめて言う。

そのあと、すぐ眞鍋医師も出てきた。眞鍋と東洋城は松山中学時代の旧友なので、お互いに言うことは言う遠慮のない間柄である。東洋城が、

「先生、良くないそうじゃないか」

と言うと、眞鍋は数日来の漱石の病状を詳しく話したが、「弱った」を繰り返すばかりである。東洋城はその話から、漱石は思いのほか危険な状態であることを初めて知ることとなった。

「これは、面会なんかさせちゃ駄目だな。神経を甚だしく刺激することになる」

「ああ、面会なんてとんでもない。胃で内出血しているのは確かで、先生もそのつど苦しんでいるはずなんだが、

じっと耐え忍んでなにも訴えない。よくこれだけこらえられるものだと思うよ」

「ずっと出血してるのか」

「出血が間遠になることもある。先生も、比較的平静なときは話もされるんだが、いつだったか、よほど退屈だったのか、僕ら医者たちを話し相手にしようとしたことがあってね。しかし、そういうことも避けなければ、思いがけない出血の動機になるかもしれないから、僕は用事にかこつけて、ちょくちょく病室を出てくるようにしている」

「うーん。じゃあ、奥さん以外は一切入室禁止ということにしなきゃいかんな。弟子たちには僕からよく言っておう」

「ああ。そうしてくれ。頼むよ」

眞鍋が漱石の病を憂えるようすは医師らしくなく、ときには涙さえにじませて、ほかの弟子たちより憂色が甚だしい。患者と医師、というより、師弟としての情がいちいちまつわりつくのだろうと、東洋城はそんな眞鍋の心を思いやった。

本音を言えば、東洋城もせめてひと目なりとも漱石に会いたい気持ちはある。だが、すこしでも快方に向かうようにしなければと、その心を抑えた。

この日、東洋城は夜遅くまで夏目家に詰め、家路についた。

夏目家には医師のほかに岩波が宿直することになった。専門医を加える必要があるということで、南博士も招いた。そして、医師たちが揃って協議した結果、食事一切をやめ、滋養物の摂取は注腸のみ、つまり肛門から注入するだけになった。上部からの吸収は胃において障害のもととなるため、これを絶対に避けようとするものだった。

十一月三十日、東洋城は夜、夏目家に行った。昨日と変わりなし。特に発作はなく、脈拍もやや減少する。弟子のうち、知らせ漏れていた一、二人や、聞き知って駆けつけた一、二人が加わり、昨日まで五、六人だった人は、この日、十人にのぼった。小宮、森田、鈴木、野上、安倍、阿部、岩波、林原、内田などなど、みなが相談して昼の当番、夜の当番と順を定めた。今宵は誰なのか、東洋城はそれも確かめないまま、この夜、ずいぶん遅く家に帰った。

十二月一日、その後、発作はなかったが、衰弱はしだいに加わり、むしろ当面はそちらを気にしないではいられなくなった。

医師たちはまた相談したが、注腸などはほとんど生命の糧にはならず、かといって食事を与えれば、たちまち危険な状態になる恐れがある。医師たちは最後まで採るべき道を決められなかったのだが、このような状況のままにはできないと、初めてわずかな食事を口から取らせた。といっても、葛湯をわずか四さじに過ぎない。

医師たちも代わる代わる宿直する決まりにしていたが、不安な状態が続くと三人とも泊まることの方が多かった。

十二月二日、病状同じ。しかし、漱石は衰える一方といった容態である。

この日も重湯や牛乳などをほんのすこし飲ませ、危ぶみあやぶみ、ひとときひとときの穏やかさを喜びつつようやく夕方近くなったが、やはりといおうか、漱石は四時頃下痢をしてしまい、そのときは黒い血も下した。外目《そとめ》にはただの下痢だが、十中八九、局部で出血したものであることは間違いないと感じた眞鍋は、ひたすら漱石の床のそばにいて離れず、ただただこれ以上出血がないよう見守ってやまなかった。

十二月三日、再び漱石は一切の食事ができないことになった。衰弱の度合いはますます加わっていく。眞鍋は朝、夏目家から大学に赴き、夕方は病院から早稲田の夏目家に向かうという状況で、家に帰らない日が多くなった。

十二月七日、このままでは衰弱の結果亡くなってしまうのではないかと、医師たちの眉は開くことがない。

「言いづらいかもしれないが、はっきりお聞きしたい。先生方は、食事を取る危険と、衰弱死する心配と、どちらが重いとお考えか」

東洋城ら主だった弟子たちは、医師たちに質《ただ》した。夫人も、医師たちに感謝しつつも、

「ここまで絶食しても、治療の甲斐もなく枯れてしまう命なのでしたら、最後まで食事をあげることなく逝かせてしまうのは後々まで悔いを残しそうで、情においで忍びがたいのです。たとえどんな結果になっても、せめて何か食べさせてあげたい」と嘆く。

家族や弟子たちの情と、医師たちの責任がぶつかり合い、今は一さじの牛乳を飲ませることが漱石の命を左右する瀬戸際になっていた。

医師たちは病室に集まって見守りながら相談し、弟子たちは茶の間の火鉢のそばや、タンスの前など、そこかしこに膝を突き合わせ、多くは口をつぐんだまま静かに心をいためていた。

夜、また漱石の腹がひどくふくれた。

十二月八日、朝から、また脈拍数が多くなったということで警戒する。これは内出血のためか、あるいは衰弱のためか、その区別は明らかではなく、もし出血とすれば三度目の大出血と思われる。そうであれば、もはや漱石の命もこれまでかもしれない……家の中には沈鬱な空気が流れた。

「もしかして、今晩あたり危ないのか」

東洋城が眞鍋にそっと問うと、

「まったく安心できる状態ではないから、いつ、何が起きるか分からないが、今晩ということはないだろう」と答えたので、また遅くに帰宅した。

ただ、帰るとき、すこしでも異変があれば必ず電話をしてくれと、堅く頼んでおいた。

十二月九日、東洋城は昨夜、早稲田からの電話がなく、朝もなかったので、いささか心が落ち着いた。とはいえ、気にはなるので電話で容態を問うと、いよいよ重態だという。

「すぐに行ったほうがいいだろうか」

折り返し聞くと、口を濁す。東洋城は、今日は土曜日だから正午まで仕事をして、それから行こうと心に決め、役所に急いだ。

役所で机に向かい、書類を二、三見たとき、早稲田から電話があった。ハッと思い、胸を轟かせながら受話器を取ると、「先生のようすが悪い。すぐ来てくれ」と岩波が言う。東洋城は取るものもとりあえず、大急ぎで早稲田に向かった。

到着すると、家の中は静かだが、なかにいる人たちはなんとなくざわついている。聞くと、今朝は脈拍百二十、体温は下がっているという。夫人に聞くと、朝、漱石が夫人を呼んだのでそばに進むと目をつぶって何も言わず、ただわずかに「さすってくれ」とだけ言った。その時の顔色はまったく生気がなく、これではとても助かるまいと思ったという。

このとき、弟子たちはまだ誰も漱石の病床に進み出てはいなかった。これは、漱石自身に危篤という自覚がないのに、弟子たちの憂い顔が漱石の静かな心を襲い、神経が昂ぶって急な出血を誘うようなことがあれば、いよいよ万事休すという事態になるのを恐れたためである。もとより、最後まで漱石に会わないというのではないので、刻々と迫る危険に、弟子たちは早く先生に会わせてほしいと心が動く。東洋城も面会のことを眞鍋に促したが、眞鍋は今しばらく、今しばらくと、なお待つことを乞う。

「君の気持ちも分からんではないが、弟子たちが急《せ》くのも無理がない。もう先生に会わせてやってくれないか」

東洋城は眞鍋に言った。

「今先生は、比較的意識がはっきりしている。そこへ大勢の弟子たちが行ったら、最後の道を早めてしまうだけだ。今は、われら医者たちが最善の力を尽くすべきところなんだ。しばらく待ってくれ、必ず会う機会をなくしはしないから」

眞鍋のことばを東洋城が弟子たちに伝えると、みな黙っている。

こうして漱石の病床は、依然、一切面会謝絶のまま、夫人と医師、看護婦だけで病躯は護られていた。

眞鍋がひそかに東洋城に言ったのは、今際《いまわ》の時、注射を使うべきかどうか迷っているということだった。このままならまことに静かな往生と思われ、甲斐のない注射で最後に苦痛を与えるのは忍びない、願わくは安らかに静かな大往生を遂げさせてあげたい、という。東洋城の心は迷った。そして、自分が決めることではないからと、夫人に相談した。

「治療のことはひとえに先生方にお任せしてきました。そのお医者様が手だてがもうないとおっしゃるのなら、それは天が定めた寿命なのでしょう。もう先生の思うようになさっていただいたので結構です。医術で治らないということが決まったのでしたら、これ以上苦痛を与えるのは、もとより好むところではありません」

鏡子がそう答えたので、無益な注射はしないことに決めた。

正午ころ、眞鍋は動揺を隠せない表情で言った。

「もう、いかん」

弟子一同は、漱石の息があるうちにまみえることになった。弟子たちが漱石に会わなくなってずいぶん長くたつ。一人ずつ進んでは退くというふうにかわるがわる漱石の顔を見るようにした。襖を隔てて護ること十幾日だろうか。この間、直接声を聞くこともなく、容態を間接的に聞くだけで満足したのも、ひとえに漱石の命をとりとめようとするためだった。

今、部屋の戸を押し開けて転げ入り、悲しみの気持ちで漱石の穏やかな顔に触れようとしても、以前に聞いた声はすでになく、顔もすっかり痩せてしまい、うつろな表情で、呼んでも甲斐がなく、意識を覚まそうにも、もはやどんな術もない。東洋城は万感胸に迫るものがあったが、ただ一度だけ深くお辞儀をし、退いた。

昼、脈拍百三十四、呼吸三十、体温三十五度六分。まったく危篤の状態である。「早く近親の人たちを、早く」と眞鍋は焦る。夫人、きょうだいなどの近親の人たちはすでにいるので、弟子たちもただちに病室に入る。合わせて三十人余りの人たちが、しんと沈黙したまま、漱石を囲んだ。部屋はひっそりとしたままである。

ところが、漱石がこんな状態だというのに子どもたちはまた帰っていない。今朝のようすでは急変することもないだろうと思い、また、その日は土曜日で登校も昼までなので、休むこともないのではと、みな出て行った。しかし、臨終間近になってそれぞれの学校へ迎えの俥《くるま》を送ったのだが、あいにく、みな学校を出た後だった。時間が経っても一人も帰らず、何度も学校へ電話をし、あるいはさらに使いを走らせ、小宮豊隆などはついに江戸川あたりまで見に行ったりするうち、まず暁星《ぎょうせい》学園から、次に雙葉《ふたば》学園から、次に女子大学からと、ようやく子どもたちが帰り着いたので、すぐ病床に急がせた。

このとき、寺田寅彦も漱石と同じ胃かいようで寝ていたのだが、危篤の知らせを聞き、病を押してやってきた。

親戚や古くからの知り合いなど、みなことごとく集まり、座敷に入りきらないで書斎に満ちた。みなが見まもるうち、漱石の脈はしだいにかすかになっていき、ついに脈が触れなくなった。眞鍋は、甲斐のない注射はやめるということにしていたので、漱石は自然にまかせる状態となった。

医師たちが協議した結果、カンフル注射を試みると、すこし反応があった。一同は茶の間に退き、仮の生とでもいうべき世界に留まった漱石は、半日ただ昏々と眠った。

夕方の六時を過ぎた頃だろうか、襖を隔てた次の間で、漱石が最後の発作を起こした。

「早く、皆を……」

眞鍋が言うと、時を移さずすぐに皆が集まった。

今はもう、これでお別れだということで、夫人や子どもたちが一人ひとり末期の水を捧げた。弟子たちも相次いで捧げる。東洋城はかつて、父が亡くなるときにもこうして末期の水を捧げたが、師の漱石にも同じことをしていると思いながら、ふと筆を進めず漱石の顔を見た。この時の東洋城の心には、師とか文豪などというものはなく、父を失ったときと同じ悲しみがあった。

「先生、先生」

呼んだ後、漱石はふーっと息を吐いたが、その後もう続かない。眞鍋が夫人に「お目を」と言い、夫人は手で静かに漱石の目をつむらせたが、初めから開いていないのをそうしたのは、永遠に安らかに瞑目させようとしたものだった。

阿部学士検脈、眞鍋学士検脈。退いて「すでに」と言う。

部屋の中は、しのび泣きや声を上げて泣く声で満ちた。時に午後六時五十分。曇った日はすでに暮れ、闇の中に寒風がさみしく吹いていた。

東洋城と、漱石の弟子たちとの軋轢

東洋城はこのあと、一連の葬儀に関して仕切り役ともいうべき重要な働きをした。しかし、それにもかかわらず弟子たちとのあいだに軋轢《あつれき》が生じた。

そもそも、漱石が危篤状態になって以降、弟子たちは漱石に会わせてほしいと何度も眞鍋医師に詰め寄ったのだが、眞鍋は漱石の最期を早めてはならないと押しとどめ、東洋城も眞鍋のいわんとするところを理解したため、言うなれば眞鍋に加勢する立場となってきつく面会謝絶にした。それが専横的だとして、ほかの弟子たちから恨まれ、尾を引いていたのである。

漱石が息を引き取ったあと、誰も彼もみな目に涙を浮かべ、なかには画家の津田青楓のように号泣し、泣き崩れる者もいた。誰もが尊敬するやさしい師を失った哀しみに思う存分身を任せたいという気持ちがあった。

しかしそうした悲しみのうちにも、遺族や弟子たちは通夜の準備をしたり、漱石の友人知人たちへ訃報を届けるなど、いろいろなことをしなければならない。その陣頭指揮に当たったのが東洋城ら古参の弟子たちで、なかでも東洋城は通夜のしつらえなど何も知らない若い弟子たちにあれこれ指図し、漱石の部屋を弔問客のために整えた。

そうしたなか、鏡子が思いがけない話をした。世のため学術のためになるのなら、漱石の遺体を解剖のために献体したいと眞鍋に申し出たのである。大学の講義を休んでまで治療を優先してくれた眞鍋たちの心づくしに、すこしでも酬《むく》いたいという感謝の表れでもあった。

ちょうどその話をしているときにいた東洋城に対し、鏡子が

「ねえ、松根さん。今もお聞きになったように解剖していただくつもりですが、どうでしょう。あなた残酷だと思いますか。私は夏目の平常から推して、当人もこうした研究の材料になることを喜ぶだろうと思うんですが、あなたどう思いますか」

と尋ねた。東洋城はすこし驚いたが、

「誰も残酷だなんて思わないでしょう。奥さんさえご承知なら、僕たちにも異存はありません」

と答えたので、門下の代表として返事をした格好となり、即座に解剖のことは決まった。真鍋は当初、解剖の話に意外そうな顔をしたが、すぐ夫人に感謝した。

その後、森田草平の発案でデスマスクをつくることになり、これにも誰も異議を唱えなかったため、彫塑家の新海竹太郎《しんかいたけたろう》により漱石の顔の型が取られた。

この日、夏目家は通夜をする弟子たちで溢れかえり、茶の間もどこも足の踏み場がないほどで、夜中の二時か三時にようやく疲れた体を横たえ、とろとろと浅い眠りから目覚めると、早や明け方になっていた。

解剖のため大学に亡《な》き骸《がら》を運び、夕方に戻ってくると、翌日には葬式が行われる。東洋城は師のため夏目家のためにと、葬式の準備にあれこれ采配を振るい、最古参の門下として精いっぱい働いた。だが、東洋城としては誠実にふるまったつもりでも、門下生のなかでも特に若い人たちからはよく思われなかった、というより、むしろ恨まれてさえいた。

長らく面会謝絶にされていたこともそうだったが、納棺にあたり、弟子たちがひとりずつ漱石の亡き骸に歩み寄って最後のお別れをする際、東洋城は枕元に座っていたのだが、あまり時間が長いと、早く下がるよう合図した。

のちに作家、評論家となった江口渙《かん》は、

「あの東洋城というやつ、お弟子の中では自分が一等上だというような顔をしやがって、おれたちがすこし長く先生の顔を見ていると、横から手を伸ばしてゲンコツで膝っこをごつんとやるんだ。早く引き下がれというわけだ。やられたのはおれだけじゃない、たいていの者がやられたんだ。あいつのどこに、そんなまねをする特権があるんだい」

と憤慨すると、のちに劇作家になった岡栄一郎も相槌を打ち、

「おれは、大体あいつの俳句からして嫌いだよ。あんな臭みの多い句のどこがいいんだ」と東洋城の顔を思い浮かべながら、通俗雑誌の挿し絵に出てくるような好男子然とした鼻眼鏡も気に食わないと腐した。

漱石の死後、すぐ夏目家を訪れたのは大学予備門以来の親友であった中村是公《ぜこう》（鉄道院副総裁・貴族院議員）や満鉄の関係者たちであったが、東洋城はそうした世間的には偉いとされていた人たちに対しても、特に敬意を表するでも萎縮するでもなく対応し、鏡子には頼もしく見えたようだった。その一方で鏡子は、漱石の死後のことは他人の干渉を受けないという態度で、寺田寅彦が漱石の葬儀について、「なるべく地味に後を処理されては」と恐る恐るアドバイスしたことに対しても気に入らないというふうで、その結果、東洋城は鏡子の意を受けて葬儀のやり方を決める役割を務め、葬儀委員長は中村是公、弔辞は朝日新聞社社長・村山龍平、友人総代は狩野亨吉《かのこうきち》（一高校長、京都大学初代文科大学長などを歴任）、門下生有志総代は小宮豊隆、導師は円覚寺派管長の釈宗演《しゃくそうえん》、東洋城は司会を務めることになった。

当初、門下生の代表には寺田寅彦の名があげられたのだが、小宮豊隆が寺田家を訪れ、明日の葬式で門人総代として捧げる弔詞《ちょうし》を認《したた》めてもらえないだろうかと依頼したところ、寅彦は長らく胃かいようの悪化で欠勤しており、今の健康状態ではとても無理だと辞退した。

葬式の当日、東洋城は金筋の入った宮内省の礼服姿でシルクハットを小脇に抱え、祭壇より一段低い土間の上に参列者の方を向いて立ち、それなりに威厳に満ちた姿ではあったのだが、弟子たちにはいかにも場内を見下すかのように傲然《ごうぜん》として見え、「あの俗臭芬芬《ふんぷん》とした姿は、漱石先生の葬儀にはまったくふさわしからぬものに見えたね」と散々な評価だった。

また東洋城は、告別が終わった人の流れを、右手を平らにして、それを臼でも挽く時のように動かしていたのだが、それが弟子たちにはなんとも妙な手つきに見え、芥川龍之介が「あれは、礼をしたら順々に柩の後ろを回って、出ていってくれという合図だろう」と言った。すると、やきもち焼きで口うるさい鈴木三重吉は、「松根のやつが、頼まれもしないのに余計なところへ出しゃばって」と、まずそれからしてはなはだ面白くないところへ、例の「臼でも挽く」ような手つきがますます気に入らないと言い、その後、酒に酔うと必ず、「なんだあいつ、こんな手つきをしやあがって、どうぞこちらへ、どうぞこちらへと言っていやあがる」と毎度同じ手真似を繰り返し、並居る人を笑わせた。

三重吉はほかにも、「自分たちは斎場へ電車で行ったのに、小宮だけは遺族と一緒に馬車で行った」と、その厚かましさに憤慨したが、それは小宮豊隆が勝手に遺族の馬車へ乗り込んだわけではなく、夫人の鏡子が小さい子どもたちの付き添いをしてくれとわざわざ頼んだためだった。三重吉は、漱石の死と数日来の疲労から日頃に増していらいらし、怒りっぽくなっていた。

漱石の死は弟子たちにとって痛恨極まりなく、みな心の中にぽっかりと大きな穴が空いたような心持ちだった。だが漱石がいなくなったからといって、手のひらを返したように夏目家から遠ざかることもできず、むしろなにくれとなく世話を焼いてくれた鏡子夫人を慰めるためにも、生前、曜日を決めて集まっていた文学サロン「木曜会」を続けようということになった。ただし名称は、漱石の命日の日付をとって「九日会」と変わった。

「九日会」は毎回幹事が変わり、安倍能成や鈴木三重吉などがその役を果たして、弟子同士で旧交を温めていたのだが、東洋城はその会に一度も出なかった。理由は、漱石が危篤に陥った頃からの東洋城の独断と他の弟子たちとの軋轢だと思われたが、それだけというわけではなかった。東洋城は、俳誌「渋柿」の編集に追われ、特に漱石追悼の特集が続いて多忙だったのである。

また、東洋城は弟子たちのすべてと交際を絶っていたわけではなく、そのうちの何人かとは個別に会っており、特に仲の良い寺田寅彦や小宮豊隆ら数人とはかなりひんぱんに会っていた。当然のことながらその時の話題も漱石のことで、ひたすら三人三様の思い出話で盛り上がり、番外編の「九日会」となった。

東洋城の「妻持たぬ」わけ

大正六年、東洋城は不惑の年齢となり、多忙を極めていた。宮内省では帝室会計審査局の審査官となり、年俸二〇〇〇円の官僚へと昇進していた。前年の十二月下旬、東洋城は麹町区平河町に住まいを移し、国許から母を迎えるため、なにかと準備に追われていた。

一月、漱石全集刊行の計画があることを、寺田寅彦・松根豊次郎・森田草平・鈴木三重吉・阿部次郎・安倍能成・野上豊一郎・小宮豊隆の名で広告し、小宮が主としてその任に当たることが決まった。

東洋城は翌月、「渋柿」に「漱石先生追悼号」を出し、発病から臨終までを綴った「終焉記」を掲載した。また十二月には、「渋柿」の「漱石忌記念号」を出した。

仕事にも、俳句に関する執筆や編集にもなすべきことは多く、東洋城は男盛りの壮年期を充実したものにして過ごしていた。

しかしこのころ、東洋城はある問題で窮地に立たされていた。女性に関することである。

妻持たぬ我と定めぬ秋の暮れ

これは明治三十九年、東洋城が二十九歳のときに詠んだ句である。

東洋城がなぜこの句を詠んだのか、さまざまな推測がなされたが、そのひとつが、血のつながらない従妹である柳原燁子《あきこ》、のちの歌人柳原白蓮《びゃくれん》との許されぬ恋のためだったといわれていた。

燁子は、柳原前光が芸者に生ませた子ではあったが、妻の初子はすぐに燁子を引き取り、わが子同様に可愛がって育てた。しかし、燁子が美しく成長していくにしたがって手許に置きたくなくなったのか、華族女学校に通いはじめるのを機に、北小路家という貧しい公家出身の子爵のところへ養女に出した。燁子は十五歳でその家の子息・北小路資武《すけたけ》と結婚させられ、妊娠を機に女学校を中退させられた。しかし燁子は資武を嫌い、翌年男の子が生まれたにもかかわらず、二十歳のときにその子を残して実家に戻った。明治三十八年のことである。当時、離婚は家の恥とされ、燁子は初子の隠居所で読書や短歌をなぐさめとして暮らすようになった。

その後、燁子に再び縁談が持ち込まれたが、燁子は二度と結婚したくないと抵抗したため、初子は東洋英和女学校に入学させることにした。

東洋城が京都帝大を卒業し、東京に戻って、一高時代に住まわせてもらった柳原家に再び寄寓したのが、ちょうど燁子が出戻ったときだった。

燁子は少女のころから可憐な風貌だったが、久し振りに成人した姿を見ると、細面で目元の涼やかな美しい女性になっていた。不幸な結婚生活を経験したためか、その愁いを含んだ眼差しに見つめられると、思わず手をさしのべたい衝動すら起きるほどだった。

親しさを増すにつれ、燁子から婚家での哀しい思い出などを聞かされ、同情した東洋城はやがて彼女との結婚を考えるようになった。そして意を決し、両親に認めてくれるよう話したが、強く反対された。いくら柳原伯爵の娘とはいえ、芸者をしていた妾の子で、しかも一度嫁した上、子どもさえいる。松根家の嫡男である東洋城にはふさわしくないというのである。

だが、燁子の母りょうは芸者とはいえ、氏素性の知れない者ではなく、その父・新見正興《しんみまさおき》は日米修好通商条約の批准書交換のため、咸臨丸に乗ってアメリカへ行った遣米使節団の正使《せいし》すら務めた幕臣である。りょうは正興が病死し、家が没落したために運命に翻弄されて芸者となり、燁子を出産した後、若くして亡くなった不幸な女性でもあった。

頑固で一徹なところのある東洋城は、両親のことばで「もはや」と心を閉ざしたのか、生涯妻は娶《めと》らぬと決心した。

燁子もやがて、佐々木信綱が主宰する短歌結社「竹柏会《ちくはくかい》」に入門して歌を詠むようになり、苦しい胸の内を歌に託すようになった。

東洋城が結婚しないことへの関心は、友人や弟子たちばかりでなく、やんごとなき人たちからも寄せられた。

明治四十三年、東洋城は三十二歳のとき北白川宮成久王《なるひさおう》殿下の御用掛兼職となったが、あるとき殿下から、「松根の俳句に、妻持たぬ我と定めぬ秋の暮れ、というのがあると聞くが、妻持たぬというのは本当なのか」と聞かれた。それに対し東洋城は、「俳句は小説に近いものです」と答えた。

東洋城は長身で色が白く、鼻筋が通って彫りが深い。青年時代はいうまでもなく、壮年となってからもその大礼服姿は気品があって凛々《りり》しく、宮廷の女官たちは東洋城の通る姿を見ると声をひそめて話し合ったり、襖の隙から見送ったりした。また、式部官として衣冠束帯の雅やかな姿になると、さながら源氏物語絵巻を目の当たりにするようでもあった。そうした美男の東洋城が女性を寄せつけず、三十歳をすぎても独身というのは北白川宮でなくても腑に落ちなかった。

明治になり、恋愛は人が人らしく生きていくうえで解放されるべきものと考えられるようになった。家制度が厳然として存在するなかにあって、結婚は家と家との約束事として親同士が決めるものであり、子に拒む権利はほとんどなかったが、特に女性にとって家長の父は絶対に服従すべき存在で、嫌とは言えなかった。

しかし、西洋の思想が文学などを通して日本にもたらされるにつれ、恋愛は自由意志の表明であり、完全な一個の人格を持つための手段とすら考えられるようになった。

東洋城の身の回りでも、かつて漱石の「木曜会」で同席した森田草平の恋愛が世間で取り沙汰されたことがあった。

東京帝国大学を卒業して英語教師をしていた森田は、「閨秀《けいしゅう》文学会」という女子学生向けの文学講座で講師を務めるようになり、そこで自我に目覚めた〝新しい女〟ともいうべき平塚明子（平塚らいてう）と出会った。明子は「愛の末日」という、知識階級の女性が優柔不断な恋愛相手を捨てるという小説を書き、森田がそれを高く評価したことから、ふたりは急接近した。森田は明子に新鮮な魅力を感じて惹かれていくが、激しい葛藤のすえ、死によってそれを超越しようと二人で雪の山中におもむいた。しかしそれを果たせないまま帰京したところ、森田がエリートの妻帯者で、明子も高級官吏の家庭に育ち、女子大出で美貌の令嬢だったこともあり、心中未遂事件として大きなスキャンダルに発展した。

漱石のすすめで、森田は平塚家の許可を得たのち、これを題材にした『煤煙《ばいえん》』という小説を書いた。残念ながらあまり文学的評価は高くなく、平塚明子にとっても、そこに描かれた自分の姿はまったく納得できないものであったが、書くことをすすめた漱石にもいくぶん不満があり、この年、自ら青年の恋愛をテーマにした『三四郎』を書いた。これに登場するヒロイン美禰子《みねこ》は平塚らいてうがモデルではないかと言われ、小説も高く評価された。

さらに漱石は、明治四十二年にも男女の愛をテーマにした小説『それから』を書いた。

この小説は、大学卒業後、仕事をすることもなく、父の援助で高等遊民の生活をしていた長井代助という男が、かつて愛しながらも、親友に譲った三千代という女性の不幸を目にし、真の愛に目覚めるというストーリーだった。父のすすめる政略結婚をせず、人妻となっている三千代とこれからの人生を共にするということは、父親からの経済的援助が打ち切られ、仲の良かった兄家族との行き来も断たれることを意味する。

漱石に心酔する東洋城は、もちろんこの小説を読んでいた。新聞の連載小説だったので、毎日毎日新聞がくると真っ先に読み、小説のクライマックスとなる、代助が三千代に返事を求めにいくころは居ても立ってもいられないほどで、朝日新聞の知り合いの社員へ「先に結末を教えてくれ」と頼んだほどだった。

『それから』の代助は、愛に生きることのほうを選んだ。東洋城は、自分も代助のように真実の愛に生きる道を選ぶべきかと考えた。しかし現実は、森田草平のようにとてつもないスキャンダル報道に揉みくちゃにされ、自分一人の被害で済まないことはわかりきっている。相手が平塚らいてうのような強い女性であれば、代助のようになにもかも棄て、二人で手を携えて市井の片隅で生きる道を選んだかもしれない。しかし、それは非現実的であった。当事者はむろんのこと、一族郎党のみならず、あるいは皇室の尊厳といったものすら傷つける恐れがあるかもしれないと懸念したとき、世間で言う道ならぬ恋は東洋城の選択肢になかった。

それならばいい、親が歓迎するような結婚相手と愛なき月日を送るより、いっそ生涯妻を持たないことにする、と東洋城は決めた。

柳原燁子は、東洋城が「妻持たぬ」の句を詠んだ五年後の明治四十四年、福岡の炭鉱王だった伊藤伝右衛門と結婚させられた。燁子が二十五歳、伝右衛門は二十五歳も年上の五十歳だった。

伝右衛門は一介の炭坑夫から成り上がって巨万の富を築いた人物で、事業家としては優れていたが、教養などは身につけておらず、外では芸者遊びなどの遊蕩三昧《ゆうとうざんまい》、内にあっても女中に手を出すなどして、燁子は夫婦として心を通い合わせることはなかった。

その美しさと財力から「筑紫《つくし》の女王」とも謳われた燁子だが、心は満たされず、唯一心を慰めてくれたのは、かつて佐々木信綱の指導で身につけた短歌だった。大正四年、燁子は柳原白蓮の名で歌集『踏絵』を出版。これによって一躍歌人として名を知られるようになり、二年後の大正六年には『几帳の蔭』、八年には『幻の花』を出版するまでになり、当初切なく控えめであった歌風もしだいに大胆なものへと変わっていった。

わたつ海の沖に火もゆる火の国に我あり誰ぞや思はれ人は

ところが、その燁子の激しい恋の相手は誰かという詮索がなされるようになった。そしてこれは、東洋城への愛を隠すことなく歌ったものではないかと噂する人もあり、宮内省の上司が、心中でもされては困る、ということで事前に手を打つ恰好となり、辞職を勧告した。

宮内省に入って十三年。大正八年、東洋城は宮内省を辞める決心をした。辞職の表向きの理由は、官務と雑誌経営の両立が困難であるため、ついに退官を決意したということにした。これからは役人ではなく、一民間人として生きていくことになる。不安がないといえば嘘になるが、東洋城は漠然とではあるものの「自分には俳句がある。俳句で生きていく」と確信した。そして、そのときの心境を次のように詠んだ。

野人となる
木の実落ちてしかと打ちたる大地かな

東洋城は、この年から東京朝日新聞の「朝日俳壇」の選者を担当することになった。

その後燁子は、若き弁護士で社会運動家でもあった宮崎龍介と知り合ったことにより、人生を大きく変えた。龍介は東京帝大法科に在籍中、学生運動の中核的存在ともいうべき「新人会」を結成し、労働運動に打ち込んでいた。そもそも龍介の父は、孫文らによる辛亥《しんがい》革命を支援した宮崎滔天《とうてん》で、龍介はその影響を強く受けていた。大正九年、新人会は雑誌「解放」を主宰し、その主筆となった龍介は、白蓮に会うため別府の伊藤家別荘を訪れた。白蓮は大正七年、「解放」に戯曲を発表し、その評判が良かったため単行本にすることが決まっており、その打ち合わせに来たのだった。このとき白蓮は三十六歳、宮崎は七歳年下の二十九歳だった。

白蓮にとって龍介は、これまでに会ったことのないタイプの男性で、社会変革の夢を熱く語るその姿に強く惹かれた。そして龍介もまた、誰に対しても率直に意見を言う白蓮に魅力を感じ、その後やりとりした二人の手紙は七百通を超えた。

手紙をやりとりするうち、白蓮はわが身の不幸を訴えるようになり、やがて情熱的な愛のことばが綴られるようになった。白蓮は上京の機会に合わせて龍介と逢瀬を重ねるようになり、大正十年に龍介の子を身ごもった。ふたりの関係は噂となって広まり、龍介は「解放」の編集を解任され、新人会からも除名された。しかし龍介がひるまなかったのは、自分は虐げられて苦しむ者を救う運動をしてきたという自負があり、少なくとも燁子については伊藤家や柳原家の人たちよりも理解し、助けてやることができると思っていたためだった。

龍介は、新聞記者の仲間に相談して駆け落ちの計画を練り、決行した。大阪朝日新聞に燁子の書いた絶縁状が公開され、新聞という媒体を使って妻から夫へ縁切りを宣言するという前代未聞の駆け落ち事件に、世間は騒然とした。

燁子と伝右衛門の離婚は紆余曲折ののち成立したが、白蓮事件といわれるこのできごとがそれによって終結したかというと、そうはならなかった。燁子は大正天皇を生んだ二位局《にいのつぼね》（柳原愛子）の姪に当たるため、大正天皇の従妹になる。また、血のつながらない兄の義光は伯爵で貴族院議員、姉の信子は夫の入江為守が東宮侍従長で、いずれも宮中に深く関わる立場にある。燁子の事件は、夫婦や家同士の問題にとどまらず、華族の引き起こした醜聞事件として大きな社会問題に発展した。右翼団体「黒龍会」は義光に対し、監督不行き届きにより皇室の権威をおとしめたとして議員の引責辞任を求め、華族の地位からも退くよう糾弾したのである。

こうした事態は、かつて東洋城が最も恐れたことだった。

東洋城の母方の祖父・伊達宗城は、幕末に四賢侯の一人といわれ、王政復古のあと新政府の議定《ぎじょう》（閣僚）に名を連ね、明治維新に向けて大きな功績を残した人物である。東洋城には、自分の感情のおもむくまま突っ走り、それによって家名を汚《けが》したり、皇室につながる親類縁者に迷惑をかけたりすることは、断じて避けねばならないという強い思いがあった。

東洋城は白蓮との関係を終生秘し、言いもしなければ書き残しもしなかった。

◆壮年期

——罹災、離反……激動の時代——

東洋城と豊隆と寅彦

東洋城は、俳句雑誌の「渋柿」を運営していくに際し、まずは親しい文人たちに執筆を依頼した。なにしろ、文学サロン「木曜会」に足繁く通っていたおかげで、物書きの知り合いには不自由しない。

しかし、漱石の死をきっかけに弟子たちとのあいだに不協和音が生じたため、しぜん執筆を依頼する相手は限定されることになり、まずは寺田寅彦と小宮豊隆が候補となった。

三人が会うと、話は当然漱石のことになる。

小宮がガラス越しに木枯らしが吹く外の景色を見ながら、漱石が寒がりだったことを思い出すと、東洋城も、寒いときはガスストーブにかじりついていたと言う。

「そういえば、こんな寒い時期、先生に芸者を見せようとしたことがあったじゃないか」

小宮が言うと、

「うん？　そんなことがあったか？」

寅彦は、それを知らない。

「ああ、あれは確か大正元年の晦日だった」

「それじゃあ、僕がドイツに行っていた頃か」

「その時分かもしれない。僕と東洋城が共謀して、先生を深川亭へ誘い出して柳橋の芸者を見せようとしたことがあったんだ」

「ほう。そいつはずいぶん粋な話だな」

寅彦は、可笑しそうな顔をして二人の顔を見比べている。

「うん、粋と言えば粋だが、その時は江戸っ子同士、滅びゆく江戸を弔《とむら》おうという趣向だったのさ」

東洋城がすまして言う。小宮と寺田の二人が「江戸っ子同士」ということばに反応し、

「君は四国宇和島の出じゃなかったのか」

と言うと、東洋城は
「国はそうなんだが、僕が生まれたのは東京の築地で、小学校も築地の文海小学校だった」

と説明すると、そうだったのかと納得した。

「その頃の隅田川は川の中洲に葦が生えていてね、その葦原の先に都鳥が終日浮かんでいたり、時折、屋根舟なんかも通っていったりした。雪の降ったときの真っ白な世界にすーっと舟が流れていくようすなどは、子供心にもきれいな絵を見たような気持ちになって、しみじみとしたものさ」

　東洋城はその時の光景を思い浮かべるような遠い目をした。

「まるで浮世絵の世界だなあ」

「ところが、その川に架かっていた木の橋が鉄の橋になり、馬車は通る、車は通る、人は通るで、その中を縫うように電車まで通っている。下流には浅野のセメント会社があって、たくさんの大煙突から盛んに黒煙を吐いている。鉄橋や工場、電車、汽船なんかで隅田川がテームズ河みたいになっていった」

　確かに東洋城の言うとおり、この何十年かで東京は目まぐるしく変わっていた。特に明治の終わり頃、隅田川の新大橋を鉄橋にすることになったため、元の木橋を壊す工事などもおこなわれ、界隈は騒然としていた。

「それが時の勢いというものなんだろうが、欄干や橋桁を外して杭ばかりが残っているのを見ていたら、なんだか江戸が壊されているような気がしてね」

「そんなものかね。僕は東京育ちではないから、そういう感傷はなかったが」

　福岡出身の小宮はそう言ったが、寺田も東洋城と同じく、国は高知で東京の生まれである。

「なにしろ、隅田川は江戸の命だからね。いや、大げさでなく、荒漠たる武蔵野にもしこの川がなければ、ずいぶん味気ないものになったと思うよ。東京に住む者は皆、この都会のどこかにこの隅田川という大きな川が流れていると思うだけで救われる。言ってみれば、この川は江戸芸術の養分でもあるし、江戸趣味を醸し出したものでもある」

大仰な物言いをする東洋城は、これでもかというほど隅田川を賞賛する。

「確かに、芝居の書き割りに川の景色は必ず出てくる。道行きにも橋や川はつきものだ。しかし、その隅田川と芸者はどういう関係があるのかね」

「いやさ、僕は気分がくさくさすると、よく両国へ行って柳橋を渡ったものなんだが……といっても芸者遊びに行ったわけじゃないよ。柳橋を渡って、いろいろな料亭の前を通って家のとぎれ目に来ると引き返す。川の流れを見たり、水音を聞いたりするだけなんだが、それだけで昔がよみがえるような気がして、ほっとする」

東洋城は、昔を懐かしがる人に江戸の名残りを探してみようと誘えば、たいていの人は乗ってくるので、軽子橋から新富町八丁堀あたり、霊岸島から箱崎町あたりと、いろいろな人と話をしながらよく歩くのだという。

「江戸情緒か……しかし、君、そんなものを懐かしがるほどの年じゃないだろう」

寅彦が笑いながら言うと、

「いやあ、東洋城は年端《としは》も行かない頃からご両親に連れられて、歌舞伎三昧、芝居三昧の暮らしをしてきたから。体のなかにどっぷり江戸がしみ込んでいる」

と小宮が茶々を入れる。

「まあ聞きたまえ。それで、歩きながら遠くを見ると火の見櫓《やぐら》がぽつんと残っていて、もうこのへんの面影を伝えるものといえば、この櫓と浜町河岸くらいなものだな、とポカンと立って考えていたら、後から俥が一台来て通り抜けたんだが、それに乗っていたのが粋なきれいな芸者でね。漱石先生の体が良くなったら、これはぜひここへご案内して、きれいな芸者を見せなくっちゃあいけないと、その瞬間に思ったわけさ」

「なるほど。そういうわけか。しかし、それがなぜ晦日の雪の積もった日なんだね」

寅彦は、よりによって、と思った心の声をそのまま出した。

「そこが東洋城の東洋城たるゆえんさ。あの日は前日から久々の大雪だったが、見慣れた日常の世界も、白い雪にすっぽり包み込まれると異空間になるだろう。東洋城は雪のなか森川町の僕の下宿まで来て、この日をおいて先生をお呼びする日はない、ぜひ君も協力したまえと力説するんだ。僕にしたら迷惑な話さ」

小宮のことばに、寅彦はにやにや笑う。

「だが、なんだかんだと言ってるうちに東洋城に言いくるめられて、東洋城が先に深川亭へ行って用意万端整えている間に、僕は早稲田の先生のところへ迎えに行って、深川亭へご案内する手はずになった」

「なるほど、準備万端整えて、先生を引っ張り出そうというわけだな」

「そうなんだ。しかし雪が積もっている中を歩くのは、思った以上に大変だね。先生の家に行くだけでもずいぶん難儀した。それだけじゃなく、行ってみると、寒がりやの先生は書斎のガスストーブにかじりついている」

「あの部屋は畳じゃなく、板張りで特に寒いからなあ。ご家族のおられる居間はともかく、先生の部屋にいると芯から冷えたよ」

東洋城は、その寒さを思い出したように、ちょっと首をすくめて震える格好をした。

「ああ。しかも敷いている絨毯が十畳の部屋の割に小さ過ぎる。あれでは、折角の暖まった空気が、また冷たい板の間で冷やされ、実に熱効率が悪い」

寅彦も科学者らしい印象を述べる。

「先生は、寒い時期が来ると年寄りのように縮こまっておられたが、あの日は特にがたがた震えでもしているように竦《すく》んでおられて、先生、きれいな芸者がいますから行きましょう、東洋城も待っています、粋に雪見酒と洒落込みましょうと言っても、億劫《おっくう》がってなかなか立ち上がらない。芸者なんぞ、こんな寒い日にわざわざ行かなくっても逃げやせんよとか、なんとかかんとか言うばかりで、ついに動かずさ。よほど雪の中に出るのが嫌だったんだろう。それで仕方がないから深川亭へ電話をかけて、東洋城に連絡を取ろうとしたんだが、雪のせいか、電話がどうしても通じない。とうとう、うやむやのうちに取り止めになってしまった」

「じゃあ、東洋城はじりじりしながら待ちぼうけを食らって、とうとうすっぽかされたわけか」

「まあ、そういうことだな。おかげで深川亭からも芸者からも文句を言われて散々だったが、一つだけ良かったのは、先生から実に丁重な謝罪状を受け取った」

東洋城は特に苦い思い出というふうもなく、あっけらかんとした顔で言う。

「まあ、東洋城の気持ちもわからんではないが、ひとは君が思うほど風流や粋をありがたがらないものだ。先生だって、例外ではなかったってことさ」

小宮は、自分も東洋城の風流に付き合わされてひどい目にあったので、いくぶん非難めいた口調で言う。

「そんなことはない」

東洋城は断定的に言う。

「先生は、古きものの良さも風流も解される方だ。先生の俳句の弟子である僕が言うんだから間違いはない」

俳句のことで東洋城と言い合いになると、ちょっと面倒なので、小宮は口をつぐむ。

三人がこんなふうに思い出を分かち合い、時間を共有できたことは、かつての木曜会のようで嬉しかった。学生時代、三日に上げず漱石の家を訪れ、しょっちゅう夏目家に泊まっていた小宮は、同じように夜遅くまで話し込みすぎて泊めてもらうはめになった東洋城と、漱石を真ん中にしてよく一緒に寝ていた。その頃の思い出話は、当時の楽しさがよみがえってくるようでもあった。

「どうだろう、先生を追憶するためにも、こうして時々は三人で会わないか」

東洋城がそう言うと、二人とも同じ気持ちだったらしく、時々寄って一緒に飯を食おうということになった。

やがて三人が料理屋を出ると、帰る方向の異なる東洋城が寅彦と小宮に店の前で別れを告げる格好となった。

「じゃあ、また。失敬」

あいさつを交わし、東洋城は人の好い笑顔を見せて去っていった。寅彦と小宮はその後ろ姿をしばらく立って見ていたが、「考えてみると、東洋城というのは変わった男ではあるな」と寅彦が言う。

「何がだね？」

小宮は寅彦の言う意味が分からない。

「君も東洋城も、先生に対する尊敬の念が強いが、まるでタイプが違う。さっきの話ではないが、東洋城は先生を尊敬しながら、それでも自分の好む方向に無理矢理持ってこようとするところがある。先生はそれを迷惑に思っていたのではないだろうか」

「僕も東洋城も、先生にはずいぶん甘えて迷惑をかけた。先生だけでなく奥さんを芝居に引っ張り出したり、何か旨い物を食べようと誘い出したり。そういう意味では一番厚かましく、先生やご家族と付き合わせてもらったかもしれないなあ」

「確かにそういう感じはあるな」

二人は歩調を合わせながら、夜道を歩いた。冷たい風が時折首筋を撫でるように吹き抜けていく。しかしね、と小宮は言う。

「僕の場合、そんなふうに甘えることに対して、幾分気の毒だ、という引け目は感じていた。だから先生のお使いやお手伝いも一生懸命させてもらったつもりだ。しかるに、東洋城はどんなに世話になっても、それが当然みたいな顔をしている。先生のお宅で夕食をご馳走になる時だって、泊めていただく時だって、一度だって申し訳なさそうな顔をしたことがない」

「うん、そういえばそうだったな」

「そうさ。普通の人間なら、『今日も帰る時刻を外してしまって申し訳ない』とか、『ご馳走になります。有難うございます』くらい言うじゃないか。それを東洋城は、一度もそんなことを言ったことがない。人のうちへ坐り込んで、飯時が来て飯を食うのを、あたかも正当のことであるかの如き顔をして食っている」

「ふふふ……そうだったなあ。先生の横にどっかり座って、遠慮もなしに食っていた」

夏目家で夕食を振る舞われたことがある寅彦も、そんな場面を目撃したことがあるので、それを思い出して笑う。

「だが先生は、東洋城のそういう鷹揚《おうよう》なところが気に入ってたらしいんだな。いつだったか鈴木三重吉が言っていたが、おそらく東洋城の悪口でも手紙に書いて先生のところに送っていたんだろう。先生がそれに手紙で答えて、『松根はアレデ可愛らしい男ですよ。そうして貴族種だから上品なところがある。人のうちで飯を食っても、自分のうちで飯を食ったようにしているからいい』と書いていたらしい」

「そうか、先生らしいな」

「そして、東洋城が世渡りの旨い、軽薄なハイカラならとっくに偉くなっているんだろうが、伯爵の伯父や叔母がいて、親類に三井の財閥がいながら、三十円の月給でキュキュしているから妙だ、とも書いていたらしい」

「うん、たしかにそういうところが妙だ。なぜあんな男が出来上がったのか実に不思議だ」

寅彦は改めて思う。

「ただし先生は、松根はあまり頭はよくない、そしてすぐムキになる。したがって、坂本四方太らとは合わないが、僕はなんとも思わないとも書いていたそうだ。まあ、先生は弟子同士の討論を聞くのは好きで、よくニヤニヤしながら聞いておられたからな。むしろムキになって喧嘩をふっかける東洋城のことを面白がっておられたのかもしれない」

寅彦は、漱石がよほどのことにならない限り、どちらの味方をするでもなく、黙ってなりゆきを見ていたのを思い出した。

「考えてみると、僕も東洋城のことは知っているようで案外知らない。しかし、君と東洋城は以前から仲が良かったね」

寅彦は、しじゅう漱石の家に出入りし、親戚か何かのように泊まっていったりする小宮と東洋城をうらやましく思っていた。

「そうだね。だが東洋城は最初、僕より鈴木三重吉と親しくなったんだ」

広島市出身で東京帝国大学文学部英文学科に入学した鈴木三重吉は、漱石の講義を聴き、かねてより敬慕していた。在学中、従姉への叶わぬ恋から神経衰弱が悪化し、胃病にも苦しんでいた三重吉は、一学年が修了すると休学し、転地療養のため広島県の能美島《のうみしま》に渡った。そこでの体験をもとに短編小説『千鳥』を書き、漱石に送ったところ、漱石は「千鳥は傑作である。こういうふうに書いたものは普通の小説家にとうてい望めない。はなはだ面白い」と誉め、高浜虚子の主宰する雑誌「ホトトギス」に推薦した。

二十四歳という若さで華々しくデビューした三重吉は、これ以降、期待の新鋭として脚光を浴びることとなり、大学に復学し、漱石門下に入った三重吉が木曜会に来たときは、花形的存在として迎え入れられた。

最初、東洋城と三重吉は小宮を仲介にして近づいたのだが、小宮は東洋城より六歳下、三重吉より二歳下ということもあり、小宮抜きの方がなにかと話が合う。やがて東洋城は個人的に三重吉と付き合うようになった。

貴族の東洋城に対し、三重吉は平民だったが、三重吉には着る物にこだわったり、上流社会が好む乗馬や音楽、絵画などの趣味に引かれたりするところがあった。この当時の三重吉と東洋城は、耽美派《たんびは》というほどではないが、日本古来の伝統的な美を好む傾向があり、二人の趣味はいろいろな点で共通するところがあった。

三重吉が処女作『千鳥』や『山彦』などの短篇を集めた『千代紙』を出版したとき、東洋城はその装丁を引き受け、なかなか凝った意匠にした。その装丁の一部には、三重吉が東洋城に宛てた手紙の一部が使われ、紅筆を使った「豊さままいる」という筆文字が木版刷りにされていたし、漱石が巻紙に書いた序文も書翰体で木版刷りにされ、折り畳んで巻頭に挟み込みにしていた。これは三重吉のアイデアだったが、オリジナリティーがあって目を引きつける序文だったことから、小宮などは内心ひどくこれを羨ましがり、「おれもそのうち小説を書き、先生からこういう序文を書いてもらって出版するんだ」と悔しがった。

だが、三重吉は当時の文壇の空気に触れるにつれ、こうした軟弱とも思える貴族趣味から早く脱しなければと感じるようになった。また東洋城としばらく付き合ううち、互いに理解しがたいものが相手から見えてきたということもあり、彼との友情はあまり長続きしなかった。

明治四十二年、寅彦がドイツに留学するとき、東洋城は小さな可愛い人形を託し、「船が地中海を通る時、これを海の中に投げ入れてくれ」と頼んだ。寅彦がいぶかると、「それは、自分が失恋した女を地中海に葬り去るという意味が込められているんだ」と答えたので、寅彦はいささか呆れた。

その話を小宮から聞いた三重吉は、「東洋城って、なんて馬鹿野郎なんだろう」と言った。いい年をした大の男がやることではない。女々しい、趣味の悪い少女趣味といえなくもない。三重吉が東洋城のことを、なんて馬鹿野郎だろうといえば、小宮も、まったく馬鹿野郎に違いないとは思うのだが、東洋城と気持ちが離れかけていた三重吉とは微妙にとらえ方が違っていた。臆面もなく、真面目ぶってそうしたことをする東洋城に対し、そこがいいところだとは思わないにしても、何か愛すべき稚気だと感じていたからである。

三重吉が東洋城から離れるにしたがい、小宮は東洋城と親しくなっていった。二人が直接触れ合うものがあったというより、お互い、漱石に対する感情に共通するものがあったため、間接的に結び合わされたともいえた。夏目家で夕食を食べたり、泊めてもらったり、漱石や鏡子を引っ張り出して食事に出かけたりという、ある種わがままともいえる勝手放題をして喜んでいたのは、弟子の中でも小宮と東洋城が最たるものだった。

漱石は、東洋城の子煩悩なところも愛していた。東洋城自身はずっと独身で、自分の子はいないのだが、他人の子だろうがなんだろうが、子どもと見れば手放しで可愛がるところがあり、ちょっと常軌を逸したほどの子どもも好きだった。

いつだったか、東洋城がしょんぼりして夏目家にやってきたので鏡子がわけを尋ねると、可愛がっていた近所の子どもが急病で亡くなったのだという。

「ちゅちゅむさんと呼んでいたのですよ」

東洋城は、幼児語のように言う。

「ちゅちゅむ……すすむさんってこと?」

「ええ。別に、その子の両親と知り合いだったわけではないんですが、偶然そのすすむさんと会いましてね。丸々と肥っていて、笑うと小さな目が糸のように細くなって、見ると抱きたくて仕方ないんです」

四歳のその子は人見知りして誰にも抱かれず、最初は東洋城が手を延ばしてもいやいやをして逃げていたが、ある時、二人きりでモジャモジャという遊びをしてから抱かれるようになり、東洋城を「モジャモジャのおじちゃん」と呼ぶようになったことなどを話した。

かと思えば、東京帝大英文科の林原耒井《らいせい》（俳人・岡田耕三）は、東洋城の家で運座があるというので行ってみようと思い、そこである体験をした。

漱石夫人からのことづけものがあり、漱石の長女・筆子もついていくというので連れていったところ、すでに運座は始まっていた。きりのいいところで入ろうと待っていると、筆子が庭へ行きたいというので出ようとしたら、庭下駄が一足しかない。仕方なく林原が筆子をおんぶして庭石を伝っていると、十一、二歳にもなっている筆子が背中でキャッ、キャッと言ってはしゃぐ。すると句座から、「筆ちゃん、ふざけたりする人帰ってちょうだい！　ここは遊びの場所ではないんだから！」という東洋城の大きな声がした。東洋城の運座は厳粛そのものといった鍛棟の場で、雑談ひとつ許されなかったから、漱石の娘といえど例外にはならなかったわけで、筆子はシュンとなってしまい、林原も照れてしまって、とうとう運座に加わらずそのまま帰った。

林原はそれ以降、筆子が漱石山房の弟子たちの誰かからあのような一喝を食らっているのは聞いたことがなく、筆子にとっては「あれがはじめての、そして唯一のものであろう」と思ったのだが、漱石が東洋城のことを「自然で、遠慮がない」と評したのは、それだけ東洋城が漱石の家族と打ち解け、言いたいことを言える間柄であった証左ともいえた。

そんなところが東洋城の愛すべきところで、小宮は漱石や鏡子から東洋城の別の顔ともいうべき話を聞いて、見直すところがあった。

「思えば僕は、漱石先生を通じていろんな人と知り合ったわけだが、先生と弟子個人は深い付き合いをしていても、弟子同士というのはさほど深くなかったというか、案外知らないことも多いものだな」

寅彦のことばに小宮もうなずいた。

「しかし君の場合は、科学とか西洋音楽などは先生より詳しかったから、むしろ漱石先生が教えを請うこともあったじゃないか。だからなんというか、弟子というより、対等の友人として扱われていたような気がするなあ」

「そんなことはないが、僕は門弟の面会日だった木曜日以外にも勝手に先生のお宅を訪問していたから、そんなふうに特別な感じを与えたのかもしれない」

「そうか、君もか！」

ときおり抜け駆けをして勝手に夏目家を訪問していた小宮は、そう言って笑った。

寅彦は、漱石が亡くなってからは、もうどこへも純粋な意味で遊びに行くところがなくなったと感じていた。二十歳ころから約二十年間、自分の生涯から漱石を差し引くと、残ったものは木か石のようなもので、不思議なことに自分にとって漱石の文学そのものはそれほど重要なものではなく、ただ漱石という存在そのものが貴重なのだった。小宮や東洋城の存在がそれに代わるものではけっしてないが、自分と同じく大きな喪失感を抱いている門弟同士が会い、漱石という共通の話題でその心の穴を埋めていくことは無駄ではないように思えた。今日一日だけでも、自分の知らない漱石の姿が小宮と東洋城の口から聞けて良かったと言うと、小宮も先生によってできた縁だから大事にしていこうと言って別れた。

連句にはまった寅彦、小宮を〝破門〟

東洋城と小宮と寅彦は時折会うようになり、会えば心置きなくいろいろな雑談をするのだが、いつのまにか話は漱石の追憶から俳諧のことに及ぶ。

「また俳諧かね」

東洋城が俳諧の話を始めると、最初のうち寅彦はすこし眉をひそめた。

「仕方ないさ、松根は俳諧男だからな」

小宮がにやにや笑いながら言うと、

「君だって、最近はずいぶん熱心に芭蕉の研究をしているそうじゃないか」

東洋城が小宮に向かって言う。

小宮は、漱石の「木曜会」に出ていた帝大の学生時代から、漱石主宰の東京朝日新聞文芸欄の仕事をしていたので、専門はドイツ文学ではあったが、文芸評論家の仕事もしていた。大正十年頃には阿部次郎、安倍能成、和辻哲郎らと歌誌「潮音《ちょうおん》」のグループに入り、芭蕉研究会を結成するまでになっていた。芭蕉を知るにはどうしても俳諧を研究する必要があるので、向島に住んでいた幸田露伴のところへ出かけ、俳諧実作の手ほどきなどもしてもらっていた。

小宮は、露伴に教えてもらっているうちに俳諧の面白さにとりつかれ、時折遊びに来る寅彦に、しきりにそれを吹聴するようになった。それほど面白いのかと、寅彦も時折関心を示すことがあったが、なにしろ本業が忙しくてその気になれず、小宮の話を聞き流すことが多かった。

そのうち東洋城も、せっかくこうして三人が寄るのなら、ひとつ何かやろうじゃないかということになり、漱石先生の俳句を通して先生を見ることにしよう、ということになった。大正十一年の初め頃のことである。それから毎月一回、「漱石先生俳句研究」をすることになったため、寅彦はなかば強制的に俳諧に取り組まざるを得ない状況になった。

俳諧は、広い意味では〝滑稽〟を意味する俳諧味をもつ文学を総称したものだが、狭い意味では「俳諧之連歌」、つまり滑稽な連歌だけをさした。連歌はもともと機知的な滑稽を主とするものだったのだが、それが高度な文芸として完成すると、もとの機知滑稽を主とするものに立ち戻り、一段低いものとされた。俳諧は、明治になって子規の革新運動により、「発句」が「俳句」と称され、それにつれて「俳諧」も「連句」を指すようになった。

連句とは二人以上の作者が一緒につくっていくもので、ことばどおり、最初の句に連ねて二句以上続けていく。五・七・五の長句を第一句（発句）、七・七の短句を第二句（脇句）といい、以下、長短交互に一定の様式と規則にしたがって連作していく。

古くは百韻という百句連ねたものが主流だったが、芭蕉以降は歌仙という三十六句のものが主流となった。ほかに、五十韻、千句、万句などいろいろある。

芭蕉は、幽玄・閑寂の境地を求め、連句の付合《つけあい》に象徴的な手法を使うなど、俳諧をすぐれた詩文芸として向上させたことから、東洋城は芭蕉を崇拝していた。そのために、小宮から「俳諧男」などとからかわれていたのだが、小宮も寅彦も芭蕉をはじめとする俳人たちの研究をするにつれ、しだいに引き込まれていくようになり、特に寅彦の方はやるたびに俳諧に熱中し、上達もして、大正十五年初めには「潮音」に二人の両吟が載るほどまでになった。

それぞれ俳号も持ち、寺田寅彦は寅日子、小宮豊隆は蓬里雨と名乗った。三人の一年半にわたる会の記録は、まず『漱石俳句研究』となって「渋柿」に連載された。

そもそも寅彦が俳諧を実作しはじめたのは、青山南町の小宮の家を訪ねたとき、小宮から

「君も五高の生徒のときから俳句をやっていたのだから、それなりの難しさは知ってるだろうが、俳句は自然なり人事なりの一場面を切り取り、それで完結する。それはそれで印象的だが、発句である五七五を受けて別人が七七の付句を付け、さらにそれを受けて五七五へと続けていく連句の面白さは、やってみなくっちゃあわからない」

と言われ、寅彦は「そんなものかな」とつぶやいた。

「そうさ。つまり、西洋で言うところの叙事詩のようなものにしていくわけだが、そこには自ずと共通した思いというか、続けてもおかしくない統一感というか、違和感のないものにしなくっちゃいけない。肝心なのは、前の句に付ける付句をどういう種類にするか決め、狙いどころの付け所を探して、瞬時に考え、句を作ることだ」

と言うと、

「瞬時か。そいつは難しいな」

寅彦はすこし驚いて言う。

「これだけの事柄をうんうん唸って考えたんじゃ、座が白けてしまうし、面白さも削がれてしまう。俳諧というのはそういう意味で非常に感覚的なんだが、その一方で、瞑想的な作業とでもいうのかな。僕は時に、こいつは禅に通ずるなと思うことがあるね」

ここまで説明されれば、やってみなくちゃならないと、寅彦ならずとも思う。まず小宮が、

客去って唯眺め居る炭火かな

という句を書くと、寅彦はそれに

麻布へ抜ける木枯の音

と付けた。小宮の家は、小川の流れる渓《たに》ひとつ隔てた向かい側に麻布三連隊があり、家からそのようすがよく見

える。それで寅彦はさらに自分で、

気になるは軍曹殿の鼻の疣《いぼ》

という句を付け、最初にしては上手いと褒められると、悪い気はしなかった。

ところが、せっかく寅彦がその気になったというのに、小宮はその翌年ドイツに留学することになって連句はおあずけとなり、そのあいだは東洋城と二人で日本文学の研究を進めることになった。

小宮は大正十三年の十月半ばに帰国すると、翌春、仙台の東北帝国大学の教授に就任した。西洋に行っているあいだ小宮はすっかり俳諧から遠ざかっていたが、帰国後、また俳諧に戻ることになり、三人の名で『日本文学諸断片』を出した。

寅彦は小宮が仙台に行ってからも実作をやりたがったため、小宮が東京へ出てくる時にやろうということになった。

寅彦が勤務する航空研究所は、航空分野の基礎研究機関として大正七年に設立されたもので、まさしく〝日本の頭脳を集積した〟ともいうべき研究機関である。寅彦は、その物理部にいた。

寅彦は、東京帝大の物理学科を卒業後、明治四十二年にその助教授となり、二年間のドイツ留学を経て大正八年に教授となった。物理、地球物理、気象、地震、海洋物理、応用物理学など多方面の研究をしていたことから、航空研究所のほか理化学研究所、地震研究所の所員も兼任し、多忙を極めていた。

小宮もひんぱんに東京へ出てくるわけではなく、三人が集まると雑談の方が多くなったため、連句はなかなか進行しなかった。

連句に対する取り組み方自体も、三人三様だった。俳諧男の東洋城は別にして、寅彦も実際にやってみると思ったより難しいものだとわかってきて、連句をつくることを〝荒行〟と形容するほどだったが、その体験こそが荒行の効果だったと感じ、どっぷりと連句の魅力にはまっていった。

ところが寅彦の熱心なのに比べ、小宮は連句にだんだん冷めていった。というより、もともと小宮にはさほど熱がなかった。つくればむろん面白くはあったのだが、それよりも寅彦相手に雑談している方がよほど面白かった。そのうえ小宮は、「仙台では、まずいものばかり食べさせられている」と言って、東京に出ると餓鬼のように旨い店を食い歩いた。実は、小宮の上京の目的は主にそちらにあったと言っても過言ではなく、友人たちもそれがわかっていたので、いろいろな店へ招待し、小宮は東京にしばらくいると飲み食いに疲れてヘトヘトになるほどだった。

小宮は連句をつくるとき、寺田家の二階の客間にやってきた。三人はそこを「寅彦庵」と名づけていたが、小宮はここに来ると妙にくつろぎ、のびのびと足腰を伸ばして寝転ぶことのできる休息所のような気がした。縁側の硝子戸《ガラスど》越しに日射しが入り、庭を仕切る丈の高い竹垣にカラスウリが赤くなってぶら下がっていたり、隣近所の屋根越しにどこかの大きな桜の樹に花が咲いていたりして四季の移ろいが感じられると、それだけでしあわせな心持ちになってしまい、連句などつくる気になれなかった。小宮は黙ってそれらを眺め、そうでなければ雑談し、あるいは昼寝をした。

連句は一向に進まず、寅彦は「どうも、これじゃ困るなあ」とぼやいた。そして、これからの会は小宮君が東京に来てすぐのときにでもしなきゃいかんと、飲み食い優先で時間を費やしていることに苦言を呈した。しかし小宮の態度はなんら変わることがなく、それがいかに寅彦をじりじりさせていたか、気づいていなかった。

小宮が東京に出てくるとき、寅彦と東洋城は三人の都合を打ち合わせ、その日は丸一日、朝から寺田家の客間に集まって連句を続けることにしていた。そのときは東洋城も奮発し、高級な肉屋で旨いロースを買って持っていったりした。三人は寅彦の妻が支度したご馳走と、東洋城が持参したロースを素焼きにして醤油をつけたものを食べながら連句を続け、夕方になると家を出てどこかへ晩飯を食べに行くのを常とした。

ある時、京橋の竹葉亭で三人一緒に鰻を食べていたとき、「今度の会はいつにしようか」と小宮が言うと、寅彦は急に真顔になり、

「もう君とは、俳諧はやらない」と言った。

「君のように不熱心ではしようがない。僕はうちの者の機嫌をとって、うちで会をしている。それなのに君は、真面目に句を作らずに雑談ばかりしているし、それでなければ昼寝をする。君のような不誠実な人間は、もう破門する」

小宮はそのことばに、とっさに返事ができなかった。

寅彦はどんな場合にも声高に物を言わない、温厚な人物である。いくら遠慮のいらない友人でも、このような強いことばを使ったことがなかった。それが小宮には意外だった。寅彦が小宮のことを食べ物にやかましい食通のように夫人に言ったため、小宮のために食事をつくるのをひどく苦にしているようだという話は、寅彦自身から聞いていた。しかしそれは、寅彦が夫人にそう言っておどかしたという笑い話のようなもので、夫人が自宅で会をすることを重荷に感じ、そのために寅彦が夫人の機嫌をとらなければならないなどとは、夢にも思っていなかった。

また、寅彦の客間で一日を過ごすことは、小宮にとってやすらぎ以外の何ものでもなく、いうなれば住み込み奉公をしている小僧が、お盆の薮入りで自分の家へ帰ったときのように感じていた。小宮は、寅彦ならそんな気持ちをわかってくれるとばかり思っていたが、それは自分勝手な甘えた思い込みで、自分の義務をちっとも履行

しようとしない横着者のように思われていたのだと感じざるを得なかった。

そのうえ寅彦から言えば、その日は俳諧のために空けてある日である。仕事をたくさん持ち、その仕事のために時間を割けばきちんと実績をあげていくことのできる寅彦が、それをやめて俳諧のために一日空けている。ある意味から言えば、大きな犠牲を払っているともいえた。小宮はそうした寅彦の気持ちに立ち入ってみることなく勝手に振るまっていたのだから、寅彦が怒るのも無理はなかった。

そうは思ったが、だからと言って小宮は俳諧に対する気持ちを改める気にもならず、俳諧の制作に打ち込むことなど、とうていできそうになかった。それで小宮はしばらくたったあと、「そうですか」と静かに答え、寅彦から「破門」されることを承諾してしまった。

その場にいた東洋城は、寅彦が怒っても無理はないと思ったし、ある意味、東洋城が言いたかったことを代弁してもらったという感じもした。東洋城自身が食道楽で、何々を食うならどの店が旨いなどと、小宮を煽った部分もなくはなかった。そういう意味では、寅彦の気持ちに負担をかけてしまったという後悔の念はあったのだが、かといって、このことが原因となって小宮と寅彦が喧嘩別れし、自分とも疎遠になることは避けたい。そこで、「この三人会は雑談会にすることにしよう」ということで仲裁し、連句のことは持ち出さないことにした。

その後小宮は、寅彦の前では俳諧のことは一切言わなかった。寅彦も同じである。むろん三人で会うと、俳諧男である東洋城の無意識ともいえる誘導で、芭蕉の話も出れば七部集の話も出た。しかし、かつて三人が一緒に携わった仕事としての俳諧には一言も触れず、寅彦の客間を訪れることもなかった。小宮は、なんとなくほっとしたような気持ちだった。

連句の場所は、新宿「モナミ」

こうして寅彦は科学者である寸暇を割き、東洋城と毎週金曜日に会って俳諧をすることになった。東洋城としても、「渋柿」の格好の記事になるので、相手を務めるのにやぶさかでない。寅彦、東洋城の両吟を次々に「渋柿」に掲載していった。

小宮がいた最初の頃は「寅彦庵」でやることが多く、まれに「城庵」のこともあったが、小宮が抜けて二人になったばかりのころは、銀座の千疋屋《せんびきや》や不二屋で珈琲を飲みながらやった。寅彦が勤める航空研究所は当初深川にあったので、銀座方面で会うのが便利だったのである。だが、千疋屋や不二屋はどうも落ち着かない。これらの店は、俳諧をやるには人の出入りが多過ぎた。

やがて、牛込にあった東洋城の家からも近いというので新宿で会うことにし、しばらくは追分にあった不二屋を会場にした。そのうち帝都座の地下にモナミができたのだが、ここは不二屋と違って珈琲一杯で何時間いても嫌な顔をされない。それが居心地良く、それ以来モナミが二人の連句の会場となった。

金曜日はモナミ。寅彦と東洋城の二人にとって、お定まりとなった毎週一回の予定は、やがて二人の間だけでなく、他の人たちにも知られる定例会となり、二人のいずれかに用のある人は、この日にモナミへ行けば必ず会えるというので、直接ここに来たりすることもあった。

とはいえ、モナミが連句づくりに適したところかというと、そういうわけでもない。映画館の下にある大衆的なグリルなので、結構、客が入れ替わり立ち替りしていて、最初、東洋城は喧噪に気をとられ、こんな人混みの中ではとうてい連句などできそうもないと思ったほどだった。

二人は一旦腰を下ろすと、二時間は動くことがない。その間、隣の長テーブルで学生の懇親会か何かがあったりすると、数十人が怒鳴ったり、わめいたり、放歌したりして、二人ともお互いのことばが聞きとれないことすらある。それでも馬耳東風とばかり考え入っている様は、なにやら達観した僧のようにも見え、あるいは耳の遠い老人が退屈気に語り合っているようにも見える。

慣れというのは恐ろしいもので、そのうち二人ともうるさいのはなんともなくなった。俳句などというものは自然に囲まれた閑静なところでつくるものだが、寅彦と東洋城の場合、しいて人混みを選んだわけではないにしろ、交通の便にしても、食事に行くにしても、万事なにかと便利なので、それには代え難く、結局モナミなのだった。

「やあ、すまない」

時間にすこし遅れた東洋城が息せき切って新宿帝都座の待合室に行くと、長椅子で欧文原稿の校正をしていたらしい寅彦は額に皺を寄せながら細い目を上げ、「やあ」と言う。かたわらに置かれている夕刊が、無造作に折り畳まれているところを見ると、これはもうすでに読み終わっているらしく、校正も何ページか済んでいるようだ。

「だいぶ待たせてしまったようだね」

「そうでもないさ。いつも通り四時頃に航空研究所を出た。それに、どうせどこかでこいつをやらなくっちゃならない」

寅彦は、片手に持った原稿をぴらぴらと振って見せた。

「それは、どこかに載せる論文かい」

東洋城がそんなことを言いながら傍らに腰をかけ、いくぶん儀礼的にその内容について聞くと、寅彦も同じように儀礼的にそれに答える。詳し過ぎる説明は、お互い迷惑だということがわかっている。

その寅彦が、俳諧をつくるために東洋城を待っていた。東洋城とのあいさつ代わりの雑談をそこそこに切り上げると、

「さあ、まずは飯を食おうか」

と立ち上がり、左脇に大きな鞄を抱え、右手に杖代わりのこうもり傘をついて足早に地下に降りていき、東洋城もそれに従う。

帝都座は昭和七年にできた日活映画の封切館で、建物の中には「帝都舞踊場」と、二階・三階に喫茶室「森永キャンデーストア」がある。地下には銀座「モナミ」の出店である大食堂「モナミ」があり、寅彦と東洋城はいつもここを定席にしていた。店にはかなりの席があり、ボックス席が空いていればそこに坐るが、空いてなければ柱の陰かシュロの木の鉢植えがある隅っこのテーブルに陣取る。

「ああ、いつものところが空いているね」

東洋城がそう言うと、寅彦は頷いてボックス席の方に歩み、腰を下ろした。東洋城も脱いだ帽子を、風呂敷包みと重ねるようにして椅子の上に置く。

すかさず、店の古顔のウェイトレスがメニューを持ってやってくる。二人の顔を覚えているので愛想が良い。寅彦と東洋城も、気さくにそのあいさつに応える。

「さて、何にするかなあ……」

寅彦は見慣れたはずのメニューを見ていつものように迷う。だが、注文するものは大体いつも同じで、この日もチキンロースを頼んだ。東洋城はチキンコキールである。二人ともよくチキンを注文するが、羽振りの良い寅彦はたまに伊勢海老のフライなどを頼むことがあり、金のない東洋城のほうはオートミールなどで軽く済ませることもある。

「ああ、今日はちょっと疲れた」

寅彦がそう言うと、たいていビールの小ジョッキかベルモットを頼む。そして、それが来るとうまそうに飲みながら機嫌良く何やかやと雑談をし、ゆっくりと夕食をする。話の内容は、文芸談のこともあれば映画のこともあり、教育や天下国家について論じることもある。家庭の話やら何やらかやら、放っておけば話は無尽蔵で収拾がつかない。東洋城は料理が来るまでその話に付き合い、食べながらその続きをし、かれこれ時間がたてば話を切り上げ、「では、そろそろかかりますかな」と寅彦を促す。

二人は、手の脂やインクなどがしみ込んで薄汚れた皮表紙の手帳を取り出し、前回の俳諧の続きを始める。付けかけの、各自の受け持ちのところを考え始めるのだ。東洋城が小さな季寄せ(俳諧歳時記)を提げ袋から出すと、寅彦はポケットからメモ紙を出し、二、三枚ちぎって東洋城に渡す。付くと互いに見せ合い、相手が承知すれば両方の手帳に記入するが、承知しなければダメを出して、もう一度考え直させる。

地下室の明るい照明の下で、寅彦は食後のブラックコーヒーにいちごのショートケーキを頬張りながら、東洋城は水を飲みながらメモ紙の文字を睨み、句案に耽る。

寅彦は、こういう雑沓のなかでも平気なようすだった。平気だというより、むしろあまり静かな場所は淋しくて好きではないのか、銀座のときも千疋屋や不二屋にしたし、新宿へ来ても不二屋かモナミに決め、一旦決めると行きつけの店でないと心が落ち着かないのか、違う場所に行くのを嫌った。

寅彦は一時間半か二時間くらいやると頭が疲れてくるので、「もうやめようか」と言う。東洋城のほうから言うことはなく、いつも寅彦の方が言い出す。東洋城はやりだすといつまでもやり続けるタイプなので、二時間や三時間くらいたっただけなら、これからだという気分で、やめるのがなごり惜しい気がする。東洋城が答えず、付けかけている一句に一心不乱になっていると、寅彦もしかたなしに続けるが、しばらくすると、「僕は今日、だいぶ疲れたから、失敬するッ」と言って荷物の風呂敷包みを締め直したりするので、そこで打ち切りにする。

これが金曜日毎の二人の共同日課である。

このモナミだけでも四年余り続けたから、「ずいぶん勉強したものだ」と東洋城は思う。うまく付かない時は一晩に一、二句しかできないが、よく付く時は七、八句から十句くらい付くこともあり、月単位にすれば、必ずいつでも三歌仙か四歌仙、完成しかけていた。

もっとも、ごくたまには話がはずみ、一句も付けない時もあり、寅彦が随筆を書いている都合で観なければならない映画や新劇を観にいくために、食事だけ取り、連句をやめて一緒に出かけることもあった。寅彦は第一級の科学者だが、その深い見識と洞察、広汎な知識に裏打ちされた文を書く名随筆家として知られ、大正十一年からは吉村冬彦のペンネームで健筆を振るっていた。

東洋城は、「渋柿」にも書いてもらったが、寅彦が「映画芸術論」と題した随筆で、「俳諧連句の構成は映画のモンタージュ的構成と非常に酷似したものである」と指摘し、「あらゆる芸術のうちでその動的な構成法において最も映画に接近するものは俳諧連句であろう」というくだりを目にしたとき、思わず膝を打つとともに、寅彦は映画を観るとき、一体どのように観ているのだろうと不思議な気がした。

寅彦は、連句の会のあと、銀座で理化学研究所の弟子たちとビリヤードをすることもあった。その帰りにコロンバンでお茶を飲む習慣になっていたので、東洋城は「渋柿」の来月号にどうしても間に合わせたい歌仙などは、途中で頃合いを見計らい、コロンバンへ押しかけていって連句の続きをしてもらったりもした。

寅彦の連句の勉強ぶりは一通りではなかった。さまざまな研究や論文を書く仕事が山積みになっている多忙な寅彦が、毎週必ず一定の時間を割くということは容易なことではない。それでも続けていったのは、寅彦にとって連句の世界が非常に面白いものであったからに違いなかった。

寅彦が籍を置く理化学研究所の近くには食事をするところがないため、昼食は必ず下町へ出て食べる習慣があったが、電車でそこまで行く途中の読み本として携えていたのは科学関係の本ではなく、「俳諧七部集」や「去来抄」など、俳諧に関するものだった。かつて、小宮のぐうたらぶりに耐えかね、破門の爆弾を投げつけたのも、寅彦にとって連句は単なる趣味、嗜好のものではなかったからだった。

寅彦は小宮に、こんな連句についての手紙を送ったことがあった。

「人の付け方が自分の気に入らぬ時でも、それをそのままに受納して、そうしてそれに付ける付け方によって、その気に入らぬ句を自分の気に入るように活かすことを考えるのが、非常に張り合いのあることのように思われてきます。これはもちろん油臭い我《が》の強いやり方でありますが、そういう努力と闘争を続けることによって、芭蕉の到達したところに近づくことができるのではないかという気もします」

小宮はその手紙に思い当たるところがあった。

寅彦、小宮、東洋城の三人の俳諧を見ると、句の作りかたや、自然、人事の把握のしかたという点では、寅彦はどちらかといえば小宮と肌が合い、東洋城とは合わないところがあった。小宮は、東洋城の付句には変に持って回ったところやピントの合わないところがあり、清新で自由な感じもないと思っていた。それで小宮と寅彦は東洋城の付句に辟易し、なんだかんだとよく文句を言ったし、言わないまでも「これは困った」と当惑することが多かった。

しかし小宮が連句から離れ、東洋城を相手にするようになってからは、寅彦は東洋城になんの文句も言わず、東洋城の付句ができればそれをそのまま採り上げ、すぐそれに自分の付句を付けるようになった。

寅彦は、東洋城の付句がどんなに気に入らなくても、自分の付句でそれを活かし、二句が並ぶと一つの美しい世界がまとまるようにする、そういう覚悟で付句をすればかえって付句が面白くなってくる、芭蕉も、あるいはそんな気持ちで俳諧を楽しんでいたのではなかったかというのである。

寅彦と小宮は、どちらかというと肌合が合っているだけに、二人で俳諧をやっていると、同じ傾向、同じ調子の句が続いて全体の感じが単調になりがちだった。しかし、そこへ東洋城が入り込んでくると、いわば不協和音が飛び込んでくるので、それだけ句面に変化が生まれ、面白い巻面《まきづら》にもなりうる。寅彦はしだいにそのあたりを悟るようになり、東洋城がどんなに気に入らない句を作ろうと不平を言わず、かえって自分の句の力で相手の句を包み込み、相手の句に新しい魂を入れ、自分の句を活かしつつ相手の句も活かそうした。

元来寅彦には、自分が興味を持ったものに対しては一生懸命学び、いち早くその核心をつかんでしまわないと落ち着いていられないところがあった。寅彦が俳諧に興味を持ちはじめてからは、自分で句作するとともに芭蕉の歌仙を研究し、理論的裏付けをするほどだった。それによって、他の実作者には見られない寅彦独自の俳諧論が生まれ、それは『連句雑俎《ざつそ》』のタイトルで、昭和六年から「渋柿」に連載された。

「俳諧とは何か」を知るために、世界を見渡し、日本の国土そのもの、生活そのものが俳諧であることを寅彦は示し、いかにわが国の自然と人間生活が歌仙式にできあがっているか、そして自分がこの芸術をどれほど愛好し、制作に懸命であるかを告白していた。

小宮は、寅彦と東洋城の両吟で制作した歌仙が毎号のように「渋柿」で発表され、寅彦の付句が目ざましく上達していくのを見るたびに、何か淋しい心持ちにならないわけにはいかなかった。しかしそのことを小宮は、決して寅彦に言わなかった。

東洋城は寅彦と両吟するにつれて、これまでとは異なる感情を抱くようになった。

たとえば、他人にとっては「それがなんだ」くらいのことではあるが、自分と寅彦の境遇が不思議なほど似ている点に親近感のようなものを抱いていた。

寅彦と自分は、生まれた月こそ寅彦の方が後だが、ともに明治十一年生まれで同い年である。そして郷里となる国は同じ四国の土佐と伊予、それも四国山地の分水嶺に背中合わせとなっている高知と宇和島である。さらに家系は二人とも藩の士分で、明治以降、父はいずれも役人をしていた。そして二人とも四国猿でありながら実際の出生地は東京で、寅彦は山の手の麹町、自分は下町の築地で、ともに玉川の水で産湯をつかった。しかも二人とも江戸っ子に生まれながら、小、中学は郷土に学び、高等学校は五高と一高だが、大学はともに東京で、寅彦は熊本の五高で漱石先生に出会い、自分は松山の中学で教わり、二人とも俳句の手ほどきをしてもらって、東京では一緒に門下となった。

こんな類似点は、心の底ではお互いに感じていたかもしれないが、どちらからも語り合ったことはない。ただ東洋城は、寅彦が「俳諧」の道に志を同じうしただけでなく、晩年までの相当長い年月をともに過ごし、歌仙にすれば幾十巻もの連句を巻いてきた同伴者であってくれたことに幸運を感じた。

かつて若いころ、碧梧桐に負けまいと、虚子に芭蕉についての勉強をしようと持ちかけ、本を読んではみたものの、二人ともまるっきりわからなかったことがあった。むろん東洋城も年齢を重ねるに連れ、しだいに理解できるようにはなってきたが、寅彦がいなければ、これほど明確に、理論的に、幅広く、俳諧というものをとらえることはできなかったかもしれないと思った。

逆に、寅彦は心淋しい人であり、いろいろな葛藤を抱え、苦労の絶えない人でもあったから、連句の世界の住人になることで淋しさや苦労が忘れられたのだという人もいたが、東洋城はそんな小さな慰みのようなものとはとらえなかった。

寅彦は写生文が盛んだった若いころ、「団栗《どんぐり》」や「竜舌蘭《りゅうぜつらん》」のような短いものを時折書いていた。学問や研究に忙殺されながらわずかな暇を見つけて書いたため、数は多くないが、寅彦の文章は異彩を放ち、ほかの写生文家のものとは異なる、繊細な、香り高いものだった。寅彦が俳句をやめたのは、専門の科学方面の研究が忙しかったこともあるが、師の漱石が俳句から文章に移っていったように、俳句で表現しきれないものは散文の形をとらなければならなかった。

寅彦が写生文家の仲間入りができたのは、漱石の文章眼に見出され、推奨されて世に紹介されたためで、それは寅彦に大きな影響を与えた。内気で人に対して無口だった寅彦が、若いころ執筆に自信を持ち、世間から評価を得られたことが、後年、随筆の分野へ進出する契機になり、筆をとれば縦横無尽な雄弁家となったのである。

東洋城は「渋柿」という舞台をしつらえ、その場所で寅彦に、俳諧を中心に据えた文を自由に書いてもらったが、それにより、寅彦にとって無縁とまではいわないにしても、遠くにあった世界に触れる機会を提供し得たのではないかと思うのである。

寅彦は昭和十年、転移性骨腫瘍という難病を患い、五十七歳で亡くなった。東洋城は寅彦に末期の水を与え、骨を拾ったにもかかわらず、金曜日になると、なんとなくモナミへ行きさえすれば会えるような気がした。あるときふっと行ってみたくなり、実際に足を運んでみたが、当然のことながらそこに寅彦の姿はなく、いくら待っても来るはずがなかった。

君が席のけふは留守なる冬夜哉

東洋城、関東大震災で焼け出される

大正十二年九月一日。時刻は、正午のほんのすこし前だった。

麹町区平河町の自宅兼「渋柿社」で、東洋城が昼飯を一口食べたとき、突然ガタガタと家が揺れた。東洋城は箸を捨てるやいなや立ち上がり、座卓の向こうに坐っていた母の敏子を抱えて、裸足で庭へ飛び出した。そして庭の隅にある大木の根元のところへ行くと、母を抱いたままじっと立ち尽くし、揺れの収まるのを待った。

東洋城は、雷こそ光ろうと鳴ろうと平気だが、地震のときは揺れの大小にかかわらず、たいてい二階の書斎からすっ飛んで下りるようにしている。そのおかげで、ただならぬ揺れのこの地震でも立ちすくむことなく庭に下りることができた。

東洋城は最初、この程度の地震なら今までにもあったような気がしていた。ところが、飛び出してからのようすがこれまでとまるで違う。揺れはやむどころかしだいに大きくなっていき、家の二階までグラグラ揺れて、そのうち屋根から瓦がバラバラと落ち始めた。二階の書斎を見上げると、ガラス戸越しに書棚が倒れ、たくさんの本が落ちている。ただごとではない。

揺れは一向にやまず、母と二人で立っていた後ろの板塀が倒れた。ここなら二階の真下でもないし、土に根を張った木の根元なので大丈夫だろうと無意識のうちに立ったのだが、どうもここでは心許ない。そのうえこの家は通路が狭く、庭も広いとは言い難い。敏子は、ここにじっと佇んでいては、家が倒壊したときに逃げ場がないと直感的に思ったのか、「豊次郎、外へ出よう、外へ出よう」と盛んに言う。東洋城は、ともかくこの大きな木の下なら自分たちの上に大きなものが倒れかかってくることもないだろうと思ったのだが、このようすではそれも不確かだと思い、母のことばにしたがうことにした。

地震は何度も何度も起きるが、震動と震動のあいだに、ある程度間《ま》がある。東洋城は、そのときを狙って門から外に走り出ることにした。しかし門のなかの通路には、隣の宿屋の土蔵から落ちた屋根瓦や壁土が散乱しているので、老いた母は東洋城が体を支えているとはいえ、踏み越えて出るのに骨が折れる。東洋城は手間取る母の動作に、また上からものが落ちてこないかとはらはらしながらも、もし最初に部屋から飛び出たとき、そのまま門の外へ出ていたら、この屋根瓦や堅い土壁に直撃されたかもしれないと思い、ぞっとした。

門の外に出ると、近所の人たちもみな不安げな顔をし、恐怖におののいている。東洋城は、道が三差路になっているやや広いところに母を連れていき、しばらく二人で立っていたが、そのあいだもどれだけの余震があったか数え切れないほどだった。

ふと見ると隣の宿屋の番頭がいたので、東洋城が呼び止め、「隣の人たちはどうした」と聞くと、裏の空き地に避難しているという。なるほど、あの空き地なら広いから大丈夫だろうと、東洋城はそこへ母を連れていくことにした。

顔見知りの者たちが二人の姿を見ると、「こちらへ、こちらへおいでなさいまし」と手招きする。東洋城はいくぶん救われたような気になり、とりあえず母を座らせる場所をつくってやりたいと言うと、何人かの男たちがすぐ家から戸板を担いできたので、みなでそれを並べ、その上にゴザを敷き、布団を敷いて座をつくった。夜はすこし寒いかもしれないが、木の枝に紐を渡し、蚊帳でも吊れば、ある程度夜気を防ぐことができるだろうと、東洋城は母を座らせながら考えた。

こうして昼が夜になり、夜が夜半になるまで地震の回数は百回を下らず、不気味な余震が続いた。

やがて、あちらこちらで火事が起きているという話が伝わってきた。最初に聞いたのは、赤坂の田町が燃えているという話で、やがて麹町、中六番町にも燃え広がり、日比谷方面から帰ってきた者は、警視庁と帝劇が焼けていると興奮気味に伝える。そのうち芝が焼けている、神田が焼けている、京橋、日本橋も焼けているといい、本所、深川から本郷、下谷、浅草、吉原も焼けていると聞こえてくる。

この分では、東京中のあらゆる西洋建築物も大半が亀裂を生じ、相次いで起きた火災に焼け尽くされているに違いないと思うと、東洋城は悪夢の中にいるような気分になった。

いてもたってもいられず、母を隣家の人に託して数人の男たちとようすを見に行こうとすると、「田町の火事が、清国公使館へ飛び火したらしい」というので、ひょっとするとこちらへ火が上がってくるかもしれないと、東洋城はその方面の火事を見にいった。が、これは公使館だけで焼け止まったらしく、こちらへ上がってくる気配はなかった。

しかし、燃えている町々は地震で水道も破壊されたのか、ただ燃えるにまかせているというありさまで、わずかに水があるのは堀のあるところだけだったが、それも焼け石に水というありさまで、ほとんどなんの助けにもならない。火は縦横無尽に荒れ狂うかのように広がっていた。

この時、猛火に乗じ、ある種の人々が火のないところに火の種をそそいで回っているという流言が飛び交った。それははじめ「不逞《ふてい》の鮮人」であると言い触らされた。だが次に、鮮人はけしかけられてやったまでで、実は日本人の無政府主義者がやったのだという話になった。東洋城は、にわかに信じがたい思いだったが、ともかく火事はあちこちで発生する。乏しい水を必死にかけている消防自動車はひとところに落ち着くひまもなく、こちらだあちらだといわれるまま忙しく駆け回っていた。

非常時ということで、東京中の師団兵をはじめ警官も総出であちらこちらに繰り出し、防火にあたっていた。市民も、家が焼けた者はひたすら逃げまどうばかりだったが、家が無事だったところからは屈強の男たちが駆けつけ、さかんに消火を手伝っていた。しかし、自然の猛威の前に人間の力など微々たるもので、なんの意味もないように東洋城には見えた。

一番町方面の火事を見にいくと、こちらも富士見町から九段の方へ焼けていくので、平河町の方向には来ないだろうと思われた。市ヶ谷見附から九段あたりの焼け野原になったところを回ってようやく空き地に戻ると、東洋城は急ごしらえの寝床で野宿していた母のところへ行き、覗き込んだその寝顔が安らかなのを見て安心した。

東洋城はあちこち走り回って心底くたびれた。これからどうなるのかという先への思いどころか、いま現在が不安で仕方ない。状況を見極めるどころか、ただ右往左往していただけのような気持ちすらしてくる。

東洋城はすこし体を休めようと蚊帳へもぐった。月のない闇の夜にもかかわらず、あちこちの遠い火事あかりで蚊帳の内外も明々《あかあか》としている。蚊帳の裾は空き地の草の上に垂れ、夜露でしっとりと湿っていたが、夜気や夜露はどうしようもない。東洋城は、せめて老母の体を護ろうと厚い布団を着せた。自分自身は横になってもとうてい眠ることはできない。眠っているはずの母も本当に熟睡しているわけではないらしく、誰かが外から帰ってきて五番町が焼けているというので、東洋城がまた起きて見にいこうとすると、はたして「すぐ帰ってきておくれ」と眠っていなかった母の声がした。

「心配いりません、すぐ帰ります」

東洋城はそう言って出ていき、招魂社へ出る道に来ると、いま伊達伯爵の邸が焼け落ちたところだが、三井邸は大丈夫だと、親戚の名も耳に入ってくる。五味坂を下ると五番町が激しく燃えている。英国大使館の方に火が行かなければ大丈夫だろうと、東洋城は大使館を迂回して堀端へ出てみた。火は盛んに堀の方へ吹きつけ、とうとう堀を越えて皇居の堤の老松に飛び火した。

再び空き地に戻り、蚊帳をくぐって母のそばに身を横たえると、敏子はすぐ目を覚まし、不安そうに聞くので、東洋城は「たいてい大丈夫でしょう」と答えた。初めのうちは「大丈夫」とだけ言っていたのが、とうとう「たいてい」をつけねばならないほど自信が薄れてきたわけだが、それでも今夜はここで過ごすことができ、夜さえ明ければ、またなんとかやり方もあると考えていた。

ところが、そのうち洋館の尾根が焼け落ちているのか、バーンバーンという何かが落ちているような音が聞こえ、パチパチと焼けはじける音もする。遠くらしいが、妙にはっきりと聞こえる。そのうち、また誰かが帰ってきて「どうも、ちとようすがおかしい。火の粉が高い空に見えだした」と火が近づいてきたように言う。さてはいよいよ来るか、と東洋城は思ったが、先ほどようすを見た感じではまだ十町（約一キロ）以上離れたところで燃えているように思われる。

東洋城は、人の言うことをにわかには信じ難く思われたので、空き地から自宅の門前まで出て形勢を見た。まだ火が来るとも来ないとも判断がつかなかったが、なんとなくこちらへの延焼は免れ難いような気がする。近所の人たちはまだ誰も逃げようとはせず、ただ、焼けた方面の人々が荷物を担ぎ、落人のように逃げてくるばかりである。

東洋城は裏の空き地に戻って母に言った。

「まだすこし早いような気がしますが、そろそろ逃げる用意をしましょうか」

ことさら落ち着いて言ったのは、みだりに母の心を騒がすまいと気遣ったためである。避難先は紀尾井町の北白川宮邸と初めから心づもりをしており、万一の場合を考え、宵のうちから頼んでおいた。まず母を宮邸へ避難させ、すこしばかりの荷物は何度か取りに帰ればいいとも思っていた。

しかし、町を出るときに自宅の方を振り返ってみると、すでに向かいの家を焼いた火は、筋向かいの繁星館という旅館の屋根へ燃え移ろうとしている。道からすこし奥まっているわが家が燃えるのも時間の問題だろうが、繁星館の高楼から火が吹きつけ、それを受けて燃え落ちる悲しい光景を見ずに済んだのは、せめてもの慰めかと東洋城は思った。

その時、東の空がうっすらと明るくなりはじめ、長かった夜が明けてきた。

防水の帽子をかぶり、上はシャツ一枚、下はズボンのようなたっつけ袴、そして白ズックの編上げ靴を履くという、なんともアンバランスな格好の東洋城が、われ先にと押し合う雑沓のなか、行李《こうり》にヒモをつけ、うんうんと引っ張っていく。ふだんならそんな姿は考えられず、大勢の人が行き来するこの非常時でさえいささか珍妙な姿だったが、それどころではないと東洋城は必死だった。

ようやくの思いで北白川宮邸に着くと、洋館の二階の居間は地震で床が抜け落ち、日本館の玄関前では、運び出された椅子やテーブルなどの家財を職員や軍隊が盗難から守っている。

地震は依然、やむことがない。火は宮邸に近づきつつあり、二本の消火ホースで水をかけているにもかかわらず筒口から出る水は実に貧弱で、大火を食いとめるのは難しい。警戒にあたる兵士たちは手に手に小さな斧を持ち、火が近づけば付近の板塀といわず門といわず打ち壊すといって待ち構えている。

一夜を露天に明かした母は、すこし屋根の下に入って休息したいというが、ここでは無理なので、東洋城は永田町の親戚へ送っていき、母を託すと、また宮邸の玄関前で応援するため引き返した。火は朝から夕方近くまで北白川宮邸への脅威をゆるめなかったが、薄暮れ時になってやっとその退却を見た。

ところが夜に入り、火がしだいに遠ざかっていったそのとき、また別の変事が起きた。警戒の兵士たちは東へ西へと走り回り、事態は火事より容易ではないようす。どこからともなく、「鮮人が来るぞ！」「不逞鮮人が来るぞ！」という叫び声が闇から闇を伝って走った。

閑院宮《かんいんのみや》邸の周囲でも彼らが窺《うかが》っているといい、厳重な警戒態勢が敷かれているという。宮邸の御庭へ潜入したとか入ろうとかしたとか伝えられる。そのうち永田町で一人斬られたとか、清水谷で二人つかまったとかいう話も聞こえてくる。夜は更けても物情は騒然としている。

昨夜は一晩中、一睡もしなかった東洋城は、また今宵も眠る気にならない。火がこちらに来ないかどうかばかりに気を取られていたのが、今や賊が襲ってこないかと、そちらのほうに神経が過敏になり、草木の揺れる音にすら耳をそばだてるような緊張感に満ちた一夜を過ごした。武器の用意のない東洋城は、自宅から持ち出した道具の中に母の懐剣があったのを思い出し、錦の袋のままそっとそれを腹巻の中に入れておいた。夜中に一度、潜入してきた鮮人がいるもようだというので、兵士とともに庭を探したが、そのとき懐剣は錦の袋から取り出していた。

なにごともなく、こうして二夜が過ぎた。三日、四日と同じような緊張の夜が続いて、東洋城は焼け出された家なしであることをいつのまにか忘れて、この変事に心を砕いていた。

のちに、朝鮮人が襲撃してくるとか、井戸に毒を投げ入れたという話は流言飛語で、むしろ逆に、多くの朝鮮人が官憲のみならず被災者や一般市民による自警団によって殺傷されたことがわかった。武器を持った多数者が、暴行を加えたあげく殺害したことから、虐殺という表現があてはまる例も多かった。巨大地震の衝撃に加え、電気が消えて真っ暗闇となった不安や、通信手段が途絶えて情報が錯綜《さくそう》したことなどがその背景にあったといわれるが、当時の社会状況として、明治末に韓国を併合し、仕事を求めて日本にやってきた朝鮮人や中国人が急速に増えていたことから、国内の労働者のあいだに仕事を奪われることへの不安や排外意識の高まりがあったことも、そうした流言を受け入れてしまった理由だといわれた。

東洋城は母がいる親戚の邸へ行くとき芝を通り、帰りに銀座から築地に回って、その広大な焼け野原を眺め、「こんなに焼けたのか……」と呆然とした。そして自分も、この焦土の石ころのような、ちっぽけで心許ない存在でしかなかったことを今さらながらに思った。

関東大震災と名づけられたこの大地震は、東京だけでなく、神奈川県をはじめ千葉、茨城県にまで広く被害が及んだことがのちに判明したが、なかでも被害が甚大だったのは都市部で、東京市中の家々は激しい揺れに襲われて倒壊し、潰れた家をあとからあとから火が襲い、生きながら建物の下敷きとなって焼死したり、圧死した人の数は数え切れないほどだった。

地震発生の時刻がちょうど昼時で、七輪やガスなどで煮炊きをしていた人々が地震に襲われ、消火する暇もなく逃げたことで火災が起きた。しかも、木造家屋や狭い路地、水道の破損などさまざまな理由で火事を消すことができず、やがて広範囲の火災によって、炎のつむじ風という恐ろしい火災旋風が発生し、大きな被害をもたらした。


「渋柿」の同人で、「渋柿」発行の手伝いや句座に参加していた石川笠浦《りゅうほ》は、九月一日の大地震と大火災で浅草から上野の山へ逃げ、三方火の海になったなかで二晩野宿した。そのあと早稲田の実家へ帰ろうとすると、すでに戒厳令が布《し》かれていた。

翌日、東洋城先生は無事だろうかと渋柿社に行ったところ、案じた通り建物は焼け、二階部分は崩れ落ちてぺしゃんこになっていたが、どうも手をつけている形跡はない。ふと見ると札が立っていて「立退先《たちのきさき》紀尾井町北白川宮邸」と書かれている筆跡は、見慣れた東洋城のものである。石川はすぐその足で北白川宮邸へ行き、東洋城の健在を確認した。東洋城も罹災後、弟子に会ったのははじめてだということで、互いに無事を喜び合った。

翌日東洋城は、母の敏子とともに新宿の余丁町《よちょうまち》に住む弟・卓四郎の家に身を寄せ、翌々日から東洋城と石川は平河町の焼け跡の整理にとりかかった。鍬は東洋城が担いでいった。

二人が発掘と片付けに取りかかっていると、石川が焼け焦げた服に気が付いたが、よく見ると折目正しく仰向けになったまま焼け果てていて、金モールで飾られている。

「先生、大礼服が！」

石川の声で東洋城がやってきた。東洋城は一瞬その目に悲愴な色を湛えたが、特に取り乱しもせず、黙ったままの厳粛なようすで、石川はなんとも言いがたい感慨に打たれた。それは若き日、式部官として、華やかで、厳かな世界に身を置いた証のようなものであったが、もはやそれを偲んだり、誇示したりすることになんの意味もないことが東洋城にはわかっていた。そのとき東洋城は弟の古い洋服を着ていた。

今の東洋城にとって大切なものは、老いた母の命であり、「渋柿」の原稿であった。東京の半分が猛火に包まれた際、東洋城はまず母を避難させ、選半ばの巻頭句稿や編集した原稿を救助し、それを詰めた大きな行李を一人で搬出し、細引きひもで引きずって避難先まで持っていった。四十六歳という壮年ではあるが、大変な腕力を発揮しての原稿救済だった。

平河町の焼け跡に通うには、唯一の交通機関であった市電が停まっていたので、東洋城は余丁町から、石川は早稲田から徒歩で行くしかなかった。焼け跡は三日ほどできれいに処理を済ませた。

一時は意気消沈した東洋城であったが、この震災を記録しなければと突如思い立ち、同人の安否を確かめるとともに「罹災記」を書くことを勧めようと、各人を訪ねることにした。

同人たちは東洋城の突然の訪問に驚いたが、もっと驚いたのはその風体だった。それまでの東洋城といえば、いかにも典型的な宮内官といった身なりで、美髭と金縁眼鏡が端正な顔に合い、フランス風の紳士といったようすだったが、震災後の東洋城はクシャクシャのパナマ帽をかぶり、紺の背広に足元は脚絆《きゃはん》に草履という、なんとも珍妙な恰好だった。肩には網の雑嚢《ざつのう》を掛け、もう片方には図版挟みのようなものを掛けて、そのなかに原稿用紙を入れている。紙がなくて書けないと言う人もあろうかともってきた、東洋城の用意周到ぶりであった。

　東武鉄道が動き出すと東洋城はすぐ栃木へ行き、同人の小林晨悟《しんご》はじめ何人かの尽力で、両毛印刷という現地の印刷所で「渋柿」を発行する運びになった。

　そして帰京すると、早速余丁町の三畳庵で次号の編集をはじめることになった。「渋柿」の刊行は一刻の遅滞も許せないと、物もなく生活も不自由ななか、筆一本、紙一帖で編集に挑んだのである。

　三畳庵というのは、卓四郎家の玄関脇にあった書生部屋のことで、障子は煤《すす》け、襖は色褪せ、電燈も古びて薄暗かったが、東洋城はこの三畳ひと間だけで寝起きし、当然編集もこの部屋でおこなった。

　石川は二十代の元気盛りではあったが、海軍の役所に勤めており、すべての時間を自由に使えるわけではなかった。しかしなかば行きがかり上ではあったものの、東洋城から頼まれて編集の手伝いをすることとなった。

　東洋城は、「渋柿」に載せる巻頭言と自分の文章はいうまでもなく、同人の句の選や各地の例会の選など、「渋柿」に載るもので自らの選を経ないものは一句たりとなかった。しかも、巻頭句だけはけっしてひとに見せず、常日頃から出かけるときにも風呂敷包みに巻頭句稿を入れ、少しでも時間があれば繰り返し目を通して鉛筆で書き込み、原稿紙への清書も自分でおこなっていた。

　そうした編集作業を黙々とやっていた東洋城も、さすがに夜が更けてくると精も根も尽き果て、

「ああ疲れた。これまでとしようか」

と散乱した原稿やら何やらを部屋の隅に押しつけ、ようやく布団を延べる。石川はそれを合図に、終電ギリギリに間に合うよう退出するのだが、そのとき東洋城は「今度会えるのはいつかね」と必ず聞いた。

「明日はだめ――じゃあ、あさってはいいね」

そういわれると石川は断れず、そんなやりとりをしていると、時には終電をのがすことになり、家まで歩いて帰ることもあった。

それでも、隔日か三日おきに勤め先からまっすぐ三畳庵に行くと、黙々と筆を進める東洋城は「君と一緒だと仕事が進む」とねぎらいのことばをかけ、ときには、「すこし疲れたので休むか。蕎麦でもそういってこないか」と夜鳴き蕎麦を取るように言い、筆を措くと冗談も言ったりした。

「君がいないと仕事が進まなくなった」

東洋城の疲労も蓄積していく。妥協をしない東洋城は日に日に消耗していったが、石川の手助けもあってなんとか印刷所と取り決めた入稿日に間に合い、大正十二年の「渋柿十月号」は、東京で刊行されている雑誌の中で、一番早い発行となった。

表紙は火焔を象徴したような赤い色である。

発行元の住所は牛込区余丁町四十一番地・渋柿社と、三畳庵の住所になっていた。

東洋城、落葉荘《らくようそう》に住まう

震災後の冬は例年に比べて早く到来し、寒さも強く感じられた。

「渋柿」新年号の発送が済むと、正月を迎える気分が急に濃くなった。石川が「先生、お正月はどうされますか」と尋ねると、「ここで過ごすよ」と東洋城は答える。

「しかし、三畳庵がこのままでは……」

と言いながら石川は改めて部屋を見回し、

「先生、先日電球を替えたけれど、明るくならないとおっしゃってましたね。それは部屋全体がくすんで暗いせいじゃありませんか」

「うん、そうかもしれんね」

「せめて障子と襖の張り替えをなさってはいかがですか。なんでしたら私がやります」

「やってくれればありがたいが、襖まで張れるかい」

「大丈夫です。まかせてください」

胸を叩いた石川は、年の瀬のぎりぎり、あと二日で正月が来ようかというときに二日がかりで張り終えた。電燈をつけると見違えるように明るい。

東洋城はお礼のつもりか、石川に正月の短冊を書いてあげようと言ったが、石川は短冊掛けもないので結構ですと辞退した。じゃあ、鋲《びょう》で止めておけばいいじゃないか、と東洋城は押入れから無雑作に放り込んでいたひと束ねの短冊を出し、その一枚に

仮の夜の仮の棲家や年越ゆる

と書き、裏書きは「きのう襖きょう障子張り成る　大正十二年尽日《じんじつ》　笠浦子へ」とした。

大晦日の夜であった。

年明け早々、東洋城は京都へ行き、百短冊の最後の仕上げを終えてきた。この年、東洋城は短冊の展覧会を開く予定があり、すこしずつ準備を進めていたものである。

余丁町のこの家のあるじである卓四郎は、別のところに移転して家を建てることになり、あとがそのまま東洋

城と敏子の住まいになることになった。東洋城をきゅうくつな三畳から広い部屋へ移らせてやりたいという思いやりと、震災ですべてをなくした母と東洋城に、当座、生活に困らない程度の家財を残しておけば、この先、面倒もないだろうという心遣いもあっての措置である。

この家は、間口四間（約八メートル）の坂塀のある門構えになっていて、屋根を葺いた格子戸の小門がある。大きめの荒い格子戸をくぐると飛び石があり、その先にやはり格子の入っている硝子戸《がらすど》の玄関があった。屋内には五つの部屋があり、そのうちの六畳一間と三畳一間を東洋城が起居と書斎に使うことにし、もといた三畳庵は、「渋柿」の編集室にすることにした。あとは敏子の居室と居間である。

ようやく居候の身分から解かれると、東洋城は待ちかねたように趣味の園芸をはじめ、古めかしい建物の周りに花を植えるようになった。

「花壇に、糸屑や髪の毛が落ちていると豊さんに叱られる」

花壇を覗き込む石川に、敏子はそう言って笑った。

ある時その敏子に、「お白粉料《しろい》を持参いたしました」と、白木《しらき》の三方《さんぽう》を恭《うやうや》しく捧げた三太夫《さんだゆう》（家令）が玄関に平身したことがあった。石川は、上流階級の子女は嫁いだ後も実家から化粧料という名目でお小遣いを渡されると聞いたことはあったが、目にするのは初めてだった。これは伊達侯爵家からのものに違いない。

この家と隣家との境には欅《けやき》が五、六本あり、その落ち葉がかなりふりしきる。晩秋にはキリがないほど落ちてくるというので、東洋城は掃除をせず、そのまま積もらせておくことにした。

掃かで棲む庵の世はある落葉かな

この家を「落葉荘《らくようそう》」と呼ぶようになったのは、震災があった年の秋からである。

ふるさと伊予で抜群の人気

大正十二年、東洋城は宮内省を辞めたころから始めた「朝日俳壇」の選者を下りることにした。関東大震災で被災した東洋城は生活を立て直す必要があり、同人たちのあいだにも、このようなときに俳句を続けて良いのかとためらうような気配が見えたため、当面は「渋柿」に専念しなければという思いがあった。

翌十三年、東洋城は震災の復興が進み、何かと工事の物音などでかまびすしい東京を逃れ、那須、妙義山、金華山のほか日本アルプスにも挑戦するなど、本格的な登山を楽しんだ。もともと健脚自慢の東洋城は、大自然に遊び、そこに身を置くことで気持ちも晴れ、句作への意欲も湧いてきた。

また「東洋城百詠短冊展覧会」なども開催され、俳人らしい生活に染まっていった。

全国各地から俳句を指導してほしいという依頼も多く、また、歌舞伎俳句といった新しい試みもして、雑誌「歌舞伎」に発表するなど、さまざまなことに意欲的に取り組んだ。大正十五年には、大正天皇崩御のあと「渋柿」に「大正天皇と私」を連載した。

もと式部官という異色の経歴は、「木曜会」のような限られた人のなかでは、ときに煙たがられたり、羨望の裏返しで妬《ねた》まれたりということもあったが、東洋城が野《や》に下《くだ》り、一民間人になると、突如その経歴が異彩を放った。しかも、あの文豪漱石の直弟子《じきでし》ということになれば、俄然世間の見る目が変わってくる。俳誌「渋柿」の題簽《だいせん》を書いたのが漱石であることの意味は、書いたときに増して大きくなっていった。

なかでも故郷の伊予では、東洋城の名がしだいに高まり、伊予から出た著名人ということで、その人気たるや絶大なものだった。

東洋城自身には、生まれ育ったところが東京だったので、ある部分「江戸っ子」という意識があったし、大洲の小学校や松山の中学校を卒業した関係で「伊予人」という意識もあったが、宇和島人たちはそれでは承知しない。東洋城の家系は宇和島藩の家老職で、旧藩主伊達家との縁故も深く、お城に近い堀端通りには立派な屋敷も残る名門であるから、東洋城の故郷はなんといっても宇和島であり、東洋城は郷土出身の哲人だと思っている。

東洋城が学生のころに結成した「滑床会《なめとこかい》」は、東洋城が在郷していないときも絶えず句会が開かれ、研鑽《けんさん》が積まれていたが、帰省の知らせがあれば「この機会を逃すまい」とばかり、しばしば俳句の会が催された。

東洋城の句会は厳粛で、夏の暑いときでも、東洋城がきちんと正座しているかぎり、弟子の方から膝を崩すわけにはいかず、句作が始まると同時に沈思黙考《ちんしもっこう》の境地に入り、私語雑談も許されない。冬の夜の「俳諧十夜」も、連続十日間、毎夜欠かすことのない作句の精進ぶりで、東洋城の俳論も尽きるところを知らず、同人たちが夜更けに家路につくことも珍しくなかった。

宇和島出身で、松山近くの北条というところにある松田博愛堂（のちの松田薬品工業）に就職した井下猴々《こうこう》は、東洋城とのかかわりのなかで、いわゆる〝東洋城らしさ〟というものをいろいろ経験した。

大正七年ころ、猴々は叔父に当たる松田青桐に誘われるまま、伊予農業銀行（愛媛銀行の前身）の支店で開かれた俳句会に出席した。当日の会には、子規の教えを受けた日本派の俳人で近くの河野村に住む仙波花叟《かそう》や、松永鬼子坊《きしぼう》をはじめ、この近辺で名を知られた俳人が多数参会し、盛会であった。

こうした人々により、大正四年には「時雨吟社《しぐれ》」ができており、のちに「風早吟社《かざはや》」となって、渋柿同人をたくさん生み出すもととなった。

叔父に勧められて俳句をたしなむようになった猴々は、その流れで「渋柿」同人となり、やがて松田博愛堂の同僚にも俳句を勧め、しだいにその人数が増えていった。

昭和二年秋、猴々は東洋城から「伊予に行く」という電報を受け取ったので、今治港まで出迎えにいった。秋とはいえ、まだ残暑があったので、井下は駅まで自動車で行くことを勧めたのだが、東洋城は歩いていくという。

「せめてお荷物なりとお持ちします」と東洋城の大きな信玄袋を持つと、重い。荷物を肩にして足の速い東洋城に従うと、たちまち汗がにじみ出てきた。

列車に乗ったところで、「当社の社員も俳句をする者が増えましたので、途中下車して俳諧講演をお願いできませんか」と東洋城に言ったところ、快諾を得たので、北条駅に着くとすぐに連絡をした。会場となる会社に着くと、岳父《がくふ》（妻の父）であり社長でもある鹿峰《かほう》をはじめ、たくさんの社員が詰めかけている。

東洋城は一休みしたあと講演をはじめたが、開口一番、

「諸君はお薬屋さんだが、薬とは一体どんなものか。……薬は病気を治すものだくらいは誰でも知っている。僕が問わんとするところは、『薬は病気を治すということそのものは、なんであるか』ということだ。これに答えられる人はいるかね」

と言った。一座の面々、黙ったまま答えない。というより答えられない。猴々がそれとなく会場を見回すと、みな小首をかしげている。薬屋へ来て、薬が病気を治すこととは何かと問う俳諧の先生をどう思っているのだろうと、猴々も首をかしげた。

しかし東洋城はそんなことにおかまいなしで大演説をぶちあげ、口調はしだいに熱を帯びてきた。

「結局、薬は病気を治すということそのものが、薬の持っている生命であり霊なのである。諸君は製薬会社であるから、この点、特に留意して薬の製造に全生命を打ち込んで当たらねばならぬ。そうすることによってはじめ

て、松田は的確にして優秀な薬を生産することができるのである。また、俳句は俳諧を知るための一方便である。俳句を作る場合も、薬を作る場合も同じであって、ものに対してその生命、霊のあることを知ってはじめて良き句ができ、良き薬が生まれるのである。今話した薬も俳句も、俳諧のなかの一分子であるが、それを忘れてはならぬ。諸君はこの意味を理解して、大いに努めてもらいたい」

わけのわかったような、わからないような講演が終わり、大きな拍手をして社員たちは散っていった。

講演のあと休憩していると、開け放った窓からは秋のヤブ蚊が入り込んできて、東洋城の手や脚は容赦なく襲われ、刺される。東洋城は時々かゆいところをさすっていた。

見かねた猴々が、早速製造したばかりのエイフという軟膏を持ってきて患部にすり込むと、東洋城はにっこりとし、「この薬はよく効くね」と言った。

俳諧を薬で説くや秋の風

これは、求めに応じてその時につくった東洋城の句である。

昭和七年十二月、東洋城の母・敏子が亡くなった。

年末の慌ただしいなかで葬儀を執り行った東洋城は、宇和島にある菩提寺・大隆寺《だいりゅうじ》への納骨は来年にしようと決め、そのことを弟や妹に告げた。弟たちもその時は同行すると言ってくれたが、東洋城は自分一人でいいからとそれを断った。

翌年、東洋城はようやく伊予に帰る段取りを付けた。故郷に帰るのは久しぶりなので、井下猴々《こうこう》ら同人たち数人にも電報でそのことを知らせておいた。今回は大阪まで東海道線で行き、大阪から今治まで汽船で行き、そこからは再び列車で行くつもりにしていた。

猴々は、東洋城から「近々納骨のために戻る」という知らせは手紙で受け取っていたが、「いつになるかはまた後日電報で知らせる」とあったので、今日だろうか明日だろうかとそわそわしていた。そこへ、「今日の夕方五時二十分、今治港に着く」という電報が来たので、早速同人仲間の仏旅《ぶつりょ》に連絡を取り、二人で今治まで出迎えにいくことになった。

今治駅から今治港まで歩いていき、汽船を待っている間に、「括瓠《かっこ》氏に知らせた方がよかったんじゃないですか」と仏旅がいうので、電話があると言っていた括瓠の隣の寺にかけ、取り次ぎを頼むと、住職らしき人が出て「隣は隣だが一里（約四キロ）ほど離れている」と言うので、驚いて引き下がった。「それじゃあ仕方ないですね」という仏旅と、船を待つあいだそぞろ歩きをしていると、前方に痩せて浅黒い顔をした男がいたのではっと思い、よく見ると当の括瓠である。「いやあ、今、君のところへ電話したばかりだよ」と言うと、括瓠も東洋城から電報をもらったので飛んできたという。そうこうしていると、同人の渡北や今治の同人たちも桟橋へやってきたので、ややあとあいさつを交わし、四方山話をしていると、汽笛がボォーと鳴ったのでみな話をやめ、その音の方を見つめた。

（東洋城先生と、今は亡き御母堂をお乗せした船だ……）

猴々は、「東豫丸《とうよ》」という名が見える船が、鏡のように波穏やかな海面に真っ白な波を立てて入港してくるのをじっと見つめた。

甲板に東洋城の顔が見える。どうやら、親戚など他の人は誰も来ていないようすだ。

（御母堂《ごぼどう》様の御骨と、先生のお二人きりか）

そんな淋しい旅だったのかと思うと、猴々は眼に熱いものが湧き出てくるのを感じた。タラップを降りてくる東洋城は、猴々の前に来ると手に持っていたバスケットを渡し、「母だよ」と言った。猴々は感慨無量でひとことも物を言うことができず、首を垂れてそれを捧げ持った。生前、上京の折にお目にかかるといつも温かいことばを掛けてくれ、それが懐かしいお国ことばだったので、東京でそれを聞くといつもほっとしたものだったと思い出される。

他の同人たちも胸にこみ上げてくるものがあり、無言で頭を下げていたが、東洋城が声を掛けるといつもの弟子の顔に戻り、なにやかやとあいさつをしながらどやどやと港の待合所を抜け出て、おもてに待たせてあった自動車に東洋城を案内した。まず東洋城を奥に乗せ、中央に御骨を捧げ持った猴々が座り、その左隣に括瓠、前に佛旅と渡北が乗り、今治駅で当地の同人たちと別れると、下りの急行に乗った。

東洋城は窓際の席に坐り、その前へ遺骨の納まったバスケットを膝に乗せた猴々らが向かい合って座った。窓の外には波穏やかな瀬戸にいくつもの島が浮かんでいるのが見える。

「先生、今夜のお宿のことですが、どうなさいますか。よろしければ、拙宅にお泊まりになりませんか」

と猴々が言うと、

「気持ちは有り難いが、今回は普通の旅ではないから」

と東洋城は辞退する。猴々はそんなことにはおかまいなしで、なかば強引に自分の家に引っ張っていこうとしたが、乗っていた汽車が急行のため猴々の家がある粟井《あわい》には停まらず、しかも三津《みつ》、和気《わけ》、松山の各駅に近辺の同人たちが出迎えに来ているということだったので、それではやはり、今夜は松山の道後にお泊まりにならねばということになった。

そうこう言っているうちに北条駅に着き、ホームに風早吟社《かざはやぎんしゃ》の同人が並んでいるのが見えた。そのなかに猴々の岳父・鹿峰もいて、短い停車時間のなかで東洋城にあいさつをした。東洋城はていねいにあいさつを返し、発車する列車に向いて慇懃《いんぎん》にホームで見送る人々に黙礼していたが、

「どうもお父さんの顔色が先年より悪いようだが、どうかしたのではないのかね」

と猴々に尋ねた。あの短い間に父の顔色を見て取ったのかと猴々は恐縮し、父が病気だということを話した。三津駅からは月蝕吟社、水戸鳥会の連中が乗り込み、松山駅で松山の同人と合流し、自動車数台を連ねて一路道後の鮒屋《ふなや》へ向かった。

鮒屋は漱石が松山にいたころ、西洋料理を食べに行ったことがある道後一の名旅館である。

その大広間の床の間脇に御骨が安置されると、ありし日の敏子を知る同人たちが合掌し、略式の葬儀のようになった。

東洋城は合間を見て、講演会や俳句大会の打ち合わせをするなど他の用事でも何かと忙しげで、誰が知らせたのか、地元の海南新聞社から電話がかかり、「先生にお話をうかがいたい」との取材申し込みまである。「どんなことを」と問うと、「天下の俳勢について」だということだったが、東洋城は場合が場合なので話はできないが、会うだけならということで記者に会ったりもした。

師の御母堂の納骨ということで、同人たちの東洋城に対するふるまいはいつにも増して丁重なものではあったが、東洋城の帰省は、かくも、ものものしいものであった。

同人の離脱による東洋城の危機「あら野」事件

昭和九年、東洋城に危機が訪れた。満州の俳人から招かれ、大陸の各地を遍歴する大旅行に行っている留守中、

東京の主要同人たちが「渋柿」から離脱し、「あら野」という俳句結社をつくる事件が起きたのである。
主要作家たちというのは、小杉余子《よし》、上甲平谷《じょうこうへいこく》、星野石木、南仙臥《せんが》らだが、それだけにとどまらず、それらの人たちから「渋柿」の同人たちに、「あら野」を作ったから加入してほしいと連名での勧誘状が送られていた。経緯を知らない同人たちは驚愕したが、東洋城自身も帰国してそのことを知り、動顚《どうてん》した。

関東大震災のとき、東洋城を手助けした石川笠浦《りゅうほ》のところにもその勧誘状が来たので、驚いた石川は「とにかく東洋城先生に事情を聞こう」と、取るものも取りあえず余丁町へ走った。石川は近年写真に没頭し、投句も怠り勝ちで渋柿社からも足が遠のいていたため、余丁町に行くのは久しぶりだった。

渋柿社に行くと来客中だったため、玄関脇の三畳間で控えていたが、次の間での対話が襖越しに聞こえてくる。どうやら東洋城が話しているのは「あら野」へ行こうとする同人で、東洋城はその人を呼びつけ、考えを変えるよう説得しているようすだった。

その人は星野石木に近い人のようで、そもそも仕事の関係ではじめた俳句なので、「あら野」へ行かざるを得ない義理がある、と理由を述べているのに、東洋城はそれには耳を貸さず、ただ俳諧の大義を振りかざし、渋柿以外に俳諧はないとばかり、繰り返し繰り返し説いている。聞いていると、その同人は、「あら野」へ行かなければ生計に影響する恐れもあり、そこまでして渋柿に留まる気持ちはないと言っているので、石川にはさほど引き留める価値もない人物のように思えたが、東洋城は諦めることなく渋柿の本義を畳みかけ、説得した時間は一時間余にも及んだ。

その人を帰したあと、石川が三畳間から顔を出し、勧誘状が来たことを言うと、東洋城は「君のところにも来たか」と顔を曇らせ、「いまも説得したんだが、駄目だったよ」と嘆息した。東洋城は予想だにしていなかった事態に狼狽しているようで、自分にも理由が分からないということだった。

石川のところへは、その後も「あら野」からの誘いが続き、ついには選者として迎える、とまで言ってきたが、「東洋城先生には恩顧をこうむっている。断じて謀叛《むほん》の徒には加わらない。勧誘は今後一切ご無用」と突っぱねた。

「あら野」の勧誘は東京を中心とする関東全域の同人に及んだが、特に湘南方面のリーダー格であった同人には勧誘が激しく、一時は「あら野」に行きかけたものの中堅同人の懸命な説得で思い止まり、湘南からは一人も離脱者が出ずに収まったということもあった。

その後、最初の本社例会が、翌十年に上野広小路の岡埜《おかの》菓子舗の二階で開かれたが、在京の選者や主だった人を失ったにもかかわらず十名内外の参加があり、東洋城はほっとした。しかし、実力者ともいうべき同人の顔は見えず、参加者は淋しい感じがするのを禁じ得なかった。

そもそもこの「あら野」事件がなぜ起こったかという理由は、東洋城の〝狷介《けんかい》〟、つまり、あまりにも自分の意志を守ることに頑なで、ほかと協調しないどころか、一切受け付けないことにあった。人によって多少考えの相違はあったが、離脱した人々に共通した考えは、「芭蕉の俳諧根本義を提唱しての東洋城先生の指導方針は結構だが、あまりに狭量で厳格に過ぎ、これでは各人の個性や独創性を生かす余地というものがまったくない。もうすこし広い天地で、自由闊達に自分の俳句を伸ばしていきたい」というのが、共通した考えであった。

「俳諧道場」における弟子たちへの指導方法にしても、出題に応じて作句したものを東洋城の前へ進み出て示し、よければ「よし、別の句を」と関門通過となるが、たいていは皆一様に追い返されてしまい、なかなか突破できない。

また「渋柿」では、他派との交流は一切禁じられていて、他派の句会への出席はもちろん、他派の雑誌を読むことさえ厳禁されていた。さらに、同門のあいだで「渋柿」の子雑誌や孫雑誌をつくるというようなことは、考えることさえ許されなかった。東洋城選の「巻頭句」に選ばれることは、弟子たちにとっての誉れであったが、これすら一句一句「てにをは」まで直されるので、発表された句は自分の句だか師の句だかわからない。いつまでたっても自分自身の句ができないし、新しい局面を打開することもできない。

そして、東洋城はときにかんしゃくを爆発させたが、虫の居所が悪いと、その説教は一時間にも二時間にも及んだ。さらに東洋城は〝俳句第一〟であるから、仕事をしている者の都合や翌日の予定などおかまいなしで、句会の終了が夜中の十二時を過ぎることなど珍しくなく、ひどいときには夜中の二時に終わり、電車も何もなくなって、てくてくと家まで歩いて帰る者すらいた。それが原因で、会から遠のいていった者もすくなくなかった。

最初「渋柿」にいて「ホトトギス」に移った人に、水原秋桜子《しゅうおうし》がいる。阿波野青畝《あわのせいほ》、山口誓子《せいし》、高野素十《すじゅう》とともに〝ホトトギスの四S《よんエス》〟と称せられ、黄金時代を築いた俳人である。

秋桜子（本名・水原豊）は東大を卒業後、研究のために血清化学研究室に入っていたが、もともと文学志望で、家の医業を継ぐために医科に入ったこともあり、暇さえあれば文学書を読んで心を癒やしていた。特に熱中したのは短歌で、俳句にはまったく関心がなかったにもかかわらず、偶然虚子の『進むべき俳句の道』を読み、それまでの俳句観をくつがえされた。それは「ホトトギス」の主要作者の句を評釈したものだったのだが、特に渡辺水巴《すいは》、村上鬼城《きじょう》、前田普羅《ふら》、飯田蛇笏《だこつ》などの句に惹かれ、原石鼎《はらせきてい》の華麗かつ新鮮な作風には、「今日の俳句とはこのようなものか」と驚いたほどだった。

秋桜子は、同じ研究室にいて俳句をやっている緒方春桐《しゅんとう》から、医学部卒業生を会員とする「木の芽会」に誘われた。「木の芽会」は、秋桜子より一級上で産婦人科教室にいた南仙臥《せんが》がリーダー的存在になっており、仙臥が東洋城の門下だったことや、会が「渋柿」の選者である野村喜舟に指導を受けていたことから、しぜん「木の芽会」もその傘下にあった。

秋桜子は「木の芽会」の句会に行ったとき面白いと感じ、同じ研究室の緒方春桐からもライバル心を掻き立てられ、やがてさまざまな句集や文献を読んで俳句に深入りしていった。わずか五人ではあったが、「木の芽会」は東洋城の出席を得て活発に活動し、秋桜子は渋柿社の例会だけでなく、他県で開かれる大会にも熱心に参加した。しかし秋桜子は、そうした経験のなかで東洋城のいささか常軌を逸した句会のやり方にしばしば仰天した。

また秋桜子は、「ホトトギス」の作家たちに比べ、「渋柿」にもキャリアや手腕の面で引けを取らない作者が揃っているが、句の取材の範囲が狭く、表現にも共通の癖があるように思われ、それは虚子と東洋城の指導の違いによるものではないか考えた。「ホトトギス」の純粋な写生に惹かれる秋桜子は、やがて「ホトトギス」へと去っていった。

東洋城と弟子たちのあいだには、そうした俳句観の違い、会のありようへの考え方などに大きな隔たりが生まれていた。

「あら野」の設立メンバーの一人となった南仙臥も、連句のことで東洋城とは異なる意見をもっていた。東洋城の称揚する芭蕉やその弟子たちの連句が古さを感じさせないのは、武家、大商人、坊主、乞食まで加わってあらゆる世間の波風に通じ、機微の面白さがあるためだった。東洋城は芭蕉にならってはいるが、そうした自由さは皆無といっていい。芭蕉の時代よりもさらに古臭い、芭蕉もどきのイミテーションになりかねないのではないかと、弟子たちは不満を抱いていた。

しかし東洋城は、弟子たちのどんな提案も頑として受けつけず、不満の声に耳を傾けてみようとさえしない。「渋柿」の連衆は、脱退して新しい俳誌をおこすほかないと考えた。

また俳誌「あら野」の創刊者たちは、あくまでも自分たちは入門誌をつくろうとしているのであり、「渋柿」の傍系であることに変わりはない、「渋柿」を頂点として支社のようなものがいくつもできれば、ピラミッドの裾野の広がりとともにさらに「渋柿」は高くなり、大きなものになるのではないかと考えていた。

「ホトトギス」を例にとれば、全国に多くの子雑誌、孫雑誌を抱えているからこそ、何万人という会員を擁してその巨大さを誇っている。それに対し、「渋柿」の東洋城は弟子の数も数百を越えず、弟子たちにほかの俳誌を読むことも、子雑誌を発行することも厳禁し、あくまでも「渋柿」一本でぎりぎりと締め上げていく。「渋柿」同人には、俳誌を発行するくらいの力のある作者は何人もいるのに、東洋城はその頭を押さえつけていると感じていた。

「ホトトギス」と「渋柿」は、俳誌の発行部数では比べものにならなかったが、それは問題ではない、数にはこだわらないという同人もいた。虚子が客観描写、写生俳句を提唱し、蕪村の句を推賞したのに対し、東洋城は主観俳句を提唱し、芭蕉の俳諧を推すことに努めた。そして、虚子は子規の直門であったが、東洋城は夏目漱石の直門で、その主観俳句は漱石の文人流俳句の影響下に育ったため、その点でも虚子と東洋城のありようは違っていた。数はともかく、俳句そのものは、なんら「ホトトギス」派の句に引けを取るものではないと考えていた弟子たちも多かったのである。

したがって「あら野」事件は、よくいえば東洋城に対し、虚子のように大きくドンと構えていてほしかったのに、東洋城の性格からそれが叶わず、やむなく強硬策に出たという側面があった。

しかし「渋柿」を離れてからの「あら野」の人たちの句は、渋柿巻頭句当時に比べるとしだいに精彩を欠いていき、「句作上では東洋城をしのぐか」とまでいわれた余子ですら、「渋柿」当時のような句はつくれなかった。才能をもちながらも、東洋城のもとでおこなったような厳しい〝鍛錬〟がなされなかったことの結果であった。

句会も、最初こそ三十人ほどが参加して気勢を上げたが、やがて二、三人のみという閑古鳥の鳴くありさまとなり、しかも「あら野」創立メンバーの上甲平谷は、三年ほどたったころ、出席すると返事していた大会を無断欠席し、新たに「俳諧芸術」という俳誌を創刊して、同人二人を引き抜いていった。

大東亜戦争後は紙不足で、用紙統制による諸雑誌の廃刊、合併を余儀なくされ、あろうことか「あら野」は「渋柿」へ吸収された。こうして「あら野」は、百二十九号で休刊とも廃刊ともつかぬ形で終わり、それを機にその名も消えていった。

◆老年期 ――人生の終焉と、亡き後――

山男の東洋城、山籠《やまご》もりから脱出する

昭和十二年、世は非常時となった。盧溝橋《ろこうきょう》事件をきっかけに日中両軍が衝突し、八年にわたる全面戦争へと突入した。

この年、東洋城は満六十歳となり、翌年の「渋柿」は「東洋城還暦記念号」とした。そのため、多くの人から

寿《ことほ》がれたが、本人は朝鮮の金剛山を探勝したりして、まだまだ身体は壮健である。還暦といわれても他人事《ひとごと》のような気がし、年を取ったかなというのはせいぜい歯の具合が悪いくらいなので、

歯の痩せを老い初むるやと二月かな

という句を読んだ。句にある二月とは、東洋城の誕生月である。

さらに翌十四年には「渋柿」の三百号記念号を刊行した。

還暦や三百号という節目にあたって六十年という歳月を振り返ると、はるばると来つるものかな、という感慨が東洋城にはある。日清戦争、日露戦争という大きな戦争を経てきたことはもとより、学問や仕事までなげうって一途に俳諧道を求めてきた半生であった。しかし俳諧の道の遠さを思えば、十年一日どころか、三十年一日変わることなき修行の日々であり、年をとる暇すらないと感じる。

ところが、昭和十六年二月、東洋城は思いがけないアクシデントに遭った。日比谷でトラックの後尾が顔面に触れる事故に遭い、目の大怪我をしたのである。日比谷病院で手術を受け、三週間入院した。さらに、その事故で脳もダメージを受けていたのか、一カ月後、脳溢血で一週間人事不省に陥るという事態になった。聖路加《せいろか》病院で約四カ月に及ぶ入院となったが、幸い全快した。

この間の六月には、秩父書房から東洋城の随筆集『黛《まゆずみ》』が刊行された。「渋柿」の主宰者である東洋城は、さまざまな雑誌から原稿を依頼され、長年のあいだにかなりの数に上っていた。これを集めて一冊の随筆集として出版しようという話が持ち上がっていたのである。

『黛』の巻首に載せた「三枚続」という短編は、東洋城の初期の作品で、「ホトトギス」に載ったものだったが、

当時、東京帝国大学の芳賀矢一《はがやいち》国文学教授が激賞したもので、東洋城にとっては青年時代の代表作ともいうべき思い出深い作品だった。

この『黛』は各方面から好評を博し、読売新聞夕刊の新刊紹介欄に「著者が、古くは漱石の門下として、近くは寺田寅彦の俳友として、現に雑誌『渋柿』を主宰し、厳格な句風を開いていることは定評のあるところ。故に集めている随筆約四十篇、漱石の『草枕』を連想せしめる初期のものから、淡々たるなかに滋味つきがたい最近のものに至るまで、気品の高いことにおいてその人を想わしめる。若くして宮内官たりし頃のものは、この人ならでは物しがたい好文字《こうもんじ》（すぐれた文章）である」という評が掲げられた。

この本の出版後、同文社からも随筆集の話がもちあがり、翌年に『薪水帖』が出版された。

八月、これという脳溢血の後遺症もなく、聖路加病院を退院した東洋城は、鶴翼楼《かくよくろう》と名づけていた大崎の家で病を養った。東洋城は昭和九年、余丁町にいた弟の卓四郎が品川区大崎一丁目に家を新築し、そこに部屋を用意してくれたため、移転していた。

しかし、さすがの東洋城も病気のあとはいささか身体の衰えを感じるようになり、なかでも年々こたえるようになったのは、暑さであった。夏の疲れは夏だけにとどまらず、秋から冬にかけて風邪を引きやすくなったり、持病の腸の具合を悪くしたりする。さらに悪いのは頭にも影響し、なにかにつけてすることが思うに任せない。夏は東洋城にとって厳しい季節になった。

以前、樺太を巡遊したことがあり、暑くない夏の快適さを味わった。また、箱根で三カ月ほど避暑をした経験もあったことから、昭和十七年夏、東洋城は軽井沢高原へ避暑に出かけることにした。費用はかかるが、身体を消耗し、脳みそを沸かし、そのために大病して長く入院するくらいなら、天然病院へ入ったようなものだと思えばいいと悟ったのである。東洋城にとっての避暑は、単に「暑さを避ける」というような生ぬるいものではなく、逃げ出す必要の程度がもっと高い「遁暑《とんしょ》」ともいうべきものだった。

とは言え、いざ行くとなると、あれこれ準備をする必要があり、なかなか大ごとではある。仕事のもの一切に加え、世帯道具から衣類、布団、書物や筆・硯のたぐい、手ぬぐいや石鹸、薬はもとより、食料品にいたっては、缶詰を主に菓子、砂糖、バター、ジャム、醤油にごま油といろいろ取り揃え、大きな箱を三つも四つも荷造りして送る。ちょっとした引っ越しのような騒ぎであった。

だが東洋城は信州に着くと、やはり来て良かったと思った。山に入って山気に触れたとたん、頭がスウッとし、同時に五体がフワッと軽くなるような気がした。鼻からは絶えず草木の清らかな香りが胸のなかに流れ込み、目からは澄みきった真っ青な空や樹々の緑の色が脳のなかに流れ入る。

草庵は軽井沢からさらに奥の、浅間山麓の小瀬《こせ》温泉近くにあり、林のなかの小さな草葺き屋根の家は座敷と居間と台所の三間になっていて、畳も替えられ、障子も貼り替えられている。

煩わしいのは薪水《しんすい》の労、すなわち炊事や掃除、洗濯など、日常の雑事の何もかもを自分でやらなければならないことで、それは東京でも同じではあったのだが、ここ信州では東京とはなにかと勝手の違うなかでやらなければならない。

東洋城は七月十四日から「薪水帖」と題した日記を書き、「渋柿」に連載することにした。人を避け、世を避け、閑寂《かんじゃく》の世界に浸るわが独居ぶりを綴ろうというものである。天気と、その日の食事内容、できごとは必ず書き記す。

第一日目の七月十四日は、雨。朝はパン、バター、紅茶、生トマト。昼はパン、マーマレード、コーヒー牛乳、半熟卵二個。夕食は飯、卵焼き、ホウレンソウの吸い物、小田原かまぼこ。

飯は電熱器を持っていったので、電灯線から電気を引いて飯盒《はんごう》で炊く。飯盒で飯を炊くのは常日頃からやり付けているのでどうということはなかったのだが、東京ではガスで炊いていたので、火力が弱い電気は時間がかかった。

二日目、電熱器で飯を炊いているとヒューズが飛び、電灯が消えてしまった。煮えかけた飯盒の飯はあわててアルコールのバーナーでなんとか炊き上げ、電気工夫《こうふ》に修理してもらうなど大わらわ。

その一方で、「渋柿」の編集や自分の執筆も忙しい。原稿が出来上がると駅まで持っていって客車便で送り、校正紙が来ると、校正して戻す。山中にいても逃げ切れない仕事がついて回るが、涼しいので仕事もでき、駅へ行ったついでに肉や野菜を買ったり、洋食店やそば・寿司などを食べさせる店を見つけて天ぷらを食べて帰ったりする。

結局、電熱器はあまり煮炊きに向いていないとわかり、七輪でやることになったのだが、薪の質が悪く、油断をするとすぐ火が消えたりするので目が離せない。

生活する上で困ったのは、アリだった。山はアリが多く、特に大きな黒い山アリがパンや角砂糖などを狙うので、果物カゴや箱に入れ、それを梁《はり》からヒモで吊してアリ除けにしたのだが、やがてそれも嗅ぎつけられ、天井から梁、梁からヒモを伝って闖入《ちんにゅう》してきた。東洋城は怒りの形相で山アリを一匹残らず退治し、三十四のアリを蟻地獄の穴に入れていった。

避暑生活は「幽棲記《ゆうせいき》」を綴るような静かな隠遁生活どころではなく、こんなことを毎日やらねばならないとしたら大変だと、東洋城はいささか暗澹《あんたん》とした。それでも暑さには我慢できない。東洋城は翌十八年夏にも懲《こ》りることなく避暑に出かけ、ときには軽井沢の有名ホテルでビーフシチューを食べたり、メロンやローストビーフなど庶民の口には入らないものを、さりげなく献立として「薪水記」に記した。

そのため、この「薪水記」を読んだ「渋柿」同人の中には、戦争末期でもバターを欠かさなかった東洋城の食生活に驚き、ひそかに「銀座の仙人」とあだ名をつける者もいたほどだった。

軽井沢は、明治二十年頃から外国人の避暑地になったが、その後、日本人の別荘も建てられ、大正時代に入ってからは有産階級とされる日本人避暑客が外国人を上回るようになった。

東洋城は、わびしい状況であっても、生来の育ちの良さがそれを人に感じさせなかったのか、軽井沢では知識層の科学者と親交を結んだりした。

そのひとりが中谷宇吉郎《なかやうきちろう》という寺田寅彦の門下生に当たる物理学者で、彼の住まいに招かれた東洋城は、中谷が大学の低温室で世界初の人工雪をつくる実験に成功した話を聞き、俳句を所望されると、

新涼や人雪つくる謀《はかりごと》

という句をノートに書いて進呈した。

その軽井沢の中谷家には、北海道大学で同僚だった吉田洋一という数学者も夕食に招かれていて、中谷から紹介されて話をした。

吉田は初対面で東洋城を見たとき、和服を着た白面隆鼻の長身の紳士が、床の間を背に姿勢正しくすわっているたたずまいにまず引きつけられ、話をしているときも、風采からばかりでなく、この人は育ちの良い人だなという印象を強く受けた。

中谷と吉田は、ともに病気をして伊東で療養していたことがあり、ひまつぶしに寺田寅彦の随筆集や『芭蕉連

句集』などを読んで連句をやってみたことがあった。とても人前に出せる代物ではないとは思いながらも東洋城に見せると、案の定、完膚《かんぷ》なきまでにこき下ろされたが、それ以来交際するようになった。

特に吉田の山荘は東洋城の住まいから近かったこともあり、東洋城はしげしげと遊びに行くようになった。初めは書斎兼客間で話をしていたのが、吉田の妻とも打ち解け、やがて東洋城は茶の間で雑談にふけるのを楽しみにするようになった。話が俳諧に及びはじめると、吉田の妻が「俳句のお話はやめにして」と止めるのが常だったが、東洋城は怒りもせず、「俳句は嫌いかね」と笑った。

東洋城は西洋嫌いだったが、新しいものが嫌いというわけではなく、吉田がドライブに誘うといつもご機嫌で、いろいろなところへ行った。吉田夫妻と三人で浅間牧場へドライブしたときは、牧場の小高い丘の草の上で東洋城が茶を点て、詩をうたった。それがすむと、三人で川の字に草の上にねそべり、時を忘れてよもやま話にふけった。ここでも東洋城は俳句の話をするので、吉田の妻がそれをさえぎり、他の方へ話を向けたが、東洋城は聞かれるままいろいろな昔話をし、その後吉田に会うと、しきりに「楽しかったね、楽しかったね」と繰り返し言った。

昭和十九年、東洋城は夏に避暑に来ると、とうとう秋になっても東京に帰らずじまいで、そのままずっと軽井沢で暮らし、雪ごもりの冬を過ごすまでにいたった。東洋城としては、かりそめに山入りしたつもりだったが、戦争たけなわとなったころは、このようなときにあえて東京へ帰るような危ないことをしないほうがいいとみなが諫《いさ》めたため、そのことばに従ったのだった。「渋柿」も紙の配給が減ってわずか十六ページの薄い本になってしまい、以前ほど編集に手を取られることもなくなった。

昭和二十年三月十日には、とうとう東京大空襲で一晩に十万人が死に、百万人が負傷したという話も聞こえてきて、いよいよ本土決戦のときも近づいたかと覚悟するようになった。そして、この年の八月十五日正午、天皇による終戦の詔書のラジオ放送（玉音放送）がおこなわれ、国民にポツダム宣言受諾が伝えられた。

東洋城は呆然とした。張り詰めていたものがへなへなと崩れていくような気もした。甥たちが出征するとき、東洋城は頼まれて檄文をしたためもしたのに、彼らは生きて還ることなく、日本は敗れた。東洋城の目に涙が溢れた。

堪え居れば秋蟬に鳴かれ泣きにけり

昭和十九年に軽井沢に来てから丸三年半、東洋城は昭和二十三年末まで、四度の冬越しをする長逗留となった。

敗戦国の日本はアメリカに占領されたというので、東洋城は東京のようすを見にいった。銀座の交差点に差しかかると、そのど真ん中で、笛を吹きながら腕を曲げて交通整理をする進駐軍の米兵の動作を、日本の警察官がそのまま猿真似している。それを見てあっけにとられた東洋城は、「もう東京もわかった。日本のあり方も、その行く末もわかった。もうこれ以上何を見る必要もない」と銀座から地下鉄で上野へ行き、上野から列車で一路、山へすっ飛んで帰ってしまった。

それでも東京には何度か行く必要があったので行ったが、敗戦によって人心がすさみ、世相の険しさや醜さばかりが目についてつくづく嫌になり、あれやこれやと理由をつけては山に籠もり、出なくなってしまった。

大雪や山の電車の早仕舞《はやじまい》
山々や樹々の濡れ色春の雨
独活《うど》掘や疲れていぬる山の中

こうして東洋城は山に親しみ、雪に慣れ、はては山住まいこそ自分に最も合った生活だと思うようになり、かつての都人《みやこびと》は山人に、さらにむくつけき山男にまでなってしまった。そして弟子や知人、親戚たちも、東洋城は余生をここで過ごし、山を下ることはもうあるまいと思うようになった。

山男となった東洋城自身も、山を下ることはまったく考えていなかったが、昭和二十三年は、植え付けた馬鈴薯《ばれいしょ》がベト病で不作だったり、秋にはキノコの不作でキノコ狩りの成果もなかったりで、いささか嫌気が差さないでもなかった。しかし、それも年の巡り合わせだったと諦めたら諦められもする。何にしても、この静けさと穏やかさを棄てることはできないし、この清らかな山の暮らしから脱け出ることは、たとえひとときでも嫌だと思っていた。

軽井沢では、懐かしい人との再会もあった。軽井沢の矢ヶ崎というところに、小宮豊隆が避暑をしている山荘があり、週に一度はそこを訪れた。

矢ヶ崎は軽井沢のなかでもへんぴなところで、軽井沢病院を通り過ぎ、矢ヶ崎川に沿って歩いていくとアカシヤ並木がまっすぐ続き、はるか遠くに一本の木が立っているのが望める。東洋城はそれを眺めるといつも、「ああ、いい景色だ」と思った。

行くときは下り道なので歩き、帰りは電車に乗ることにしていた東洋城は、六キロ近く山道を歩くといつも着くのが正午頃になる。そのため、行くときには何か手製の小料理を持参して二人で食べることにし、東洋城が畑になったインゲンでごま和えを作っていくと、小宮はとっておきの珍品キャビアを出し、豆腐を手に入れて持参すると、小宮の娘が県道までアイスクリームを取りに行っておやつに出してくれるといった具合で、それが東洋城の楽しみになっていた。

行けば、草花の話から東京の話、仙台の話、音楽や芝居など芸術の話や共通の友人知人のよもやま話となり、最後には必ず昔話になって、決まって出てくるのが寺田寅彦のこと。

「寺田君を星野温泉に訪ねたのも、ついこのあいだのようだ」

寅彦も軽井沢へ避暑に来ていたので、東洋城がそのころのことを思い出して言うと、

「今年は先生（漱石）の三十三回忌だ。みんな集まるだろうから、君も東京へ出て来たまえ」

と小宮が言う。むろん東洋城も行きたいが、漱石の命日は十二月九日なので、そのころはもう山に雪が降っており、雪道を歩いて出ていくのは生やさしいことではない。

「ここの生活にも慣れてきたが、年のせいか、冬支度がだんだんつらくなってきたよ。なんといっても枯れ木を拾い集めて、薪に切るのがひと仕事だ」

そんな話をしていると、山へ帰る終電車の時間が近づき、三時半には腰を上げなければ間に合わない。東洋城はいつも、ゆっくりしたような、しないような、十分話をしたような、足りないような気持ちで、家路を急いだ。

ところが、ある事情から、こうした生活は一変することになった。山を走る草軽電鉄が廃止されるという噂を耳にしたのである。草軽電鉄は草津温泉と軽井沢を結ぶ高原鉄道で、赤字続きの鉄道会社はこのままではせいぜいもっても二、三年だろうと踏み、すこしでも利用客の多いところへ線路を付け替えるため乗客数の少ない路線は廃止にするということらしい。これには山男の東洋城も、ハタと当惑した。

東洋城が乗降する小瀬温泉駅は軽井沢駅から四駅目で、このところ電車賃も値上がり続きということもあり、下りの片道はたいてい歩くことにしていたが、レールが取り外され、鉄道自体がなくなってしまうということに

なると一大事である。米や味噌、醤油などの食料を手に入れるには六キロ近い道を往復しなければならず、帰りには二キロ以上の上り坂がある。根雪になったら、荷物なしで歩くだけでも難儀するのに、ましてや生まれつきの山男でない東洋城にすれば、足は達者でも、肩に重荷を背負っての上り坂はいくら踏ん張っても老齢の身にはきつく、いつつまずいて転ぶかもしれない。せめて山の下にある軽井沢駅近くの町まで下りるか、でなければ、ひと思いに下界へ舞い下りるしかないが、下りるとすれば雪が降る前でなくてはならない。根雪になってしまっては、駅まで引っ越し荷物を運ぶのも困難になってしまうからだ。

（なにしろ五年も山籠もりをしたんだ。ここらで、ひと思いに下界で生活するのも変化があっていいかもしれない）

東洋城は心機一転、さあ下山だと決めると、早速行動を開始しなければならなくなった。なにしろ雪の季節はもうそこまで迫っている。

だが幸いなことに、例年ならもうとっくに根雪になっているのが、この年は暖かく、雪は降っても降っても消えていく。

（今だ今だ、下りるなら今のうちだ）

心急く東洋城は、もう明日にも、いや今夜にもと、尻に火のつく思いとなった。引っ越すと決めれば、持ち物を片づけて送るだんどりをつけなければならない。なにしろ戦時中、空襲に備えてこちらに運びこみ、保管していた品々もかなりの数にのぼっている。

東洋城はまず、あたりに出し散らかしたもので、何が要るか要らないかを分け、それらを収納する箱や、包むための菰《こも》、筵《むしろ》などをあちこちに声をかけて集めた。こうなると片づけは夜も昼もなく、そのうち寝る時間もすくなくなってきた。物を出し散らかした畳の上には、もう布団を敷く隙間もなく、疲れ果てた東洋城はいつの間にかこたつでうたた寝をしていた。まともに布団で寝たのは片づけを始めた二十日間のうち一、二日あるかないかで、それも夕方からの停電でしかたなく作業を放り出したときである。

それもこれも、雪に追い立てられての作業のためで、荷物が一つできれば、すぐ炭焼きの女房に頼んで駅まで運んでもらい、すぐまた、箱だ、縄だと補充した。

こうして東洋城は、五日で十個、十日で二十個の荷を作って発送し、年の暮れまでにようやくすべての荷を送り尽くした。この年は雪が遅かったのが幸いし、なんとか発送に間に合ったのである。

東洋城にとっては愛着きわまりない山峡《さんかい》に別れを告げるのは寂しかったが、感傷に浸る暇もなく早々に山を下り、年の暮れの喧噪に包まれた東京に帰り着いた。

だが、いざ東京に帰ってみると、その人混みと騒がしさにはつくづく辟易した。もともとそれを嫌って山男になったわけだが、帰った早々、混雑している電車のなかで腕時計をすられただけでなく、街なかを走り回る電車や、車の響きや、やかましく客引きをする人や、ネオンのまぶしさに脅かされ通しで疲れを覚え、これでは神経が休まらず、体の調子も山に入る前の悪い状態に戻ってしまいそうだと憂うつになった。

以前の自分の部屋には、松本にいる弟・新八郎の息子が東京大学に通うために住んでおり、東洋城が軽井沢にいるあいだだけということで下宿代わりに使っていた。ところがそれだけでなく、ほかにも何人かの学生が住んでいる。そもそも急に思いついて東京に戻ってきたのは東洋城の勝手だったので、こういう状況なら自分の方がどこかでしばらく仮住まいをせざるを得ないだろうと、仕方なく送った荷物を廊下に積み上げたまま、代わりの部屋を探すことにしたのだが、戦後まもない東京は住宅不足で空いている部屋を見つけるのは難しく、なにより も部屋を探すには時季外れの年末である。この近辺にはまだ武蔵野の雰囲気が残っており、ことさら住宅地にいる必要もないので少し街はずれまでエリアを広げたりもした。

だが東洋城は、むしろこのことによって救われる気がした。郊外には、雑草の生い茂った広々とした草原があり、畑の青菜の色などが目を楽しませてくれるうえ、軽井沢の寒い山と違って暖かく、冬を忘れさせてくれるのが嬉しい。ついこのあいだまでは、見渡す限り葉を落とした樹木や、落ち葉の枯れ色、山峡の白い雪が目に映ったのに、今では野菜の緑や黒い土が目について、同じ冬でもこんなに違うのかと驚くほどだった。

山谷に静居し、そのまま居着くこと数年余り。いまは下界にあり、これからは時に各地を巡り歩き、時に定住するといった人生になるかもしれないが、それも趣があり、俳諧も変化するかもしれないと東洋城は思った。

ちなみに、東洋城を軽井沢から追い立てた草軽電鉄が実際に廃止になったのは、十四年後の昭和三十七年のことである。

伊予の山里で「一畳庵」を結ぶ

東洋城が山籠もりをしているうち、日本の主だった都市はほとんどが米軍の空襲を受けて焦土と化したが、なんと郷里の宇和島市も昭和二十年七月二十九日の空襲で市街地の大半が焼失し、松根家の邸宅や土蔵も戦禍に遭った。東洋城は先祖伝来の家宝を失ってしまい、また東京では、戻るはずだった品川区大崎の家にも戻れず、昭和三十三年に芝高輪南町の渋沢家に移り住むまで、なんとなく不安定な身の上になってしまった。

昭和十九年から二十年にかけて「渋柿」は二十二ページと薄くなり、カラーの表紙もなくなっていた。もっとも薄かったのは「あら野」と合併したころで、紙の配給は大幅に削減され、わずか十六ページになっていたが、それでも休刊にならないだけまだましで、他の俳句雑誌はどんな歴史あるものでも、休刊を余儀なくされた。

それは、国の権力で情報局が中心になり、出版協会が実施機関となって雑誌の統廃合をしたためだった。出版協会の文芸雑誌の係は徹底した調査をおこない、数多《あまた》ある俳句雑誌のうち、最終的には「ホトトギス」と「渋柿」の二誌だけを残せば良いと判断した。それは情報局の方針でもあった。「ホトトギス」は俳句の大衆化を進めたという点で存在意義があり、「渋柿」は俳諧の根本である芭蕉に真に根ざしているのは、これをおいてほかにないという理由である。しかし存続の条件として、少なくとも他誌を一誌以上合併しなければならないというのが国の方針だった。

東洋城はその条件を聞き、「渋柿」から分かれたのは「あら野」だから、これを合併するのが一番いいと考えた。過去のいきさつはともかく、「渋柿」を存続させる努力をするのが道のためであり、俳諧のためでもある。東洋城は「あら野に交渉しよう」と速断して星野石木を訪問し、その結果「あら野」は合併に合意し、「渋柿」は続刊できることになった。それが昭和十九年五月のことだった。

その後、時局はさらに緊迫し、国の統制が極度に強化されて紙はさらに不足し、このままいくとすべての雑誌発刊が困難になるのではないかと皆心配したが、東洋城は「雑誌が出せなくなったら、ガリ版です。それもできなくなれば、ハガキ通信の形式で指導を継続する。それもできなくなれば、この健脚で全国を行脚し、指導を続けるつもりだ」と決意のほどを語った。

その気迫が通じたのか、「渋柿」は若干遅れることはあったが、創刊以来、一回の休刊もないという驚嘆すべき歴史を積み重ねていった。敗戦で力を落とし、虚無感を抱いている暇は東洋城にはなかった。

戦後はインフレが激しく、郵便料、鉄道の運賃、電信・電話料などさまざまな公共料金はいうまでもなく、筆・墨・紙などの文具や雑貨なども値上がりして、なかには三〇〇パーセントものインフレ率のものすらある。貨幣価値は暴落する一方で、昭和二十一年、政府は新円に切り替えて旧通貨を使えなくし、そのあと預金封鎖をした。むろん預金を引き出さなければ生きていくことはできないので、支払い申請をすれば預金を出すことはできたが、それには大蔵大臣の許可が要り、払い戻しを必要とする理由を記入しなければならない。

東洋城は「渋柿」の事業資金が必要なので支払い申請をし、一日置きに私書箱に通って許可されたかどうかを確認に行ったが、申請書を出して一カ月になっても何の音沙汰もなく、ビタ一文出すことができない。さすがの東洋城も音を上げた。

諸物価が高騰したことで各業界の労働者たちも生活のための賃金闘争をおこない、印刷所もたびたび値上げを通告してきて、「渋柿」の発行にも時代の波が襲いかかっていた。やむをえず、しょっちゅう誌代値上げの「社告」を載せざるを得なかった。

やがて、四百号を迎えることになった。創刊から三十三年あまり。東洋城はしみじみ、「よく続けることができたな」と感無量だった。かつて百号を迎えたときはページを増やして祝い、二百号を迎えたときは倍にし、三百号が到来したときもその成長を祝したものだった。ところが、四百号になったというのに、倍にも三倍にもならず、創刊当時のページ数にもならないどころか、紙は粗悪になり、古紙を溶かしたものが溶けきれず、ところどころ色が残ったままというありさまである。せめて、自分の身なりくらいは整えて祝いたいと思っても、着替える衣服すらなく、羽織もない。着のみ着のままの普段着はくたびれていて、情けないことはなはだしい。

戦後、最も切実だったのは食べものがないことだったが、特に東京は食糧事情が悪かったため、東洋城は地方の「渋柿」同人たちに頼らざるを得ず、弟子たちが生活面の世話をした。東洋城は俳句にはうるさいが、俳句を離れると人の良いところがあったし、特に縁のある松山や宇和島には東洋城の心酔者が多かったことから、しばしば伊予に行った。しかし松山も宇和島と同様、市内中心部は空襲に遭って焼け野原になり、戦後まもなくは闇市から変化した粗末な市場《マーケット》などが建ち並び、人々は生きていくのに必死だった。

戦後の混乱がやや落ち着いてきた昭和二十五年春、東洋城は同人の指導をするという名目で、松山から東へ約十九キロの三内村《みうち》へ行くことになった。この村は、桜三里《さくらさんり》という峠道から石鎚山《いしづちさん》近くの面河《おもご》渓谷へ向かう山峡《さんかい》の地である。目の前に四国山地の皿ヶ峰《さらがみね》連峰が広がり、どっしりと座ったその姿はさながら山屏風とでもいうべき景観で、それを借景にした村には棚田が幾重にも重なり、勤勉な村人の営みが感じられる。信州とは異なる山峡の風光が東洋城の心をとらえた。

この奥には、訪れた時期こそ異なるが、かつて子規も漱石も見物に来た白猪《しらい》の滝と唐岬《からかい》の滝があり、二人ともその句を詠んだゆかりの地でもある。旧幕時代からこの地で酒造業を営んできた近藤林内《りんない》は俳句をたしなみ、連句にも心を寄せる風雅人で、郷土の名勝ともいうべき二つの滝を愛し、滝見物に訪れた人へ自宅を宿として提供していたが、子規や漱石が来山したときも、その恩恵にあずかった。

東洋城はここを訪れたとき、惣河内《そうこうち》神社の宮司・佐伯惟揚《これあき》が巨星塔《きょせいとう》の号をもつ「渋柿」の同人だった縁から、その社務所に泊まった。巨星塔は愛媛師範を卒業後、教職に就き、このころは三内中学校の校長をしていた。俳句は父の影響で少年のころからつくっていたが、松山で学生時代を過ごしていたころ、偶然書店の店頭で「渋柿」を見つけ、その気品に一目惚れして、これを生涯、自分の俳句修行のよりどころにしようと選びとった。

東洋城は巨星塔の人柄が気に入ったというのもあるが、この素朴な風景の村にいると山好きの自分も心穏やかにいられるような気がした。神社の隣には金毘羅寺という寺があり、社務所から大きな杉の梢が見える。その前には街道があり、遠くを見るとまばらに農家の藁屋根なども見える。東洋城はここが気に入り、同じ年の八月、再び避暑の目的で来庵すると、翌年三月までとどまった。さらに同年八月にも来庵し、翌年の二月帰京。前後合わせて足かけ十五カ月間もここを仮住まいにした。

東洋城はここに滞在中、座敷の内縁の一畳をわが一画として専有し、「一畳庵」と称した。一畳庵と「庵」の名はつくが、独立した建物でも部屋でもなく、いわば八畳座敷の縁側といおうか、廊下の鍵の手部分といおうか。ただし廊下といっても畳は敷いてある。

東洋城は客の身分であり、俳句結社の主宰者で、宮司にとっては師にあたる。なぜ部屋の隅っこの、しかも廊下のようなところを選んだのかといえば、山里の小さな神社の宮司が豊かな暮らしをしていないことをすぐに察した東洋城が、お互い気兼ねなく居られる方法として、そうした場所を選んだのだった。つまり東洋城にしてみれば、「庇《ひさし》を借りて母家を侵さず」のつもりだった。

したがって、ふだん宮司たちがいる座敷と一畳庵との間はカーテンで仕切り、座敷の方で寄り合いがあろうと句会があろうと、庵の東洋城にとっては隣家の行事に過ぎない。

東洋城には、関東大震災後に転がり込んだ弟の家でも「三畳庵」と名づけた書生部屋で寝起きした経験があったから、部屋の広さなど一向に気にしなかった。寝床を上げることもなく布団を敷きっぱなしにし、夜ごと安らかな眠りにつき、昼も疲れると勝手気ままに横になるという日々を過ごす。ただ、目が覚めているときに布団の上に座っているのは嫌だったので、起きているときは廊下の鍵の手になっているところの半畳に置炬燵を一つと、机一つを据えて草庵としていた。したがって一畳庵は正確にいうと、「一畳半庵」というわけである。

東洋城に俳句の教えを乞いに訪れる客があると、畳廊下に備え付けてある机を接客用にし、その横にある両開きの書棚から本などを引っ張り出して俳句を教える。

机は接客以外に、書類などを整理するときにも使ったが、机の上は手紙や原稿などが常に山積みになっており、なにかを書いたりするときは、この山を掻き分けたり、山の上に小さな板を乗せて書いたりするので、見かねた巨星塔が手作りの小さな机をつくった。それで、もとの机を大机、つくった方を小机と呼んだ。

三度の食事は大机の片隅を一時的に片付けてお膳を置き、小机の方はくずかごを乗せ、その上に柱の短冊掛けを外して横に置き、朝夕、東洋城が謡をするときの見台《けんだい》代わりにした。よろず雑然、混然、書冊紛糾（書物ごたごた）という具合で、大机の横の書棚には書類や本だけを置くはずだったのが、ちょっとした調度品からお菓子、調味料のたぐいまでいろいろ置くようになった。

座敷と廊下を区切るところには古い柱が立っているので、疲れたとき凭《もた》れるのにちょうどいい。また、机の前は障子なので、南向きの方はパッと明るい。ただ、横へ回った西側の障子は庵の寒帯で、西風が来たら一気にここへ吹きつけるので、雨戸を閉めても寒さが浸み込む。

風邪の身や一畳庵の一畳に
山屏風春の炬燵にこもるかな

伊予の人は人情が厚く、近在の弟子たちは野菜や豆腐、こんにゃくなどを届け、松山の弟子はバス便で肉や魚を届けてよこした。東洋城は、食事こそあまり多くはとらなかったが、時折口さみしいことがあり、そんなときのためにピーナッツを一日に十個と決めて机の上に置き、それをつまんで食べた。

巨星塔には女の子ばかり五人の子がいた。長女は松山の愛媛大学に行っていたが、下の子はまだ小学生で、一家の主婦であるカヲルは夫の給料でやりくりしながら、家事、育児に加え、東洋城の食事の世話から掃除、洗濯、着物のつくろいまで、すべてをやった。

あるときカヲルが、いつものように一畳庵で東洋城の手伝いをしていると、謡曲の女友達が訪ねてきたので二人で立ち話をしていると、二十分ほどたったころ、自分を無視していつまでも喋っているのに腹を立てた東洋城が二人のそばにコンロを持ち出し、それに生木の枝を詰め、火をつけていぶし始めた。友達はたまらず逃げ帰ってしまったので、カヲルが東洋城を咎《とが》めると、そのまま黙って部屋に入ってしまった。

一事が万事こんな調子で、カヲルはかねがね障子のあちこちに穴が開いているのはなぜだろうと不思議に思っていたのだが、やがて東洋城のしわざだとわかった。庭にヒタキという小鳥が飛んでくると、実をついばんだり、水浴びしたりする姿を見たいばかりに、指につばをつけて障子にプスリと刺し、開けた穴から覗いて、小一時間ばかり眺める。ヒタキが別の木に飛び移ると、また別の穴をプスリと開ける。東洋城から、以前小鳥を飼っていたことがあると聞いていたので、鳥好きはしかたないとはいえ、やることはまるで子どもとおんなじだ。カヲルはつねづね夫の巨星塔を、子どもがそのまま大きくなったようなものだと思っていたが、それよりさらにきかん気な子どもが、もう一人増えたようなものだった。

あるとき東洋城は、カヲルに「俳句をやってみないかね」と勧めた。カヲルは常日頃、東洋城を夫の大切な師として節度をもって接していたが、そのときは珍しく逆らい、「私は家事や育児に忙しく、のんびり俳句などひねっていられません」と言った。すると東洋城は、「カヲルさん、俳句は身近なものを題材にしてつくるのだから、大根を切りながらでもできるんだよ」とさとした。カヲルは若干の抵抗を試みたものの、結局俳号を松花《しょうか》とし、俳句をつくり始めた。

松花は家族のつくろいものをしながら、こんな句を詠んだ。

足袋刺すや子らそれぞれの足のくせ

足袋といっても靴下のことで、物のないこの時代、つくろいは日常の家事である。子どもによって踵《かかと》とか爪先とか、穴の開く場所が違っているのを、それぞれの子の癖や個性に思いを馳せながら、母親らしい、温かいまなざしで詠んだもので、東洋城のことば通り、身近なものを題材にした生活風景の句であった。

「先生、こんなのをつくってみましたけど、俳句になっとりますか？」

カヲルが見せると、東洋城は「これはいいね」と嬉しそうな顔をして褒めた。

東洋城は、ある夜遅くに入浴し、頭陀袋《ずだぶくろ》から小さなハサミを出すと、入念に左手の親指の爪を切った。巨星塔は東洋城の編集の手伝いで俳句の清書をしていたが、夜、爪を切るのは縁起が良くないといわれているが……と思いながら、知らぬ顔で清書を続けていた。

その翌日、東洋城が巨星塔を机のところに呼ぶので行くと、画用紙で作った小袋を二つ手渡した。巨星塔は何か胸騒ぎがし、顔の表情がこわばるような思いがした。見ると、「爪」「髪」と書かれ、「城」とある。巨星塔は途端に胸がキュッと痛み、涙がこぼれ出た。東洋城は無言のままである。いささか時代がかったやり方ではあったが、家族を持たなかった自分に家族同様の世話をしてくれた巨星塔へ、自分なりの別れをしたつもりだった。

東洋城は東京に戻ると、巨星塔へ、身体の調子が勝れないとか、血圧高しとか、足腰が痛むとか、腰が曲がったとか、便りのたびに身体の不調を書いてきたが、もう案じるだけでどうすることもできない。しかし東洋城と佐伯一家はその後も交流をもち、娘たちは祖父のように接した。

ずっと後のことではあるが、巨星塔は東洋城の七回忌を迎えたとき、石工を呼んで一畳庵の前庭に形の良い丸い石を据え、その下に爪と髪を埋めた。そして、東洋城の代表句「黛を濃うせよ草は芳しき」にちなみ、黛石と名づけた。

東洋城の隠退と、山冬子夫妻の苦難

昭和二十七年、東洋城はこのところめっきり年を取ったと感じるようになった。それも無理はなく、すでに古稀を超え、満年齢で言えば七十五歳になっている。

東洋城は、このところ栃木の小林晨悟《しんご》とのことで頭を抱えていた。晨悟は、東洋城が国民俳壇の選者をしていたころに投句したことがきっかけとなり、大正四年、「渋柿」創刊に参加し、同人となった。特に東洋城との関係が濃くなったのは、関東大震災で「渋柿」の発行が困難になったときで、栃木の両毛印刷で発行できるよう奔走し、以後、「渋柿」の一切の事務を引き受けるまでになった。

晨悟は栃木の呉服店の息子で、中学生のころに俳誌「アラレ」で東洋城の存在を知り、眉目秀麗の青年宮内官とわかってからさらに思慕を高め、「黛を濃うせよ草は芳しき」のような艶麗な句を詠む人の選に入ることは俳句の登竜門だとさえ思い、せっせと「国民俳壇」に投句し続けていた。晨悟十六歳、東洋城三十歳のころである。

やがてその甲斐があり、晨悟の

麻刈るや太平山は雨の中

時鳥啼くや雨夜の合戦場

の二句が新聞に載ったのだが、太平山《おおひらさん》や合戦場という地名を知っているのは栃木に関係があるためではないのかと国民新聞に問い合わせたところ、東洋城が幼いころ、裁判官だった父の任地ということで数年間栃木小学校に通ったとわかり、俄然、親近感が高まった。

晨悟は、栃木中学校を卒業したあと家業の呉服店を継いだが、一時期、東京で商売の見習いをしたことがあり、前掛けをしめた小僧姿で東洋城の下宿を訪ねたところ、「あがりたまえ」と迎え入れてくれ、菓子をふるまってくれたりしたことが、自分だけの特権のようにすら思え、嬉しく楽しい思い出として心に大切にしまい込んでいた。以来、晨悟が栃木に帰郷後、渋柿の栃木支部ができるほど同人が増えたのは、東洋城と晨悟の交流が土台となり、なにかにつけて晨悟が熱心に周囲に働きかけた結果ともいえた。

出会いから四十年近く経った終戦間際の昭和十九年、晨悟は企業統制で呉服店を廃業しなければならなくなったため、栃木高等学校で国語担当の講師となった。当時は教員も兵隊に取られ、教師不足になったため、そうした事例もあったのだが、終戦後、彼らが復員してきたこともあり、晨悟は昭和二十五年に教壇を去ることになった。教師を辞めると収入の道がないので、晨悟は著述に専念することにし、やがて県内外の友人や知人と交友が広まるようになった。晨悟は当地の文化人として、俳句にとどまらない幅広い地域史や文化にも造詣が深かった。

ところが、交友した知人のなかに他の俳句結社の人もいて、「渋柿」以外の雑誌などから原稿を依頼されることがあったのだが、東洋城はそれを知ると機嫌を損ねた。晨悟は生活のためであるとして弁明したが、頑固な東洋城は聞く耳を持たない。二人のあいだに軋轢が生じ、ついに昭和二十六年、晨悟は栃木県下の各派を総まとめにした俳句誌を発行するという理由で、「渋柿」を離脱したいと言ってきた。

東洋城としては、当初ここまで関係が悪化するとは考えておらず、自分がたしなめれば晨悟はそれを受け入れるだろうとばかり思っていた。しかし晨悟は、生活のためだという自分の苦渋を理解してもらえないのかと、ついに東洋城と決別する気持ちを固め、東洋城はその決意を聞いたとき、あっと思ったが、もはや後戻りできない。そして、ハタと当惑した。

というのも、晨悟は大正十二年の関東大震災以降、校正や発送のほか、印刷所に対する進行の管理や交渉ごとなど、すべてにわたって担当してくれていた。数えれば三十年もの長きにわたって東洋城と「渋柿」を支えてくれていたわけで、周りを見回しても、晨悟の代わりができる者はいない。しかも、晨悟とともに、長年本社の雑務を担ってくれていた安東龍も辞めたいと申し出てきた。安東は、発送用の帯紙を作製したり、「渋柿」の発行費用、会員からの誌代の確認、東京の書店への配本や集金など、経理や事務一切を担って経営面で支えていた。

東洋城は、思えばこの二人の犠牲があったからこそ、「渋柿」もさまざまな困難を乗り越えることができたのだと、改めて認識した。「渋柿」も、もはやこれまでかと思ったが、自分の老化と支え手の離脱で腰砕けのように消えていくのはなんとしても避けたい。とにかく「渋柿」継続の道を探し、そのカタが付いた時点で自分も隠退しようと決意して、十二月の末近くに松山在住の同人・芳野仏旅《ぶつりょ》に手紙を出した。

手紙を受け取った仏旅は、仰天した。東洋城が隠退するとあり、選者は野村喜舟か檜垣括瓠《ひがきかっこ》を、渋柿の編集発行は徳永山冬子《さんとうし》にやってもらいたいとある。山冬子には夫人の夏川女《かせんじょ》もついていて適任だと思うので、ぜひ、仏旅から説得してもらいたいという内容であった。

仏旅は、そのような重大な話を私からするわけにはいかない、ここは先生ご自身が山冬子本人を呼んでお話しされてはどうか、そのうえで私も説得を試みようと思うので、山冬子にはわが家に泊まるようお伝えくださいと返事を書いたところ、東洋城は確かにそのとおりだと思い直し、自ら山冬子に手紙を出した。

山冬子は本名を徳永智《さとし》といい、宇和島出身である。父母や兄も俳句をたしなむ家庭に育ち、小学校の高学年ころから、父親の本箱から子規の「俳諧大要」などの参考書を引っぱり出して読みふけるほどで、成人して家業（綿織物製造業・度量衡器《どりょうこうき》の販売）を継ぎ、同業者である大塚刀魚から句作を勧められると、なんの抵抗もなく結婚したばかりの妻とともに「滑床会」に入った。

妻の善枝《よしえ》（旧姓清水）は宇和島高等女学校を卒業後、福岡女子専門学校に進んだ才媛で、もともとは大阪府出身であったが、小学生のとき一家で宇和島に移住し、父は材木商を営んだ。結婚後、岡田燕子《えんし》らの指導を受けて夫とともに「滑床会」の句会に出席しはじめると、夏川女の俳号で「渋柿」に投句し、昭和四年からは東洋城の指導を受けるようになった。

このころ宇和島は俳人が多く、山冬子も夏川女も、娯楽のすくない田舎で、句作がなによりの楽しみだったため、しだいにこの道に引き込まれていった。

しかし昭和十三年、盧溝橋事件をきっかけに支那事変が起きると、企業整備のため、家業の工場は閉鎖せざるを得なくなった。翌十四年、山冬子は一家を挙げて上京し、日本度量衡協会および全国度量衡器計量器統制組合の経理部長として戦中、戦後を過ごした。

山冬子は東京へ行くと、東洋城と以前にも増して親しく交流し、俳句に打ちこんでいった。戦中、戦後の厳しい時代に歯を食いしばって耐えることができたのは、東洋城の強靭かつ静謐《せいひつ》な古武士精神から大きな影響を受けたためであり、ともすれば憂いや苦しみにさいなまれ、弱い気持ちに傾きがちな心を厳しい詩精神が支えてくれたと思っていた。

夏川女もまた、はじめは俳句を単なる趣味ととらえ、詩歌をつくって優雅に遊ぶくらいの軽い気持ちであったのだが、東洋城の「俳句は社交慰安の具でなく、遊楽嬉遊の法でもない。日本精神、東洋文化の真髄が自然に外に現れ出たものであり、人として完成するための修行の道でもある」という厳しい指導を受け、十分に理解できないながらも、しだいに文学の一分野としての俳句へ情熱をそそぐようになった。

昭和二十六年十二月、その山冬子のところへ、伊予の一畳庵に滞在中の東洋城から「渋柿」に関して重大な事態が起きたので、至急来てもらえないかという手紙が届いた。山冬子は年末近い十二月二十三日に東京を出発し、翌二十四日、ひとまず宿泊先となっている松山近郊の和気《わけ》にある芳野仏旅の家に行った。このとき仏旅は、折悪しく風邪で寝込んでいたため、井下猴々《こうこう》に連絡を取り、松山にある猴々の娘の嫁ぎ先の家で東洋城に会うように変更した。

その家で待っていると、東洋城と西岡十四王《じゅうしおう》が来た。

あいさつを交わした後、東洋城はおもむろに口を開き、栃木の小林晨悟が栃木県の総合俳句雑誌を主宰して出すことになったので、「渋柿」を脱退すると言ってきた、晨悟が手伝ってくれないとなると、栃木で印刷することは不可能であり、そうかと言って松山で印刷することもまた不便で、そもそも実行不可能だと思う、と言う。

山冬子は、「確かにそれは重大事だ」と思った。そして、東洋城が言うように、今は城師も一畳庵に滞在しているが、東京に戻れば、わざわざ松山の印刷所で印刷・発行するというのはあまり合理的ではないとも思った。では東京で印刷か、と山冬子が考えていると、東洋城が

「そこでだ。山冬子君にわざわざ来てもらったのは、君に『渋柿』の編集発行を頼みたかったからなんだ。大変な難事業だが、君には編集の経験もあるし、夏川女君も手伝ってくれるだろうから、一番適任だと思うのだが、どうだろう。引き受けてくれまいか」

と言う。予想もしていなかった東洋城のことばに、山冬子はことばを失った。十四王も猴々も、事の重大さに驚き、みな黙っている。

山冬子と夏川女は、東洋城と郷里が同じということもあって、昔から実の親子のような情愛の交流があった。それでも、山冬子たちが上京してから「渋柿」の仕事を手伝っていると、東洋城は並大抵の辛抱ではつとまらないほど、厳しくて、うるさかった。沈黙している山冬子の頭には、引き受けたが最後、東洋城から何かにつけて

うるさく干渉され、大変なことになるのではないかという思いが渦巻いていた。

東洋城はさらにことばを続けた。

「僕もこれを機会に隠退しようと思う。このところ健康がすぐれないので休養したいのだ」

山冬子と十四王と猿々の三人は、次々に出される重大な話に顔を見合わせるばかりである。十四王はそれでも、

「先生、『渋柿』は先生あっての『渋柿』です。どうか、そのようなことをおっしゃらず、もうすこし続けていただくわけにはいきますまいか。むろんわれわれもできることは精いっぱいやらせていただきます」

と東洋城を説得し、猿々も巻頭句選だけはなんとしても先生に続けていただきたいと頼んだが、東洋城の決意はすこしも変わらず、かえって
「巻頭句の選者は、野村喜舟君か檜垣《ひがき》括瓠《かつこ》君が考えられるが、どちらがよいと思うかね」

と具体的に名前を出す。

ここまで決意が固いのなら仕方がないと、三人が異口同音に野村喜舟を推すと、

「そうか。やはり喜舟君が適任だね」

と東洋城は深く頷いた。

「それで、どうだろう、山冬子君。渋柿社の方は引き受けてくれるかね。もし君が引き受けてくれないとなると、僕はまた方針を変えざるを得ない。つまり『渋柿』を廃刊にするということだ」

東洋城は先ほどの返事を促す。山冬子はしばらくうつむいて考えていたが、ややあって、

「先生。申し訳ありませんが、事があまりにも重大で、この場でお返事はいたしかねます。今夜一晩、考えさせていただけませんでしょうか」

と即答を避け、明日には返事をしたいと約し、あいさつをして帰った。

その夜、山冬子は仏旅といろいろ相談したが、結局、山冬子が引き受けなければ「渋柿」は断絶してしまい、同人もばらばらになって、これまでの何十年もの修行が水泡に帰してしまう。大変ではあるが、東洋城先生のおことばに従うよりほかあるまい、ということになった。

山冬子はその夜、床に入っても将来のことが気になって寝つけなかった。なかでも最も気がかりだったのは、経済的な不安である。戦時中、赤坂にあった家が戦災に遭ったため、戦後、杉並区の借家に住むようになったが、諸物価が高騰し、生活が思うようにならない時代にあって法外な家賃を払い続けており、暮らしに余裕はない。そんなことを考えているとまんじりともせず、三時過ぎになってようやく疲れて寝入った。

翌二十五日の昼過ぎ、猴々に来てもらって一緒に松山へ向かっていると、折よく東洋城と十四王がこちらへ向かっているのとばったり出会った。一緒に十四王の家へ行こうとすると、気の急いている東洋城は、「ここでいいじゃないか」と川の土手の方を指す。そこはちょうど橋のたもとで、土手には稲藁《いなわら》が干してある。山冬子たちはその藁を広げて上に坐り、冬の陽を浴びながら車座になった。

東洋城は皆が座をしつらへているのももどかしげに、

「山冬子君、どうだろう。昨夜考えてくれたと思うが、引き受けてくれるかね」

と言った。山冬子が、

「はい。いろいろ考えましたが、やれるだけのことをするつもりです」

と答えると、東洋城はいきなり両手で山冬子の右手を握り、

「ありがとう、山冬子君。これで『渋柿』は助かった。お礼を言う。お礼は僕からだけではない。同人すべてを代表してお礼を……」

語尾が急にかすれたと思うと、東洋城の両眼から涙が溢れて山冬子の手の甲へポトポトと落ちた。「あの厳格

そのものの先生が……」と、三人とも不思議なものを見る思いでそれを見詰めたが、おそらく東洋城も昨夜は心配し通しだったのであろう。山冬子も東洋城の涙に触れて胸の内が熱くなり、事の重大さが改めて痛感された。学生の頃、柔道で鍛えたという東洋城の手は大きく力強く、山冬子の手をいつまでも離さなかった。

やがて、これからのことを詳しく決めていこうということになり、十四王の家に着いた四人は、いろいろ協議し、決定したことを覚え書きにしていった。

夕刻になると十四王は、勤務先の学校でクリスマス会があるというので出かけたが、そのあとも三人は細かなことにわたって協議を続け、「渋柿」に連載している安倍能成、小宮豊隆の随筆を引き続き依頼するかどうか、これから同人の数をどのように増やしていくか、表紙絵はどうするかなどを話し合い、十四王が帰宅してからも夜更けまで続いた。

山冬子は、自分に関する打ち合わせは終わったので、翌日帰京した。そして帰宅すると、すぐ妻の夏川女に事情を話した。夏川女は驚いたが、夫がすでに返事をしたことでもあり、やると決めた以上は自分も協力しなくてはと覚悟を決めた。

山冬子は東京で「渋柿」を発行するにあたり、まず印刷所を決めなくてはならず、同人代表の一人である松岡凡草《ぼんそう》にその相談をしたところ、凡草は日本勧業銀行の宝くじ部長をつとめていた関係から、宝くじの印刷をしている出入りの業者、日比谷印刷を紹介してくれた。山冬子は早速田村町の同社を訪ね、印刷を依頼した。

その後、第三種郵便物の発行所変更、編集発行人の変更、納本届けの変更など諸届けの提出を急いだが、変更には東洋城の印もいるので、郵便でのやりとりになにかと手数や日にちもかかった。

そして、昭和二十七年一月早々、いよいよ山冬子による「渋柿」づくりがはじまった。

だが、山冬子にとっては予想外のできごとが起きた。

日比谷印刷はもともと伝票類、封筒など事務用印刷物を主としていて、文芸物は一切手がけていなかったため、活字が揃っていなかった。動植物の名前はおろか、二十四節気などの季節に関する活字すらなく、一月号の初校ゲラを見て山冬子は呆然とした。仮名だけは組んであるが、漢字はほとんど〝下駄ばき〟だったのである。

下駄ばきとは、活版印刷で使う鉛の活字がない場合、下駄の歯のような二本線を仮に入れているので、隠語のようにそう呼ばれているのだが、こんな下駄ばかりでは校正しようにもしようがない。山冬子は職工を督励し、活字を揃えさせて、どうにか一月号を刊行することができた。

その一月号に東洋城の「隠居之辞」が掲載された。

迂拙齢《うせつよわい》を重ねること多分に已に古稀を疇昔《ちゅうせき》に過ぐ。迎春送秋、手足稍《やや》常を持するに似るも頭脳疲労困憊《こんぱい》、従来幾たびか平康を失し昨今筆硯太《ひっけんはなは》だ倦む。最早指導の重責に堪へず……

古風な漢文の読み下しのような文章で、すでに古稀を過ぎ、年老いた自分は、もう文章を書くことも持て余している状態で、指導の重責にも堪えられないと述べていた。

そして、「隠居之辞」のあと、長年「渋柿」を支えてくれた二人に、次のような謝辞を送った。

小林晨悟氏へ

大正十二年来、昨年末まで、校正、発送、その他対印刷所関係など担当。長年渋柿への格別なる盡瘁《じんすい》の段。なお、氏は生活上の都合により、栃木県下各派総合俳句誌発行の由にて渋柿脱退、仕事の多幸を祈る。

安東龍氏へ
多年本社雑務ことに発送用帯紙作製、記入、誌費精密勘定、また在京時は秘書用また市内書店配本並び集金などに関し、渋柿および社主助力の段。

右小生よりも鳴謝、いろいろ長々ありがとうと。隠居と共に小生も編集経営面からも離れたので、三人三つ巴《どもえ》の発行経営の輪も自然ほどけたわけ。この環、東京、栃木、津山と三遠隔地に分かれわかれで、幾度かの危難に切れそうになったのが、ともかくもつながってきたのも奇跡。長かったな、いろいろだったな、などと、これはいつか会うた時に語り合うだろう三人の内輪話。——渋柿幾十年継続の功が、想像できぬほどこの両氏にかかることとは誰も知るまい、がこれだけはぜひとも人々に知らされねばならぬ。玄関で郵便夫から受け取るだけで月々渋柿を手にする人たちへ、これこそ徹底的犠牲心ゆえと。ご両人へは〝無理言うて済まなかった〟と。

（東洋城）

頑固一徹の東洋城は、自身も身を引くにあたって、ようやく小林晨悟と安東龍へ、素直に感謝のことばと詫びのことばを述べた。
ずっと後のことではあるが、小林晨悟が亡くなったとき、自宅にはたくさんの東洋城の短冊や色紙がていねいに保存され、残されていたという。

うたはれて孤高をかしや楼二月

渋柿の台所事情

山冬子と夏川女は「渋柿」ができたとき、それを包んだ風呂敷を背負って芝郵便局に運び、発送を終えた時は感無量であった。受け取った東洋城から感謝の手紙が届き、同人たちからも「幸いにも御貴殿が御在京されたことは全く天の配剤と感銘しています」と感謝と激励のことばが寄せられた。

昭和二十七年一月二十六日、東洋城は東京に戻り、早速渋柿社の一切を山冬子に譲渡したが、一切と言ったところで、ただ三百十三名の同人発送名簿と、渋柿社印、渋柿旧号（バックナンバー）があるだけだった。

山冬子は東洋城の二階の物置きから渋柿旧号を四、五十冊ずつ数十回に分けて表へ運び出し、中型トラックを呼んで自宅へ運び込んだ。大正七、八年以降のものだけでトラック一台分は十分にあった。それから三カ月ほどかかって月別に分類し、それぞれを新聞紙で包んで保管した。

このとき山冬子は、創刊号から合本《がっぽん》にして保存しようとしたのだが、なんと創刊号から大正七年ごろまでのものは一冊もなく、東洋城の管理ははなはだ杜撰《ずさん》であった。むろん、関東大震災で焼失したという災難はある。

山冬子は、のちに大村胡刀から二百冊ほど譲ってもらったが、それでも完全ではなく、同人がもっているものを、また渋柿社へもらい、ようやく創刊号からの号が完全に揃った。

しかし山冬子が困ったのは、東洋城から資金が一切譲渡されていないことで、たちまち差し迫った印刷代の支払いをどう工面しようかと頭を抱えた。それで自分の持ち株を担保に銀行から融資を受け、とりあえず資金をととのえた。

だが、東洋城は山冬子に出し惜しみしていたわけではなかった。

宇和島にあった松根家の宏壮な邸は、明治四十二年九月に解体し、三千坪もあった敷地の大半が町へ売られて、その跡に町立病院が建った。残った二百坪ほどの敷地に小さめの邸を建て替え、松根家の人が住んだが、太平洋戦争の空襲によってそれも炎上し、戦後まもなく再建された市立宇和島病院の一隅に、「松根邸址　東洋城」の文字が彫られた石碑だけが残った。

東洋城の個人的な資産については不明だが、そもそも俳句結社の主宰者に金満家などいるはずもない。宮内省を辞める寸前にはかなりの報酬を得ていたから多少の貯えはあったかもしれないが、全国各地に支部をつくったり、定期的に開く支部ごとの句会に赴いたりといった移動には、それなりの旅費や宿泊費がかかる。

明治ころまでの俳句の宗匠は弟子から指導料として謝礼を受け取り、そうした俳句で生計を立てることを「業俳《ぎょうはい》」と呼んでいたが、俳誌を発行する形態となってからは、主宰者は会費と俳誌代金、句会での指導料、さらに会員が句集を出版するときの選句料や序文・跋文《ばつぶん》を書くことへの謝礼などが主な収入になった。また、他誌からの原稿執筆や講演の依頼などもあり、その原稿料や講演料も収入となった。

もともと俳句は「旦那芸」といわれ、地方の素封家《そほうか》といわれるような人たちがたしなむものだったため、主宰者が当地に来るとあれば、酒食はもちろんのこと、宿も提供するなど、下にも置かぬもてなしようだった。主宰者は、求めに応じて色紙や横物（横長の紙）、短冊などに俳句のひとつも揮毫《きごう》すれば、法外な謝礼が渡されることもあった。

東洋城も、「百詠絵短冊展」といった催しをもちかけられると、そのために筆を振るうこともあった。それは、東洋城の会心の作とでもいうべき百の句を選び、名のある画伯がそれに合った絵を短冊に描き、その上に流麗な筆文字で句を書くというもので、「名句と名画の絶妙の付け味」と絶賛された。東洋城自身も、気に入った句や漢詩ができるとそれを紙に書き、扁額にしたり額装したりして楽しむ気持ちがあったから、求められればそれに応じることもあった。

しかし東洋城は、ある時期から弟子にすら揮毫しなくなった。自分の書いた短冊が古道具屋の軒先に売価を付けてぶら下げられているのを見て、その代金を払って買い取ってしまい、以後、一切の揮毫を断るようになったのである。そもそも短冊に書かれた俳句そのものを鑑賞するのではなく、書かれた文字が単なる壁の飾りや部屋の装飾として売り物にされることが耐えられず、加えて東洋城の狷介《けんかい》な性格が断固たる決意になったともいえた。

三百人あまりの購読者数しかない「渋柿」は、誌代といっても印刷代にも満たず、指導や編集に費やした膨大な手間や時間は奉仕作業でしかない。

それに加え、東洋城の指導は一句作り上げるだけでも何度もハガキや手紙で添削し、多いときは一句作り上げるにも十数回往復するなど枚数がかなりの量にのぼったから、そうした郵便の費用も東洋城のふところを圧迫した。

東洋城が生涯自分の家を持つこともなく借家住まいをし、ときに弟子の家の片隅で居候をしてきたのも、俳句一筋の人生をなんとか貫き通すためだった。当時のエリートとして大学にまで行きながら、その学問を生かせる法曹界へも就職せず、親戚の運動で宮内省という職を得ながらそこを辞めたのも、俳句という文学の道を選び取ってきたからにほかならない。

だが敗戦によって俳句を取り巻く環境は大きく変わり、東洋城の俳句一筋という道も、さらに険しく困難なものとなった。

地方の富裕層であった地主は、戦後の農地解放によって土地を没収され、多くが没落したため、俳句を支えてきたある一定の層が失われた。また明治、大正期に俳句という表現方法を得て熱中した知識層の若者たちは、散文による小説の面白さに目覚め、俳句から離れていったが、さらに苛烈をきわめる戦争を経験したことによって、表現方法として力を持ち得ない俳句を見捨てていった。

そうしたなかにあって、粘り強く、したたかに勢力を拡大してきたのが「ホトトギス」を主宰する虚子である。

虚子も、若いころは雑誌経営に苦しんだが、広告代理店（博報堂）を入れて新刊本の広告などを掲載し、その広告料を俳誌の発行費用に充てたり、俳句関連事業として俳書の出版や俳句関係の物品販売をするなどさまざまなニーズに応え、経済面での基礎づくりに力を尽くした。

虚子は性格が穏やかなこともあり、初対面の人にもさりげなく俳句を勧める〝勧め上手〟だった。なかでも著名な人に会ったりすると、俳句を勧めたあとに俳号を付けて進呈し、「世の中に俳人が一人増えました」などと言って、相手を喜ばせたりした。

また虚子には、時代の空気を読むことに長《た》けているという点で東洋城を大きく引き離す才覚のようなものがあったが、そのひとつの例が女性俳人の育成である。

虚子が女性をターゲットにして「ホトトギス」に「婦人十句集」という俳句欄をつくったのは大正初期のことだが、大正六年に「主婦の友」という女性雑誌が創刊されると、その五年後に「読者投稿俳句欄」をつくった。

虚子は新聞の俳句欄の選者を任されていたが、それが全国紙ともなると著名俳人として認識され、雑誌からも選者を頼まれる。それを目にしたほかの雑誌からも、また選者を頼まれるという具合に、虚子はそのサイクルをうまく広げていった。俳句を大衆的に広めるには、業界専門誌である俳誌ではなく、大部数を発行する雑誌とタイアップしたほうがはるかに効果があると考えた虚子は、自ら雑誌の企画として俳句を勧めるようになったのである。

女性をターゲットにした背景には、教育の普及と社会構造の変化により、高等教育を受けた一部のエリートだけではなく、サラリーマンの妻という新しい中流の女性層が登場してきたということがあった。当時、妻の役割と家事子育てだけに専念できる主婦は、女性たちにとって憧れのポジションだったが、結婚をすれば家や子どもに縛られ、なんの表現活動もできないことに鬱屈した思いを抱いている女性がすくなからずいることに虚子は着目した。「台所俳句」という一見見下したような言い方ではあるが、女性ならではの視点で生活諷詠することを呼びかけると、狙いどおり、女性の俳句人口は目に見えて増えていった。虚子は「花鳥諷詠」「客観写生」という理念や技術論を難しく言うのではなく、「素直に、ありのままを詠めば、俳句というものは、誰にでもでき、誰でも上手くなるものです」とやさしく説いていき、女性俳句を大衆化させる道を開いていったのだった。

昭和初期には、国木田独歩が明治三十八年に創刊し、上流社会の洗練された女性が好んで読んだ「婦人画報」にも俳句欄が登場し、知的な趣味としての俳句を浸透させていった。もともと知識層、富裕層の男性の趣味といった俳句は、女性が加わることで活性化し、新聞や雑誌には、毎日のように何千通もの投句ハガキが届くようになった。虚子はそれに○をつけて選句し、短評をまとめる仕事をある程度こなすと、力量のある弟子たちに選者の地位を振り分けていき、さらに別の雑誌に俳句欄の場を広げていった。

大正十二年一月、東京駅前に近代的建築物として偉容を誇る丸の内ビルディングが竣工し、ホトトギス社はその六階の一室に入居した。

昭和十二年には、虚子は芸術院会員となり、日本俳句作家協会の会長にも就任した。そして昭和二十九年、文化人にとって最高の栄誉となる文化勲章を受章した。

狷介といわれる東洋城にも、女性俳人を育てようという意識はあったし、俳句に興味を持っていそうな人と出会えば、作句を働きかけたことはむろんあった。しかし東洋城は、虚子のような愛想もなければ如才なさも持ち合わせていない。なにより、世の中を広く眺めてものごとを仕掛けていくプロデューサー的感覚などは持ち合わせていなかった。

渋柿社は、東洋城の人柄にいろいろな意味で惹かれた人だけが師事する特異な俳句結社といってもよかった。

徳永山冬子が引き受けた「渋柿」の昭和二十七年二月号には、「城師御隠退後に処する覚悟」という一文が同人代表名で掲載された。執筆者は西岡十四王である。

同人代表というのは会社の役員のようなもので、合議制で編集、運営をしていく。最初、東洋城が指名したのは九名だったが、山冬子は全国的な視野に立つと伊予に地域がかたよっているように思えたので、京阪代表、湘南横浜代表、栃木代表のほか、東京地方にもう一名加え、バランスを取った。また新企画として、有力作家を次々に課題句選者にすることを独断で決め、同人代表者会に対して事後承認を得た。

新機軸は着々と進み、三月号からは巻頭句の俳号の上に姓を入れることにし、さらに、かつて東洋城の教えを受けた久保田万太郎や水原秋桜子《しゅうおうし》の原稿が掲載された。また四月号には大場白水郎《はくすいろう》、五月号には飯田蛇笏《いいだだこつ》というふうに俳壇の大家の文が次々と誌上を飾り、俳誌としての魅力を高めた。

それを受け、六月には文芸評論家の山本健吉が、

「今年になって渋柿は七五翁の松根東洋城が退いて高弟野村喜舟が選者となった。同誌はこれまで、全く紙のカーテンを下された王国で、同人は他誌への出句も禁じられていたが、喜舟の代になってから旧友の万太郎・秋桜子・蛇笏なども祝辞を寄せているところを見ると、鎖国主義を廃止して風通しをよくするらしい。四十年の眠りをやっと覚ますわけである」

と、東洋城にはやや耳の痛いコメントながら、俳壇としての反応をいち早く示した。

山冬子は月に一回、東洋城を訪問し、編集内容について意見を聞いていたのだが、それまでの「渋柿」からは考えられないほどの変革をしたので、東洋城の気に入るはずがなかった。また、山冬子に代わってから初めての刊行物として、野村喜舟の句集『小石川』を出すことにし、東洋城に序文を書いてもらいたいと依頼したときも、東洋城は「僕さえ出していないのに……」と不満気だった。果ては、喜舟の選句や句評にまで不満を言う始末で、山冬子が当初予想したとおりの最悪の事態が起こってきた。

「選は喜舟、編集経営は山冬子に一切まかされたはずですが……」

と山冬子が言うと、東洋城は何も言わず、二人のあいだに冷たい空気が流れた。

後日、すこし反省した東洋城は『小石川』に長い序文を書いた。

東洋城は、いざ隠退してみると「こんなはずではなかったのだが」と思うようなことが多々あった。「渋柿」を発行していたときは忙しく、文字やことばを扱う仕事は常に間違いがないか緊張を強いられ、気の休まることがなかった。身も心もすり減って、早く楽になりたいと思ったものだったが、いざすることがなくなると、生活にも心にも張りがなくなり、淋しかった。

蜩《ひぐらし》や汝《な》も淋しいか伴鳴《つれな》きに

山冬子に編集一切を託したとはいえ、自分が良いと思って長年やってきたことを変えられると、自分自身が否定されたような気持ちになり、しかも新しい企画が好評であるらしいことが聞こえてくると、正直言ってあまりいい感じはしなかった。それで、つい心を許せる同人にグチをこぼし、気持ちが昂ぶると山冬子を悪《あ》しざまに言ってしまうこともあった。

そんな東洋城の不満は、間接的に山冬子の耳に入ってきた。「城先生からつらい仕打ちをされ、誌の経営と板ばさみになられることもあるでしょうね」という慰めの手紙や、「城先生と大兄との間に意志の疎通を欠くものがありはしませんか」という心配の便りをもらったりしたので、山冬子は東洋城が自分への不満をあちこちで洩らしていることに気付いた。「渋柿」を引き受ける前までは、まるで子をいつくしむような情愛さえそそいでくれたのに、今はそれも薄れていることに、山冬子は虚しさや淋しさを感じた。だが、それもこれも「渋柿」を良くするため、あるいは東洋城の俳句、渋柿の俳句をさらに広く知ってもらうためであり、いつかは自分の真情もわかってもらえるだろうと、自らの信念に基づいてやるしかなかった。

山冬子は東洋城の現状に思いを馳せ、そういえば城師は先日言っていたように、自分の句集すら出す暇がなかったと思い当たり、同情した。長年「渋柿」の編集作業に明け暮れ、自分のことは後回しにしていた結果だった。山冬子は、「この機会をとらえて先生の句集を出しましょう」と持ちかけ、その後は東洋城に会うたびに、「先生、早く選をして下さい」と催促するようになった。それというのも、東京の同人たちが手分けし、東洋城の俳句すべてを清記し、このなかから選んでくださいとすでに手渡しているからである。その清記の作業は、気の遠くなるような大変な労苦をともなうもので、東洋城への感謝と尊敬の気持ちがなければできるものではなかった。

同人代表たちは、東洋城、小林晨悟、安東龍の三人が「渋柿」から離れたことで、自分たちがすこしずつ役割を分担するようになり、これまで三人が担ってきたものがどれほど重く、大きかったかを身をもって知ることとなった。そして、本業と掛け持ちでそれを一手に担うことになった山冬子と夏川女を、すこしでも応援しようという気持ちになった。なかでも、資金不足から自分の金まで注ぎこんで発行している山冬子の困苦を推察し、すこしでも「渋柿」の購読者を増やそうと会員獲得に向けて奮闘した。

たとえば伊予の松永鬼子坊《きしぼう》は、県内で中学校の校長を歴任していたときの人脈をフルに活用し、多数の新人を紹介してくれた。山冬子への手紙には、

「拙老《せつろう》も七十三の老躯《ろうく》をひっさげて各地区へ出動。一大獅子吼《ししく》する心組《こころぐみ》(心づもり)、新人大増加獲得の自信百%」

とあり、伊予各地を俳諧行脚し、あちこちで熱弁を振るって新しい会員獲得に力を尽くしてくれたようだった。

そうした応援は鬼子坊だけでなく、ほかの多くの同人も新会員倍増を心がけてくれたため発行部数はしだいに増え、一年後の昭和二十八年一月号は九百部を印刷するまでになった。東洋城から引き継いだときの三倍近い部数である。

ここまでになると、発送のときも、夏川女と二人で風呂敷包みを背負っていくわけにはいかない。リヤカーを借り、山冬子が引いて夏川女が後を押して郵便局へ運んだ。その姿たるや、まるで物売りのようで二人とも恥ずかしかったが、「城先生が言っておられた〝道〟のためなのだ」と、そのプライドだけが支えのようなものだった。

二月号発送のときは折悪しく雪が三十センチも積もり、リヤカーはなかなか動かなかった。下駄の鼻緒を切った夏川女は、それを脱ぎ捨てて足袋だけになり、雪のなか必死にリヤカーを押したのだが、そんな無理をしたのが災いし、風邪をこじらせて一カ月も寝込んだ。そしてそれは、山冬子夫妻が脱け出そうにも脱け出すことができない、底なし沼にはまりこんだことを暗示するようなできごとでもあった。

山冬子は、「渋柿」の仕事を引き受けてしばらくすると、これは予想以上、というより、とんでもないものを引き受けてしまったかもしれないと思うようになった。「渋柿」は小雑誌ではあるが、発行部数の多い少ないにかかわらず、種々雑多な仕事は大雑誌と同じようにあるのかもしれないと気付くようになったのである。

たとえば、原稿の執筆依頼からはじまり、原稿が未着であれば催促し、届けば受け取りのお礼を書く。

編集作業に入ると、原稿の誤字訂正から、不明なところの問い合わせ、文字校正、印刷所との交渉、各選者への原稿発送と選句の依頼、誌面の都合がつかず翌月に掲載を変更する場合は、そのお断りをしなければならない。雑誌ができれば、発送のための宛名書きをし、郵便局へ運ぶ。それが届かないということで会員から問い合わせがあれば、調べて回答する。

経理的なことも、誌代の催促、入金の記帳などをする。新刊ばかり注文されるわけではなく、ときには旧誌を注文されて発送することもあるので、号によって誌代が異なったりすることがあり、また、句集の注文もあるので送金額をチェックするのも煩雑で、ときに内容不明の送金に対して照会することもある。そして、印刷代、郵送料、事務用品代などもろもろの経費を記帳する。

句会を開くのも渋柿社の大切な仕事で、事前の手配として会場の借用交渉、句会の準備とお礼の用意などもする。大きな大会のときは、後援者に対する礼状も欠かせない。

そのほか、同人や家族の吉事凶事のお祝いやお悔やみ、同人への病気見舞い、東洋城や喜舟の病状問い合わせへの返事、激励に対する礼状など、こまごまとした煩雑な仕事が無数にある。

それでも山冬子は、ちょっとした空きの時間があれば、休俳者へ投句をすすめたり、次号は誰に原稿を書いてもらおうかなど、企画内容を練ったり、他誌を研究したりもする。

もっとも、山冬子は勤めがあるため、夜間と日曜日はすべて「渋柿」の業務にあてたが、それでもできかねることは妻の夏川女が受け持つしかなかった。夏川女は「土筆会《つくしかい》」という女性を対象とした俳句会の新人指導もしていたし、主婦として家事もしなければならない。しだいに疲労が積み重なり、やがて病床に就くようになった。

東洋城、「芸術院賞」を受賞する

昭和二十七年の六月号に、この年「芸術院賞」を受けた山鹿清華《やまがせいか》が次の一文を寄せた。山鹿清華は京都の染織家・工芸作家で、長年、戦前の「渋柿」表紙を飾ったり、東洋城の百短冊の絵を描いたりしてきた人物である。

「東洋城先生は京大時代から宣伝嫌いは有名で、もとより名誉とか表彰とかを考えてはおられますまいが、今度の渋柿継承という先生畢生《ひっせい》の事業を受け継がれた諸彦《しょげん》（皆様方）は、全責任と義務があると思います。まず東洋城先生を現在の日本に再認識させ、芸術院会員にせねばならぬと思います。たとえそれが先生の意志に反することであっても、明治大正昭和の俳句界に尽くされた功績に対して、芸術院会員にするのが当然であります。それは先生のためなるのみならず、日本の文学史上に誤られざる正しき記録をするという点からも必要なことであります」

この願いは、東洋城が隠退して二年後の昭和二十九年に現実のものとなり、東洋城は日本芸術院会員に任命された。俳人としては高浜虚子に次いで二人目である。

日本芸術院は、美術・文芸・音楽・演劇など、芸術のさまざまな分野において優れた功績のある芸術家を優遇し、顕彰するために置かれた国の栄誉機関で、その賞の授賞式は天皇・皇后が臨席して挙行される。東洋城にとっては畏れ多くもあり、またこのうえない喜びでもあった。

吾が車大内山へ霞かな
階《きざはし》や下駄を草履に春の風

春床し御首飾《ネクタイ》の縞色目
春海の伊勢鰕やトロリ葡萄酒煮
焙《あぶ》り肉に鮮菜雪や春宴

大内山とは皇居のことで、東洋城は懐かしい宮中へ黒塗りの自動車で行き、晴れの式典に臨んだ。年中、着流しに下駄履き、ハンチング帽姿という東洋城も、この日ばかりは絹の紋付き羽織袴という姿で、草履を履いての出席である。天皇のネクタイにも観察の目を光らせ、授賞式のあとに催された祝宴の豪華なメニューも句に詠んだ。

むろん、「渋柿」の全会員もひとしく祝福し、東洋城の長年の努力がついに認められたと、感慨無量の同人も多かった。

この日本芸術院会員の制度は終身制で、年金が授与される。そうした意味でも、東洋城はむろんのこと、同人各氏もこの受賞で安堵する心持ちがあった。

この受賞に対し、友人の小宮豊隆は、こんな文章を寄せた。

「私の従兄で、昔砲兵工廠《ほうへいこうしょう》に勤めていた工学士の技師が、俳句の先生を紹介してくれというので、私は東洋城に頼んで行ってもらうことにしたが、しかししばらくすると従兄は、東洋城先生はどうもやかましくて困ると言い出した。東洋城は自分のいいと信じるところを人に説くのはいいが、その説くところから一寸でも一分でも、ちょっとでもそれると、黙って見ていることができない。つまり自分があるくとおりに、弟子をあるかせないと気がすまないのである。これは東洋城が『殿様』で、従って自分はこれを正しいと信じているが、しかしその正しいと信じているところがはたして正しいかどうかと、自分で疑ってみたことが、これまで一度もなかったせいではないかと思う。東洋城は俳句においては、自分は子規の弟子ではなく、漱石の弟子であると、公言している。また東洋城は、芭蕉を尊敬し、自分は芭蕉の道をあるいているのだと、自認している。しかし漱石は無論のこと、芭蕉でも東洋城のような『殿様』ではない。さんざ迷い、疑い、悶え、悩みしたあとで、ようやく自分の道を築き上げているのである。その点で東洋城はもっともっと苦労する必要、苦労人になる必要があったと思う。

今度、東洋城が芸術院の会員に選ばれたのは、その点で友人としてありがたい気がする」

すこしばかり「やれやれ」という思いと、「まあ良かった」という思いが混じり合っている。東洋城が芸術院賞を受けるにあたって尽力したのは、久保田万太郎という説もあるが、漱石門下の後輩で、戦後すぐ文部大臣になった安部能成《あべよししげ》によると、それは小宮豊隆だという。

晩年の東洋城と周辺の人々

「渋柿」の印刷は日比谷印刷から三光印刷に移り、それからの編集・制作はずいぶん楽になった。同人の個人句集の依頼も相次ぎ、十数冊が次々に刊行され、加えて昭和三十二年には『新渋柿句集』五巻を上梓したため、山冬子の忙しさたるや、まさに筆舌に尽くしがたいものだった。

この『新渋柿句集』刊行にあたっては、牧野蓼々《りょうりょう》ら四人の同人が山冬子の家に集まって編集を助け、それが完成したあとも引き続いて毎月の「渋柿」誌を手伝うようになった。また発送の宛名書きは鈴木光女が見かねて奉仕作業をした。寝込みがちだった夏川女は、その後しだいに回復し、昭和三十四年には句集『花径』を上梓するまでになった。

しかし山冬子は、忙しい状況は相変わらずのうえ、正力松太郎の推薦により東京オリンピックに向けて日本武道館建設に参画することになり、さらに多忙を極めた。

ある冬の夜、山冬子が入院している夏川女に、

「明日は日曜だが、渋柿二月号の発送準備があるから来られない。月曜の朝来るからね」

と言うと、夏川女は心細そうに、

「私、今度はもうよくなれないと思うの。だから、あなたにはできるだけここにいてほしい。あなたは私が大事なの？　渋柿が大事なの？」

と、夫の顔をじっと見つめながら問いかけたが、山冬子は返事ができず、ただ黙っていた。夏川女もそう聞いてはみたものの、聞くまでもなく返事はわかりきっている。二人は手を握り合って泣いた。

この入院中には東洋城も見舞いに来た。

「山冬子君、夏川女君、本当にすまない。夏川女君は渋柿の犠牲になったね」

と詫びた。

昭和三十九年三月、夏川女は亡くなった。山冬子が、軽井沢に避暑中の東洋城へ追悼句集『心月抄』を送ると、東洋城から「夏川女終焉記」を繰り返し読んでいるという返事があった。

そして、夏川女を悼む句を贈った。

　　絶えしとや松の葉末の春嵐

だがこの年、東洋城自身もさまざまな点で体力の限界を感じつつあった。

東洋城は、昭和三十四年ころから同人の松岡凡草夫妻に何かと世話になるようになった。

松岡凡草は愛媛県北条（現松山市）の生まれで、東洋城と同じ松山中学を卒業した。一橋大学を卒業後、日本勧業銀行に入行し、退職後、東京日野モーターの専務などを務めた。

凡草はまだ若かったころの大正十四年に胸を患い、故郷に帰って養生していたのだが、そのころ俳人の仙波花叟《かそう》から指導を受け、「渋柿風早《かざはや》句会」に入会して俳句をつくるようになった。昭和三年に上京し、渋柿本社が開いた句会に出る機会があってはじめて東洋城と出会ったのだが、同じ松山中学の出身だったことがわかって親しみを感じ、東洋城も凡草の天真爛漫で大らかな性格が気に入って、親しく指導するようになった。

しかし、凡草は昭和五年から地方回りや外地の支店へ転任したため、再び東洋城の指導を受けるようになったのは、昭和十九年に埼玉県の浦和市へ転任してからであった。

戦争中、東洋城は渋柿社や自分自身の大切なものを、凡草の勤める日本勧業銀行の金庫へ預けた。また終戦後は、GHQに「渋柿」発行の許可を受けなければならないので、その手伝いなども凡草に頼むなど、なにかとつながりがあった。東洋城は凡草の自宅へもたびたび訪れて松山出身のキミエ夫人とも仲良くなり、夫人もやがて六花女の俳号を持ち、俳句をつくるようになった。

昭和三十三年六月、凡草は東洋城から「プリンスホテルへ来てくれないか」という連絡を受けたため行ったところ、庭園の奥の方の椅子に座っていた東洋城が手招きするのでそばに座ると、元気のない顔で、卓四郎の家族が家を売却することになったので、家を出なきゃならないと言う。卓四郎は昭和二十二年、六十二歳でこの世を去り、東洋城はその遺族と同居していたのだが、家人は東洋城に要らぬ心配をかけても、と思ったのか、家を売却することは事前に相談がなく、東洋城には突然の話のようであった。

凡草を呼んだのは、まずは借家を探してほしいということと、どこかに書庫を建ててほしいということだった。東洋城は品川区の上大崎にあったこの家の二階を鶴翼楼と名づけ、戦時中など一時期を除いて昭和九年から住んでおり、八十一歳という高齢になって新たに住処を探すことなど思ってもいなかったようだった。

凡草は驚いて末弟の松根宗一と相談した。宗一は、凡草と同じく東京商科大学（一橋大学）を卒業し、日本興業銀行へ入行したという似たような経歴をもつ。そんなこともあって、以前から親しくことばを交わす間柄だったのだが、戦後、宗一は原子力産業会議の常任理事や副会長をつとめるなど、財界でも顔の利く存在になっていたため、相談相手として選んだのだった。

その結果、現在の上大崎から比較的近い港区高輪の渋沢家の二階に移ることを決め、契約の際には凡草が保証人になった。また書庫は、新宿区戸塚にある凡草宅の庭へ一棟新築し、そこへ大量の書籍などを運び込んだ。

凡草は銀行本社で宝くじ部長などを務めたあと、昭和二十九年から品川の日野ルノー社に勤務していたため、東洋城のいる高輪には近く、たびたび行っては何かと世話を焼き、入退院や外出で車が必要なときには凡草の自家用車で送り迎えをした。

やがて東洋城の借家暮らしや自炊生活を見かねた松岡夫妻は、息抜きのための小さな庵を提供し、東洋城の面倒を見るようになった。

「先生も、もう食事づくりは大変でしょう。家内の手料理で良ければいつでもおいでください」

そう言われると、東洋城は有り難かった。八十歳になるまでは、年齢のわりには元気だったが、八十歳を超えたとたん、炊事はもうやりたくないと思うことが多くなった。

いつだったか、デパートにガス湯沸かし器を見に行ったとき、そこにいたガス会社の社員がカタログを見せて説明してくれたので、これなら買えそうだと思った一番安いのを欲しいというと、それは売り切れていて、近くのサービス・ステーションにならあると言う。その社員は「ご自宅までお届けしましょうか」と言ったが、「いや、これからすぐそこへ行って使い方を教わりたいから、君、一緒に行ってくれたまえ」と言って、そこまで歩いて見に行ったことがあった。

途中、ちょうど昼時で、その社員がそば屋の前を通りかかったとき、「そばでも食べませんか」と誘うので、入って天ぷらそばを食べた。そのとき名前を尋ねられたので「松根だよ」と言うと、即座に「東洋城先生ですね」と言ったので、自分のことを知っていて今まで知らないふりをしていたのかと、すこし腹が立ち、「知っているのかっ」と言ったら、「いえ、初めてお目にかかりますが、なんとなく、普通のかたには見えませんでしたので……」と言ったので、それならと目くじら立てるのをやめた。

結局、その湯沸かし器はマッチで点火するのだが、手が震えて火が点かず、二十本くらいマッチを替えたので、これではちょっと危ないなということになった。もう自炊をするのも無理な年齢だということが、このことからも身にしみた。

夏は相変わらず軽井沢へ避暑に行ったが、昔借りたような山小屋に暮らすのは、もう今の東洋城には無理だった。若いころのように、山道を歩くことすらままならないからである。このころからは、中軽井沢駅近くの国道一八号に面した牛乳屋の二階を借りて自炊するようになり、その後、同じ家の裏手にある離れに移った。

以前、仲良くなった数学者の吉田洋一夫妻も夏には毎年避暑に来るので、牛乳屋からはすこし遠いが、時々バスに乗って遊びにいった。洋一も時折は遊びにきたが、はじめて来たときは部屋のなかが乱雑なのに驚き、ちょっと入るのをためらうそぶりを見せた。頭の上には下着類が紐にかけて干してあり、自炊用の鍋や釜、机、本、衣類などがあたり一面に散らばっている。その中に幅の狭い万年床が窮屈そうに横たわっているので、東洋城から

「さあ、すわりたまえ」と言われても、どこにすわっていいのかわからない。

「先生、ずいぶん散らかってますね」

洋一があたりを見回しながらそう言うと、

「ああ。年を取ると、もう面倒で掃除をする気にならないんだよ。ただ、食べることだけは、やめると死んでしまうから、しかたなくやっているがね」

そのことば通り、吉田夫妻が車を停めて牛乳屋の裏口から入っていくと、東洋城は取り散らかした部屋の隅で、外にある流しの前にすわり、まな板の上で何か野菜物を切り刻んでいたりした。

東洋城はそれでも、秋になると京都、冬には箱根湯本と、全国各地へ小旅行をして楽しみ、疲れてくると凡草や六花女のいる東京に戻って心安らかなひとときを過ごした。

しかし八十も半ばを過ぎると、頭もしっかりしていたし、声も張りを失わなかったが、身体のほうは目に見えて衰え、姿勢の良かった東洋城の長身が腰のあたりで曲がったままになった。

昭和三十八年、八十六歳になった東洋城は、腰や脚に疼痛はあったものの、やはり夏には軽井沢へ行って一年ぶりに吉田夫妻に会った。けれども、話すことは気弱な感じになり、

「僕はもうじき、死ぬのかもしれないという気がするよ。そう決まっているなら、やっておかなければならないことがいろいろあるんだが、そうはっきり決まっているわけでもないしね」

そうしんみり言うと、吉田夫妻はなんと言っていいかわからず、困って顔を見合わせた。

四年前の昭和三十四年には、長年ライバル視してきた虚子も脳溢血で永眠し、東洋城は虚子のことも「昔は良い句をつくった。一番話が合ったのは、虚子だった」と懐かしむような言い方をするようになっていた。

十月はじめ、東洋城は三カ月近くいた軽井沢を引きあげていった。

昭和三十九年二月下旬の夜、東洋城は突然三十九度の高熱を出した。世田谷の玉川病院で診察をしてもらうと、ただの風邪ではあるが、高齢なので肺炎を起こしてはいけないからと、すこし熱が下がるのを待って入院するようにいわれた。東洋城は二、三日たつと熱も落ち着いたので入院した。

やがて平熱になり、健康も回復して、「入院した以上、もっと病人らしくしていてもらわないと困る」と病院側から注意されるほど元気になった。この病院は松林の丘にあり、空気も澄んでいて眺望もよく、小鳥が終日訪れるような閑静なところだったので、凡草は「当分ここで静養したらどうですか」と勧め、東洋城は四月上旬まで入院することになった。

「渋柿」も六百号を迎え、記念号を出すというので、東洋城は病院で原稿を執筆したりもした。

退院してからは、あちこちへ出かけていたが、外出先で気分を悪くすることがあったので、一度人間ドックへ入って検査するように医師から言われ、国立大蔵病院で検査したところ、心臓がすこし悪いのと動脈硬化があるが、いわゆる老人病といったレベルで、たいしたことはないということであった。

そのうち暑い日が続くようになり、松岡夫妻は「今年は、軽井沢へ避暑に行くのは無理ではないですか」と東洋城に言ったが、「ここ何年も、東京で夏を過ごしたことはないし、医師に聞いたら、行っても良いと許可も出た」と言って、七月末頃、軽井沢へ行った。そして、東洋城から「疲れがとれなくて困るけれども、暑さが避けられて何より」という便りが軽井沢からたびたびあった。

東洋城は九月中旬には帰京し、三越で開いている同人の個展に出かけたりしたが、そのときまた気分が悪くなり、休憩室で一時間ほど横になり、しばらくして帰宅した。

その夜、東洋城が「具合が悪い」というので、翌朝、凡草は弟の宗一と相談し、また大蔵病院へ入院させることになった。ところが病室の手配ができたころ、東洋城から「もう気分も良くなったし、身体の具合もいいから、今日入院するのは見合わせたい」と松岡夫妻にわがままを言う。松岡夫妻は無理に入院をさせるわけにもいかないので、二、三日ようすを見たうえにしよう、ということにしたのだが、東洋城がまた気分でも悪くなったのか、「すぐ入院したい」というので、凡草はあわてて車で病院まで送った。

東洋城はすこしのあいだだけ入院するつもりで、荷物も当座のものをすこし持っていっただけだったので、要るものがあると、自分で高輪へ取りに帰ったりするほど元気になった。しかし十月十七日の凡草への電話では、二、三日中に退院するつもりでいたが、昨夜、ちょっと頭の具合が悪かったので退院はすこし延期することにしたという話だった。元気になったといっても快癒したわけではなく、調子が良かったかと思うと、突然悪くなる波が襲ってくるという感じで、東洋城も自分の身体のことながら測りかねるところがあった。

昭和三十九年十月十九日、松山から東京まで寝台列車で来た武智仲志《ちゅうし》は、その朝、品川駅へ降り立ち、東洋城の住まいである高輪の渋沢家へ行った。そこで東洋城の入院先である大蔵病院への道を聞くと、その足で病院へ向かった。

病室に行くと、東洋城は案外元気そうにしている。仲志が最後に別れて以来の無沙汰を詫びたり、見舞いのことばを述べたりしていると、東洋城も入院までの経過などをあれこれ話した。

そうこうしているうち、病院の早めの昼食が来たので、仲志はそれを機に帽子を手に取り、

「先生、それじゃあそろそろ失礼します。お大事になさってください」

とあいさつをしてその場を去ろうとした。その日は久しぶりの上京なので、山冬子に連絡を取り、夏川女に線香を上げさせてもらったあとは美術館巡りでもしようかと、あれこれ予定を立てていた。

だが東洋城は、

「まあ、そんなに急がなくてもいいじゃないか。そうだ忡志君、僕は今日、午後、風呂に入ることになっていてね……君だから頼むんだが、介添えをしてくれないだろうか」

と言う。武智の本名は武智忠吉《ただよし》というが、東洋城はいつも呼ぶときは忡志君と言っていた。

忡志は、東洋城が松山に来ると道後温泉へ行き、ときには伊香保温泉、ときには忡志の家でという具合に、東洋城とは何十回も一緒に風呂に入って背中を流した。東洋城は常々、自分の都合優先で、相手のことなどあまり考えなかったが、八十六歳という高齢になり、入院して医師や看護婦からあれこれ指図される身になっても、以前とちっとも変わらない。相変わらずわがままだなと、忡志はむしろ微笑ましく思い、それにこのところめっきり皺が深くなった東洋城の顔を見ていると、一人暮らしの身の上が気の毒にも思え、もうすこし残って相手をしようという気になった。

「誰かそばにいてもらわんとね。風呂の中でもしものことがあった時に困るからね。それにね、僕はまだ君に言いたいことがあるんだよ」

そんな東洋城の言い訳めいたことばまで聞くと、忡志はすべての予定を取り止めにし、入浴の介助を手伝わねばならんなと思った。

忡志が外へ出て食事をすませ、病室へ戻ると、もう東洋城の食事は下げられていて、ベッドの上で新聞を見ていた。

「先生、新聞の字が読めるとは、眼はまだまだお達者ですね」

「いや、この小さい字は読みづらくてね。大きな活字の漢文や漢詩の本をもってきてもらって、それを時々見ているんだがね、先日は赤壁の賦を句にしてね、今度の号と、次の号の分を渋柿へ送っておいたよ」

「そうですか。ところで先生、松山東高校から、校友会誌の原稿依頼が来ませんでしたか」

松山東高校は、松山中学が学制の変更によって高等学校になったもので、東洋城の母校である。忡志は松山東高に行っている次女が校友会誌の編集委員になっており、東洋城がまだ原稿を書いていないようだったらぜひお願いしてきてほしいと頼まれていたので、そのことを尋ねると、それなら中学時代のことを書いて先日送っておいたと東洋城は答えた。

「そうでしたか。うちの次女が編集委員になっているんですが、編集会議のとき、学校の先生から松根東洋城先生へ原稿をお願いしたと聞いて、娘が『東洋城先生は私が小さいころたびたびうちへ来られて、よく隠れんぼをして遊びました』と言うと、先生はびっくりしたそうです」

「そうかね。そりゃびっくりするだろう。あの子が、もうそんなことをする年になってるのかね」

東洋城は懐かしそうに言って、笑った。

「僕も松山中学校にいたころ、渡部君と新野《にいの》君の三人で校友会誌の編集委員をしたことがあったよ。ことによると、僕の原稿も、あれが絶筆になるかもな——。校友会誌が出たら君も読んでください」

「絶筆などと……何をおっしゃるのですか、先生。芭蕉のことなど、これからもどんどん書いていただかなくては」

「僕もね。言い遺したいことがたくさんあるので、すこしでも分かってもらおうと『芭蕉と私』なども書いたりしたんだが、しかし無駄なんだな……。大体、僕の教え方がまずかったんだね。今の渋柿の同人は、僕の言うことが何か気に入らんらしく、受け取ってもらえない。これは、と僕が将来を嘱望したような人でもそうなんだ」

長年やかましいほど俳句の道を説いてきた東洋城が、最晩年ともいうべき年齢になってこんなことばを洩らすのかと、忡志は東洋城が痛ましく、そのことばが胸にこたえた。

話をそらすように、東洋城は中学時代にいた教師たちの話を始め、国語の先生のことから国語問題になり、やがて話は古典へ入り、当然のように芭蕉が出てきた。何度か似たような経験があった仲志は、これはいつもの話になっていきそうだと感じ、

「先生、あまり話を続けては、お疲れになるんじゃないですか」

と制したが、東洋城は
「自分で疲れたと思ったら、勝手に話をやめて眠るよ」

と話を進める。

「仲志君、芭蕉の連句はいいよ。本当にいいよ。まったく驚嘆するよ」

「そうですか」

「ああ。芭蕉の句は、みな離れ業《わざ》だね。連句になると、ことにそうだよ。

　方々に十夜のうちの鐘の音
　桐の木高く月冴ゆるなり
　門しめてだまって寝たる面白さ

本当に、なんというかね、小憎らしいくらいだよ。想像で作った句なんだろうが、よくこういうのが作れるものだね。桐の木は伸びて高くなるものでね、実の落ちてしまった高い桐の木の、さらに高いところに月がある。昔から武家屋敷などは、こんなだったろうね。そのあとが、門しめてだまって寝たる面白さ、だ。いいじゃないか。まったくよくこんな句ができるものだと思うね。

　そしてね、『梅が香の巻』にはこんなのもある。

　隣へも知らせず嫁をつれてきて
　屏風の陰に見ゆる菓子盆

実に、神業じゃないか。離れ切ったと思うくらい離れ切った句。それが付いている。そういうのが、ほかにもいくらでもある」

「先生。そういえばあの巻に、

夜もすがら尼の持病をおさへける
こんにやくばかり残る名月

というのがありますが、私は、あれがよく分からんのです」

「忡志君、分かろうとするのが間違いだよ。味わうんだ。すこしは僕の言ったことを覚えてくれなけりゃ」

忡志は、東洋城の説教がまたはじまりそうだなとすこし警戒し、あまり興奮させないよう静かな声で、

「しかし、先生。味わおうにも、残ったこんにゃくと尼の持病にどういう関係があるのか、それが分からないことには味わいようがないんです」

と言うと、

「それはね、名月の夜、大勢でお月見のごちそうを食べるんだが、いろいろなものがあるだろうね。だが、こんにゃくはうまくないから、これだけが残る。鍋に煮たのが冷めたまま残っているとかね。人々は食い散らかして、寝てしまったり、帰ったりしてしまった。そして、こんにゃくばかりが鍋に残る。尼さんの持病を押さえるのは、昔からよく、腹具合が悪い時にこんにゃくをぬくめて腹を暖めるのに使ったじゃないか。あれだよ。どちらへも付かないところを見んといかんよ。そして、それがどちらへも付いているんだ。しかし、付きすぎると余情がない。あったとしても、これっぽっちしかないんだ。仲志君、連句をよく読みたまえ。俳諧を押さえて、そして俳句をつくってほしい」

と東洋城が説明し、ああなるほどと、忡志は頷いた。

「先生。今の桐の木や、屏風の陰の連句は、『梅が香の巻』ですが、あの巻はいいですね。

藪ごし話す秋のさびしき

お頭へ菊貰はるる迷惑さ

あれも、面白いですね」

「うん、いいね。あの後は何だったかな」

「お頭へ菊貰はるる迷惑さ

娘をかたう人にあはせぬ」

「そうそう、そうだよ。実にいいじゃないか。こういう情景は、芝居にしても小説にしてもいい。まったく自由自在の世界だよ」

東洋城は坐ったまま右手を伸ばして、ベッドの上の小さなテーブルの角を押さえ、

「ここだよ。この一隅《ひとすみ》を押さえて、それで机全体を分からせる。それが俳諧というものなんだ。そこに余情があるんだ。一方をつかんだだけで机が上がるじゃないか。机全体を見せるんじゃない。一隅だけつかんで見せるんだよ」

ちょうどそこへ、婦長が入ってきた。

「君、机を一方だけ持って上げられるかね」

入ってくるなり、いきなり話しかけられた婦長は面食らったような顔をしている。

「えっ、机をですか？　小さな机なら上げられると思いますよ」

「そうだろう。ところがこの人はね、机のぐるりを持たんと、上げてはいかんのだそうだ」

東洋城が忡志を指すと、婦長はなんのことか分からず、当惑したように曖昧な笑顔で忡志を見たので、忡志は

にやにや笑った。

「先生、お風呂の支度ができてますから、どうかいらしてください」

「うん――。その机の一方をつかんで上げてみせるのを、余情というんだ」

「あら、俳句のお話なんですか。俳句のお話はむずかしくてよく分かりません」

婦長は東洋城から今までも何度か俳句の話を聞かされていたのか、ちょっと無愛想に話を切り上げ、そそくさと部屋を出ていった。

東洋城はベッドを降りながら、仲志に浴室までついてきてほしいと頼み、

「僕に異常があったら、すぐ詰め所へ走ってくれたまえ」

と言いながら据え付けの洋服ダンスから着物を出し、寝巻の上に羽織った。

待っていた婦長と並んでゆっくりと廊下を歩く東洋城のうしろを仲志が歩き、東洋城の足取りを見たが、何も心配するほどのことはない。仲志はゆっくりついていった。

浴室に東洋城が入っていったあと、仲志が隣の部屋で待っていると、そこにテレビがあり、スイッチを入れるとオリンピックの中継がされていた。浴室からは湯を流す音と、背中を流す若い看護婦の声が聞こえ、しばらくするとドアの向こうで着物を着る東洋城の気配がした。

「先生、いいお湯でしたか」

仲志が声をかけると
「ああ、いい風呂だった。さっぱりしたよ」

そのことばのあとに東洋城は何か言ったようだったが、よく聞こえなかったので、仲志が立ってドアのところから尋ねると、

「いや、秋風が吹いたようだと言ったんだよ」

と言った。東洋城は、窓の外の木を揺すった一陣の風に気付いて、そう言ったようだった。

背中を流してくれた看護婦に礼を言って、二人で廊下をゆっくりと歩き、病室へ帰りつくと、東洋城は忡志の介添えでゆったりとベッドへ身体を伸ばした。

「そういえば、十四王《じゅうしおう》は元気かね」

東洋城は松山近辺にいる同人の誰彼の消息を尋ねた。伊予の同人たちは親類のようなもので、東洋城もみなの安否が気にかかると見え、忡志が最近のようすを話すと頷いて聞いていたが、ふと起き上がってサイドテーブルの扉を開けると、

「これ羊羹だ。鶴八のだよ。子どもさんに持って帰ってくれたまえ」

と言って手渡した。忡志が礼を言って受け取ると、東洋城はまだうつむいて何かを探し続け、別の菓子を出す。忡志は固辞したが、東洋城はどうしても持って帰ってくれというので、恐縮しながらカバンへ入れると、その入れ方に気に入らなかったのか、

「君、それでは菓子がくずれるよ」

と言い、これに入れるといい、と紙箱を出した。東洋城は忡志がそれに菓子を入れてカバンへしまうのを待って、

「これをね、帰りにポストへ入れといてくれたまえ」

と封書を差し出した。東洋城はまだ忡志を帰したくないのか、渋谷へ行くのなら、ポストのところにバスが停まるからなどと、あれこれ世話を焼いた。

やがて三時が過ぎ、三時半が来た。さすがに忡志は、もう帰らねばと腰を上げかかると、

「僕はね、意識が分からんようになって長く生きているのは嫌なんだ。しかし、脳はだんだん衰えていくだろう。

死ぬ時は、迷惑をかけないように逝きたいと思うんだが――」

東洋城は死についての具体的な話まで持ち出し、東洋城との思い出づくりのためと思ってお相手してきた仲志の心はしだいに冷えてくる。東洋城はそんな沈鬱な顔から察したのか、言い訳をするように、小宮豊隆がもう長く寝たきりになっているのだと言った。

「そうなんですか。小宮先生が……」

「うん、脳が弱ってしまってね、もう二年くらいになるかな」

「先生も、院長や看護婦さんの言うことをおとなしく聞いて、よくご養生なさってください」

「僕はおとなしくしているよ。本当なら、もう家へ帰ってもいいくらいだろうと思うんだけど、院長が帰してくれんのだよ。僕は自炊してるし、これから寒くなるだろう。それで退院させないんじゃないかと思うんだが――。そういえばこの病院は近々鉄筋コンクリートに改築するそうだよ。院長が新築の第一号室へ、最初に先生をお入れしますよ、などと言うんだけどね」

「そりゃあいい。それじゃ来年の春まで入院するおつもりでゆっくり構えて、一年でも一日でもご長命でいてください」

仲志がそう言うと、

「いや、僕がいなくなったっていいじゃないか――」

東洋城は、声は低いがしっかりした口調でそう言った。仲志はハッとして、死を覚悟した東洋城のような人に社交辞令のようなありきたりなことばは無用だったのかと、自分のうかつさを突きつけられた気がした。

「僕がいなくても、芭蕉があるじゃないか。仲志君、芭蕉を読んで下さいよ。芭蕉が乗り移るぐらい読むんだよ。僕もこんないいものがあるぞと、もっとみんなに言いたいんだけれど、もうそれができないのが残念だ」

東洋城の目には、澄み切った諦念がある。一生を掛けて俳句を追究してきた人がおのれの限界を悟ったかのように、自分などいなくなってもいい、芭蕉に還れと言っている。忡志はそのことばから文学に懸けた東洋城の人生に思い至り、黙って頭を下げた。

「先生、じゃあ、そろそろ失礼します」

「もう帰るかね。よく来てくれた――」

「長いことお邪魔しましたが、疲れませんでしたか」

「何も疲れはせんよ。久しぶりによく話したし、君に話しておきたいことも言ったから、今晩はぐっすり眠れるよ」

忡志は立ち上がって、傍らに置いていたショルダーバッグを手にした。

「じゃあ君、帰るか」

ちょっとことばを切った東洋城は、渋柿社へも寄るだろうが、山冬子には、自分はこんな具合で何も心配することはないから、くれぐれも来ないように言っておいてくれたまえと言った。

「東京の同人たちにもそう伝えるようにね。忘れちゃいけないよ」

そう言って念を押し、東洋城は忡志の方をまっすぐ見たが、むしろそのことばが、かえって人恋しがっているように忡志には聞こえる。東洋城の瞳には深い孤独だけが残っていた。

「さっきも言ったように、芭蕉を読んでくださいよ。芭蕉をね」

頼み込むような東洋城へ何かことばで答えれば、それが上っ面だけのものになりそうな気がして、忡志はまた黙って頭を下げた。

「奥さんや子どもさんへも、よろしく言ってください」

東洋城はなごりを惜しむように、何度も別れのあいさつをする。

「はい。先生も、くれぐれもお体大切に。さようなら」

仲志も東洋城の瞳をじっと見つめ、頭を垂れた。入り口のドアへ仲志の姿が消えるまで、東洋城の目が仲志を追った。

仲志はドアの外にしばらく佇み、八十六歳になってなお芭蕉を説く東洋城の心を思いやった。仲志はドアへ一礼すると、静かにそこを離れた。

それから五日後の十月二十四日、東洋城は夕方まで来客と話をしたが、夜遅くなってから言語障害を起こし、筆談しなければならなくなったため、専任の看護婦が付きっきりで看護することになった。また、食事も流動食に切り換えることになった。

二十六日になると東洋城は肺炎を併発したので、医師は重態を告げ、近親者へ連絡が飛んだ。

午後三時、衆議院議員の岩動道行《いするぎみちゆき》と弟の宗一が立ち会い、十一月三日の「文化の日」に予定されていた勲三等瑞宝章の伝達を急ぎおこなうと、東洋城はかすかに目を開いてうなずいた。

山冬子をはじめ、大勢の東京の同人や顔なじみだったその夫人たちも馳せ参じ、東洋城の危篤状態に声もなく、ただそばに立ち尽くすのみだった。深夜に横浜から駆けつけた同人もいた。

東洋城は酸素吸入のマスクを付けられ、苦しい呼吸困難と闘っていたが、やがて安らかな寝顔となり、午前二時、ついにその生涯を閉じた。

東洋城亡き後の「渋柿」

山冬子は、東洋城が死去したあと、「渋柿」の「東洋城先生追悼号」「続東洋城追悼号」「東洋城忌号」の特別号を続けて刊行し、東洋城の長年にわたる作句や指導について、あるいは弟子たちとの交流や思い出などを掲載した。

そしてその業績を顕彰する意味合いもあって、いよいよ東洋城の句集づくりに取りかかろうとしたのだが、以前、東京の同人たちが手分けして作成した句稿は、高輪の渋沢家の二階も、凡草宅の庵もくまなく探したが見つからない。

「先生は、あの句稿をどこへ持っていったんだろう」

「避暑に行った軽井沢に置いているということはないんだろうか」

むろん、山冬子は家主に連絡を取って聞いてみたが、なにも残っていないということだった。

「かなりの量だったから、うっかり落としたとか忘れてきたとかいうことも考えられないしなあ」

句稿の作成に携わった同人たちは、その作業が大変な労力だっただけに、なかなか諦めきれない。ついには、いろいろ推測やら憶測やらが出てきて、

「先生は、ご自分の句集を出したくなかったんだろうか」

「厳しい人だったから、昔つくった句を見て、ここは駄目だ、あそこは駄目だと、いろいろ不満をもたれたのかもしれんなあ」

「それじゃあ、句稿を捨ててしまわれたんだろうか」

「まさか……。先生も、ご自分の作られた句に執着がないわけじゃないはずだ。良い句ができると、大きな紙に書いて額に入れたりもされてたからな」

「ああ、あれだろう！

夕立や並べる山を皆買はう

あの句は、豪放な、いかにも先生らしい句で、ご自分でも快心の作だと思われたんだろう。確か鶴翼楼の客間に掛けてあった」

「うん。だが晩年の先生は、本当に芭蕉を崇拝していたからなあ。芭蕉は妻帯もせず、旅の一生で、自分の句集も残さなかったから、もしかすると先生もご自分の句集を残したくなかったのかもしれん」

弟子たちはそんなことを言い合ったが、山冬子は、そうは言え、東洋城から「つくってはならぬ」と言われていたわけではないので、つくらないわけにはいかない。

句集の編者には、東洋城と同窓で、昭和十一年からずっと「渋柿」に随筆を寄せてくれた安倍能成と、親友の小宮豊隆になってもらうことにし、同人代表として野村喜舟、親族代表として松根宗一が加わった。

みなで相談したところ、結局、もう一度句稿をつくり直すほかないということになり、誰もが内心、東洋城は最後の最後までわがままと頑固を守り通した人だと思わずにはいられなかった。

句稿のつくり直しは、不破博、牧野蓼々《りょうりょう》、阿片瓢郎、野口里井と山冬子の五名がその任に当たり、もう一度東洋城の俳句すべてを書き写した。問題は、そこからどの句を選ぶべきかということだが、選をする本人がこの世にいない以上、誰かが代わってするしかない。しかし、東洋城の人生の足跡であり、年老いてからも命を削るようにして生き、そのなかでつくり続けてきた俳句を選ぶことなど誰にもできはしない。出来が良くても悪くても、これらの俳句そのものが東洋城なのだということですべてを載せることにし、加えて東洋城自身が書いてきた評論や随筆などのほか、寅彦や小宮との連句なども入れて、三巻の「全句集」にすることとした。

また、半年ほど前に渋柿六百号記念の座談会をしたとき、俳人でもあり随筆家でもある楠本憲吉が、先年亡くなった虚子の場合、『高浜虚子全集』はむろんのこと、『年代順虚子全集』などもつくられていてとにかく資料が完備しているのに比べ、東洋城のものは不備なので、ぜひそれを出してほしいといわれたことも、みなの脳裏にあった。

だが、この全句集づくりは渋柿社にとっては大事業で、中心になって編集実務を取りしきる山冬子を、東京在住の不破博、牧野蓼々、阿片瓢郎、野口里井らが助けたが、やはり「渋柿」を発行しながらの句集づくりは山冬子にとって過大な負担となった。

そうした疲れが蓄積していたのか、山冬子は昭和四十年のある日、駅の階段で足首を骨折する不測の事故に遭い、療養を余儀なくされた。またその翌年には、春先に風邪を引いたが、「渋柿」編集のために寝ておくこともできず、強い下熱剤を飲んで校正をしたところ、それが原因になったのか胃がただれてしまい、食事は一切できなくなって、あっという間に五キロほど痩せた。

医師にすすめられて胃カメラで検査をしたところ、胃ガンの疑いが濃厚だと診断され、手術のために入院することになった。ガンということばを聞いたとき、山冬子は考えた。「渋柿」の行く末のことなど、考えることは山ほどあり、悩みが尽きることはない。また自分自身のことも、死に直面した今、覚悟はできているかと自問してみても何も自信はない。山冬子は何日も悩み続けたが、ある日、非力な自分ではあるけれども、やれるだけのことはやったと思うようになり、ふと句が口をついて出た。

露けしや死ぬる時には死ぬがよし

山冬子は、この一句で救われたような気がした。

幸い、手術をしてみるとガンはなく、山冬子は新たに得た命ある日々を、これからさらに大切に使わなければと思うようになった。

しかしその一方で、後世に残るのは作品だけで、十五年間「渋柿」の犠牲になったからといって、勉強を怠った言い訳にしてはならない。自分自身を充実させるためにもっと俳句を勉強したいし、一人で十五年も編集していれば「渋柿」もマンネリになっているはずだから、人から飽きられる前に自ら身を引くべきだとも考えた。辞任の時期は、「渋柿」を引き受けて満十五年、そして『東洋城全句集』が完成するこの年末が最も適していると思い、昭和四十二年十二月号をもって節目にしたいと、野村喜舟に手紙を出した。

山冬子は東洋城に見込まれただけあって、きちんとものごとをやり遂げた。渋柿社を引き受けた当時はなんの資金もなく、銀行から金を借りて発行費用に充てたほどだったが、そのあと節約を続けて資金を蓄え、誰が引き継いでも当分不自由しないほどの経営状況にした。また出版物の刊行も次々におこない、これまた赤字にすることなく、若干の資金ができるくらいの部数を売り上げた。

野村喜舟は同人代表に山冬子辞任の意向について話し、一部の人は留任するよう引き止めたが、山冬子の気持ちを聞くと納得せざるを得なかった。こうして昭和四十一年末、次の発行人を阿片瓢郎に決め、渋柿社と図書刊行会の資産が引き継がれた。

その後、二代目の主宰となっていた喜舟も、東洋城から引き継いで二十五年になったとき、老齢と眼疾のため山冬子に巻頭句の選者を譲りたいということで、山冬子は再び責任ある仕事をすることになった。

また、晩年の東洋城のために庵を提供し、『東洋城全句集』の刊行にも労を惜しまなかった松岡凡草は、昭和四十四年から渋柿社の運営を総括して編集・発行人（社主）になり、裏方的な存在ではあったが、その後の「渋柿」を隆盛に導いた。

そして、凡草が亡くなった昭和五十八年の三月からは、妻の六花女が松岡キミエの本名で編集・発行人となり、さらに平成八年、六花女が逝去すると、そのあと子息の松岡潔が引き継ぎ、一家を挙げて「渋柿」を支えた。

『俳人風狂列伝』の東洋城像と真実

東洋城を取りまく人々は、多彩で温かな人が多かったが、俳人で、生前の東洋城に会い、短い評伝を書いた石川桂郎《けいろう》という作家がいる。

石川が書いた評伝とは『俳人風狂列伝』というもので、これには種田山頭火、尾崎放哉《ほうさい》、高橋鏡太郎、西東《さいとう》三鬼《さんき》ほか、破滅型の俳人や、放浪の旅をしながら句を詠み続けた漂泊の俳人など、強烈な個性をもつ十一人が登場し、人生や世間と格闘しつつ俳句に懸けた、壮絶な生きざまと文学世界が描かれている。松根東洋城はその中に収められている「葉鶏頭」という章に、個性的俳人の一人として登場する。

著者・石川桂郎は本名・石川一雄といい、明治四十二年、東京の三田に生まれた。家業の理髪業をしながら、杉田久女《ひさじょ》に入門して俳句をつくるようになり、昭和十二年に石田波郷《はきょう》が「鶴」を創刊すると、すぐさま投句して同人となった。また、昭和十四年には作家横光利一を知り、生涯文学上の師としている。

石川の筆致は軽妙洒脱で、短編集『剃刀日記《かみそり》』は芥川賞候補、『妻の温泉』は直木賞の候補になったほどである。この『俳人風狂列伝』で石川は読売文学賞を受賞し、俳人としての全業績には「蛇笏《だこつ》賞」が贈られ、『含羞《がんしゅう》』で第一回俳人協会賞を受賞した。

戦後、石川は「俳句研究」「俳句」といった俳句雑誌の編集長を歴任した。東洋城に会ったのは、「俳句研究」に携わっていたころで、東洋城が芸術院賞を受賞したことで特集をしたとき、石川自身が本人に会い、その時の話も『俳人風狂列伝』に加えられた。

東洋城が、石川の訪問を受けた当時住んでいたのは、

「通称目黒の火薬庫の前に現在でもある鰻屋の裏あたりで、外見からすればかなり広大な屋敷だったと思うが、塀は破れ、門の瓦は落ち、玄関の戸も軋んで思うように動かず、案内を乞うと出て来たのは東洋城その人であった。女中ひとり雇っていない様子、通されたのは玄関の次の間で四畳半くらいの狭い部屋、空家の一間だけを借りているような感じといった方がわかりよいかも知れぬ」

とある。そして、雑多な生活用品に囲まれ、どんぶりに豆腐が一丁浮いていたなどと、わびしげな老人の独り住まいのようすも描写されていた。

この本が出版されたのは昭和四十八年で、東洋城が亡くなって十年近くたったころなのだが、これには、石川が直接会ったときの話に加え、かなりの東洋城のスキャンダルが書かれている。

大正八年、東洋城が宮内省を辞めたときのことは、柳原白蓮ではない別の女性が関係したもので、

「実は東洋城に愛人があった。同じ式部官である某男爵の夫人と深い恋愛関係があって、大正七、八年ごろ夫人との現場を男爵に押えられ、十五年間勤めた式部官を退職せざるを得なくなってしまったのである」

と、人妻との関係が発覚したため、やむなく退職を余儀なくされたとある。

「葉鶏頭」というタイトルも、いつの年からか、秋になると東洋城の住んでいる借家の庭が葉鶏頭で埋まるようになり、この草花を彼は大切そうに眺め、人にも自慢したのだが、男爵夫人との恋が悲恋に終わったのはちょ

うど秋のさかりで、密会の邸内に葉鶏頭が群がっていたことから、ひそかに意中の夫人を慕い、葉鶏頭を自宅の庭に植えていたのだという噂話をもとにしている。

また、『俳人風狂列伝』には、弟子たちが大挙して渋柿から脱退した話も出てくる。

その理由として、連句に対する考え方に賛同できない弟子たちが東洋城に不満をぶつけたが、東洋城は聞く耳を持たない。それで連句の連衆は「渋柿」から離脱して新誌を起こすほかないと考え、ひそかに準備をはじめたのだが、同人の一部にそうした動きが知れると、連句だけでなく俳句の作者まで脱退を企てるようになり、意外な数に上った、とある。

昭和九年、東洋城は満州の同人に招かれ、六月二日から一カ月半にわたる満州旅行に出発した。神戸から船に乗って中国に渡り、大連を目指す大旅行である。

離脱派は、東洋城が日本を留守にするこの間、新誌名が決まり、構想も具体的になってきたので、発行前に先輩格となるY氏にあいさつするのが礼儀だろうと銚子のY邸を訪ねた。ところが、ここで思いがけない話をY氏から聞いた。

「過日、東洋城がY邸に泊まった折のこと、夫人が別室に床をのべていたときであろうか、暴力をもって東洋城が夫人を犯そうとした、それを知ったYが短刀をつきつけてその無礼をなじり謝罪させたという。Yは東洋城と絶交状態となっていたのだ。

Yが新誌に走ると彼についていた多くの弟子もこれに従ってしまい、迎えた側にとってはこの上ない喜びとなった」

この事件のため、「渋柿」は半数近い同志を失ったとある。

つまり当初は、連句や俳句に対する考えの違いから何人かが「渋柿」を離脱したのが、東洋城がY氏の妻に不埒《ふらち》なことをしでかし、絶交していたY氏が誘いに応じて新誌へ行ったため、さらに離脱する同人が増えたというのである。

「渋柿」から同人たちが大量に離脱したのは、昭和九年に「あら野」ができたときなので、このときのこととして当時をたどっていくと、「あら野」の発起人たちは東洋城が満州へ旅立った直後、同人の主だった人を「あら野」に引き入れようと、すぐ行動を開始した。

先に出たY氏とは誰か――。銚子に住んでいてアルファベットがYということであれば、余子《よし》。小杉余子を措いてほかない。

小杉余子は神奈川県小田原の生まれで、本名は義三《よしぞう》という。生まれてまもなく東京へ移り住み、近くの中井家と懇意になって出入りするうち、同家が営む中井銀行に十七歳のとき社員として採用された。余子は真面目で仕事熱心だったため、若干二十六歳で支店長に抜擢され、埼玉県下の支店に転出した。高等教育も受けていない、いわば小僧上がりの一社員が十年とたたぬうちに支店長に昇格するというのはかなりの出世であった。

余子が俳句をはじめたのは、銀行に入った翌年の十八歳のときで、その頃、日本橋で大きな海産物問屋（俳書堂主人・籾山梓月《もみやましげつ》氏の本家）を営んでいた籾山柑子《かんし》が東洋城の俳句仲間で、余子は柑子に紹介されて東洋城門に入った。そのときの余子は、唐桟縞《とうざんじま》の仕事着に前垂れという古風ないでたちであった。

そのころ東洋城は宮内省に勤めながら「国民俳壇」の選者をしていて、そこが活動舞台になっていた。東洋城選になってから、南仙臥《せんが》・野村喜舟・尾崎迷堂・大村胡刀というような人々がぞくぞくと入ってきて、「国民俳壇」は新人の登竜門のような形となっていた。

東洋城門に入った余子も、ほどなく「国民俳壇」に出句しはじめたが、その頃から余子の俳句は秀でていて、たちまち同輩を抜き、あるときなどは国民俳壇一回分の十句を独り占めし、人々を驚かせたこともあった。俳誌「渋柿」が創刊されると余子はさらに勉強し、東洋城選の雑詠欄《ぞうえいらん》「巻頭句」はなかなかの厳選で掲載されるのも難しかったが、余子の句はやはり巻頭句の首位を占めた。

大正十二年には、それまでの作品を集めて最初の「余子句集」を渋柿社から出版。東洋城が個人句集の出版を許すことはめったになく、それは東洋城が余子という愛弟子をいかに重く見ていたかというあらわれでもあった。

余子は中井銀行の支店長として主に埼玉県下の支店を歴任したが、最後には千葉県銚子市の昭和銀行支店長になり、同地に永住することを決めた。しかし「あら野」が創刊された昭和十年、余子は銚子支店長から本店の調査役に任ぜられたため、銚子から上京して本郷の花水館という旅館を仮住まいとし、土曜に銚子の自宅に戻って、月曜の朝、上京するという生活を二年間続けた。

それまでの余子は、どちらかというとあまり社交的でなかったことや、地方での勤務が長かったこともあり、「渋柿」の同人とは交際していなかったのだが、「あら野」発足後は東京で単身生活をする身軽な状態になったこともあり、しばしば花水館で句会を開き、親しく接するようになった。「あら野」の連衆は、余子はわずか二十六歳で支店長になった人だけに頭脳俊敏であることはあらかじめ予想していたが、実際は誠実一路というよりもなかなかの皮肉屋で、うっかりしていると寸鉄人を刺す、毒舌を弄する油断ならぬ人物だとわかった。

「あら野」の巻頭句は、星野石木、上甲平谷《じょうこうへいこく》、南仙臥の三人が共選し、別欄として余子選の「洗心集」が設けられたのだが、「あら野」の読者たちが一番ショックを受けたのは、余子が囲み記事として書いた「片々録《へんぺんろく》」の辛辣《しんらつ》さであった。ある同人は、

「文は城師を批難するが如くまた揶揄《やゆ》するが如く、品のないこと夥《おびただ》しいものを感じた。これでは怨念である」

と失望したほどだった。しかも、それは創刊号だけでなく、二号にも三号にも続いたため、裏で何かあったのではないかと感じさせるものではあったという。

世間では「あら野」ができたとき、余子がその主宰者であるかのように思った人が多かったが、実際は顧問ないし相談役といったところで、余子自身は肩書きなどに恬淡《てんたん》としていた。

まだ少年の面影さえ残っていた十代のころから東洋城に師事した余子と、才能ある秘蔵っ子として彼を慈しんできた東洋城は、いわば長年、師弟愛をはぐくんできた間柄である。泊めてもらった弟子の家で、その妻を暴力によって辱《はずかし》めるようなことを、酒も飲めない東洋城が本当にしたのかどうか――。

さらに『俳人風狂列伝』では、東洋城が「渋柿」から隠退したときのことは次のように書かれている。

「いくら健康上の理由があるとはいえ、また俳壇など眼中にないにせよ、一年を旅に明け暮れ、行く先々で俳諧道場を催す古武士東洋城が、隠居とは辻褄の合わぬ話だ。この話の裏にはやはり、実は…といった話がかくされていたのである。

郷里宇和島と東京を往き来していた東洋城は、折から外国勤務のため出張中の『渋柿』同人某の夫人と関係を結び、帰国した夫にその事実が知れてしまった。激怒した夫は、宇和島の同人幹部と協議のうえ、その席に東洋城を呼び『渋柿』から即刻隠居するよう強談判《こわだんぱん》に及んだ。一言もない東洋城はそこで、今までどおり表紙の四だけは自分のため使わせてもらいたいと頼み、独吟歌仙、俳句、雑文等をここへ掲載する同意をやっと得たのだった」

東洋城の、七十五歳という高齢など一切考慮されない話である。

東洋城は妻を持たなかったが、女性を遠ざけたり、避けたりしていたわけではない。「落葉荘」にいたころ、訪ねてきた女性を弟子に目撃され、そのことを書かれたりしているが、それはむしろ、東洋城が木石《ぼくせき》ならぬ有情《うじょう》の人であったことがわかったと、温かみの感じられるエピソードとして披露されたものだった。

東洋城の俳句にも、しなだれかかる女に膝枕でもしてやったのか、

しぐるゝ灯女は膝に重きかな

という句もある。

また弟の新八郎によると、あるとき東洋城が「浅間（温泉）には美妓がいるといってたが、おれにも一度見せてくれないか」と注文したので、これは珍しいと、早速美妓数名を呼び、地元の俳句愛好者たちも集まって宴となった。そのなかで一番美しい芸妓《げいぎ》が東洋城に酌をしながら、「先生はなぜ奥さんをおもらいになりませんか」と唐突に言ったので、さすがの東洋城も虚《きょ》を衝《つ》かれ、開け放たれた部屋の窓から大空に輝く星を指さし、「あるよ。それ、あの星が私の妻だよ。お前さんは今本当にきれいだが、十年二十年たつと今にお婆さんになってしまうだろう。お星様はいつまでもきれいだからね」と言ったので、一座はドッと湧いたという。

ときには女性から言い寄られたことがあったかもしれず、いつもいつも星が妻にはならなかったかもしれず……。

『俳人風狂列伝』のなかで東洋城が関係したとされる女性は、当然のことながら某男爵夫人、同人某の夫人というふうに実名を書いていないため、俳人たちの仲間内でありがちな噂話だというふうに看過することもでき

る。人は「ここだけの話」が実に好きで、そのなかにはまさしく根も葉もないものがかなり多く含まれる。

だが、ここまで書かれ、それを真に受ける人がいると、東洋城の人間性は軽蔑されてもしかたないものとなる。事実、ある新聞の『俳人風狂列伝』の書評には、「色好みの美男子で女性問題をくり返した松根東洋城」と、好色漢のように書かれている。

石川がなぜ東洋城を〝風狂の俳人〟として取り上げたのかという理由として、文中に次のような説明がある。

「松根東洋城を『風狂列伝』に加える考えは私に毛頭なかった。小うるさい俳人、俳句師匠、くらいの噂は耳にしていたがそれを風狂扱いするほどの気分には到底ならなかった。が、ある人から東洋城を書いてみないかと意外な資料を送られ、小説の主題、俗世間にはザラにある事件だが俳句の鬼のような彼に、これほどの女好きな、人間くさい面のあるのを知ってこの列伝に加える気になった」

わずか数行の内幕話ではあるが、石川が俳句の鬼のような東洋城に、女好きな、人間くさい面があることを知ったのは、意外な資料を送ってきた「ある人」の存在があったからだとわかる。

確かにこの『俳人風狂列伝』には、東洋城の人間くさい面が描かれてはいるのだが、すくなくともその「ある人」は、東洋城の人間的な魅力を浮かび上がらせようというより、むしろ評判を落とすため、意図的にそうした資料を送ってきたとも想像できる。

その「ある人」とは、個人的に東洋城に怨みをもっていた人物か、あるいは俳句の世界で敵対関係にあった人物か――。

東洋城と敵対し、同人仲間の事情に詳しい、ということでまず脳裏に浮かぶのは、「あら野」を創設した人たちである。「渋柿」の同人を遮二無二引き抜こうとし、なかでも実力者の余子を取り込んだことで〝謀叛者〟呼ばわりされた人たちが、東洋城の悪評を広めることにより、自己正当化を図ったことも考えられるからである。

「あら野」の創設メンバーに上甲平谷（坪谷とも）という人物がいた。

平谷（本名・保一郎）は、かつては宇和島藩領であった卯之町《うのまち》という宿場町に、金物問屋の長男として生まれた。同地の開明小学校を卒業後、八幡浜商業学校に入学するが、商人になるための勉学が嫌で卒業一年前に退学した。うつうつと自宅で過ごしているとき、知人に借りた高浜虚子の処女小説『鶏頭』を読んで大いに感銘を受けた平谷は、やがて虚子の主宰する「ホトトギス」を購読するようになり、俳句に興味を持つようになった。当初、開明小学校の校長が俳句をしているというのでその人に習っていたが、あまりにひんぱんに来るので校長が音を上げたのか、「この人に教えを請え」と紹介されたのが、松山在住の村上霽月《せいげつ》であった。

河東碧梧桐が全国巡遊をしているとき、もうじきわが町に来ると知った平谷は、約二十キロ離れた大洲まで行って碧梧桐を迎え、大洲から卯之町まで同行したばかりでなく、さらに二十キロ先の宇和島へ向かうときもついていった。十六歳という元気盛りではあったが、人気役者の追っかけのようなことをしていたわけで、虚子から碧梧桐に乗り換えたというより、派閥など関係なく、ただただ俳句に夢中になり、有名な俳人に熱を上げていた少年であった。

その後、平谷は上京して早稲田大学文学部哲学科に通うようになり、句を見てもらっていた松山の村上霽月に紹介されて、東洋城に師事するようになった。

このとき、それまではどちらかといえば「ホトトギス」派、あるいは「日本」派であった平谷が、なぜ「渋柿」派に属してしまったのか。もともと最初に教えを受けた開明小学校の校長というのは、宇都宮閑子《うつのみやかんし》という、東洋城が若いころ宇和島の「移動式句会」で教えていた人物であったし、卯之町出身者ということからすれば、東洋城は旧藩主に連なる人物であるから、因縁浅からぬ関係ではある。

先述したとおり、上甲平谷は「あら野」の設立者の一人であるにもかかわらず、設立から三年ほどたったころ、出席すると返事していた大会を無断欠席し、同人二人を引き抜いて新たに「俳諧芸術」という俳誌を創刊、主宰。後年、同誌を「火焔」と改題した。

平谷はその雑誌に、自らの経歴とともに東洋城の悪癖としていくつかの例をあげ、のちに「天地阿吽《あうん》」と題した文章にまとめた。

「東洋城先生は一生独身であった。しかし女性関係が全くなかったといふわけではない。恋愛とは云へないかも知れないが、北白川宮妃殿下は東洋城の御母堂と姉妹の関係で、特に東洋城を愛されて居た模様である。東洋城は宮家の家政に常に出入りして居り、お互いに只ならぬ情はあったかと思はれる。先生には

妻もたぬ男と定め秋の風

といふ句があり、一生独身を通されたが、これは妃殿下への特別な心境であったかどうかは決定的ではない。しかしその後、先生にはいろいろの艶聞が噂されて居り、それが普通の女性でなく、人妻であることが特色づけられる。

いつだったか『あら野』時代、何かで皆で飲んだことがある。その時枚々《まいまい》君が酔って東洋城は油断ができない、いつ女房を取られるか知れないと云ったことがある。枚々君の奥さんはいつも丸髷《まるまげ》に結ってなかなかの美人であった。幸ひ何事もなく無事で終った。伊予の猴々《こうこう》君の友人が出征の留守中に、東洋城がその地の句会に出た時、その友人の家に泊って居て留守を守る奥さんへ炬燵の中で手を出したことがあった。戦地から帰った友人はこれ

を怒り、暴露したので、伊予の連中は皆で東洋城排斥の挙に出たことがある。かうした例は他にもあるが、一々並べたてることもあるまい。死者に鞭うつことは好ましくない。ただ私が『渋柿』の原稿を徹夜で書いて、それを女房に持たせたことがある。女房と対座した東洋城は羽織の紐を解いたり結んだりして落ちつかぬ様子であった。しかし何事もなく新宿へ出て映画を見せてくれただけで無事帰って来た。東洋城は私を多分に恐れて居たのであったらしい」

死者に鞭うつことは好ましくないと書きながら、これだけの例をあげているが、この文章にはいくつかの間違いや疑問点がある。

まず、北白川宮能久《よしひさ》親王の妻・富子のことを、平谷が「東洋城の御母堂と姉妹の関係」としているのは間違いで、東洋城の母は伊達宗城の娘であり、能久親王の妻となった富子は伊達宗徳《むねえ》侯爵の二女である。やや込み入っているのだが、宇和島藩の七代藩主・宗紀《むねただ》は子がなかったため、宗城を養子にもらって八代藩主にしたところ、その後、宗徳が生まれた。養子と実子の違いはあったものの、二人は兄弟となるのだが、宗徳は宗城を養父とし、九代藩主になった。したがって、東洋城は通常、富子のことを叔母とは言っていたようだが、富子と東洋城は形の上ではいとこ同士ということになり、年齢は富子が東洋城より十六歳上であった。

富子は薩摩の島津久光公爵の養女になったあと、北白川宮能久と結婚した。東洋城が明治四十三年から北白川宮御用掛を務めたことは事実だが、平谷が「お互いに只ならぬ情はあった」とする根拠については具体的に示されていない。

また東洋城が、伊予の猴々の友人が出征の留守中にその家に泊まり、留守を守る奥さんへ炬燵の中で手を出したという話も、夫人一人しかいない家に泊まるということが考えにくいうえに、戦時中ということは、東洋城が六十代後半という年齢である。こたつの中で手を出したという話が事実だとして、それが枚々の妻の時と同じく、「女房を取られる」と騒いだり、「何事もなく無事で終わった」というほど緊迫した状況だったのかどうか。夫が復員してから、こんなことがあったと言えるのは夫人しかいないわけで、「お年を召した東洋城先生のいたずら」という笑い話程度だったから話したのを、夫の方がまともに、もしくはそれ以上に、重大なことととして受け取ったとも考えられる。

また平谷が、東洋城の作として書いた「妻もたぬ男と定め秋の風」という句は「妻持たぬ我と定めぬ秋の暮れ」を間違って書いたようである。

平谷は俳人として、あるいは人として、どう評価すべき人物だったのか。

本人が書き記している自分の経歴では、知人に紹介されて入社した「婦人之友社」を、「出社遅く、退社の早い不良編集者のため、一年あまりで退職した」とある。

また、「あら野」設立の経緯については次のように書いている。

「さていつの年であったか、私は自分の雑誌を出したいと考へてゐた。恰度《ちょうど》その頃、中学時代からの友だちの神森が、日本銀行の局長になってをり、一度訪ねた時、お前も人の雑誌の手伝ひだけするのでなく、自分の雑誌を出せ、僕も十分後援してやるよと約束してくれた。雑誌を出す以上、東洋城の了解を受ける必要があらうと思って、私は早速訪問してその事を告げ、雑誌には是非先生の巻頭文か巻頭句をお願ひしたいと乞うた。すると先生はさっと蒼白になって、それは困る。君が雑誌を出せば『渋柿』が売れなくなる。それでは大変な事になるから、是非断念して欲しい。もしも家庭の事情で生活費といふのなら、僕が死んだら僕の財産を君に譲るといふ遺言を書くから、是非思ひ止まってもらひたいと哀願されるのであった。私は思はず吹き出して笑ひながら、そんなことはありませんよ、私の雑誌に先生の巻頭言か巻頭句が載れば『渋柿の子雑誌と思はれて益々大きくなるではありませんか』と云ったが、先生はどうしても承諾しない。しかたがないからぢゃあ失礼しますと云ってさっさと帰ってしまった。

尚この事は石木や仙臥にも了解してもらふ必要があると思って両君を訪ねた。勿論両君は賛成し、ことに石木は、どうも何《いず》れかうなると思って居た。大いにやり給へ。その時は僕も十分応援するからと云って励ましてくれたのであった」

また『あら野』から『俳諧芸術』へ移ったことについては、持病の眼が少し悪くなったので自宅にこもっていたところ、

「東洋城は無絃君を使として『渋柿句集』を出すので手伝ってほしいと云って来た。私は断った、すると折り返し東洋城自ら私の家へ来て、是非手伝ってもらひたい。もし君がいやと云っても三顧の礼と云ふことがあるから何度でもやってくると云ふ。それでは仕方がないから、では私の眼を一つつぶすつもりでお引受けしませうと承諾してしまった」

ということで、そのことが結果的に「あら野」を抜け出した理由になったとしている。

「このやうにして私は『あら野』から『俳諧芸術』へと『渋柿』を離れて行ったが、一時期私は東洋城に俳諧捨身行の実践を期待してゐた。私には妻子があり、生活に困って居た。一時は一切を捨てて一人になって道を求めたいと考へ、無謀にも妻子を国許の里に預けた。しかし宗活老師から、妻子が居るために道を求めることが出来ないやうな者は、妻子が居なくなっても決して求められるものではないと叱られて、結局元の通りになった。私

は芭蕉のやうにはなれない。妻子の絆のない先生だけはと、私は東洋城に私の出来ない俳諧の理想像を描いて居たのであった」

俳諧捨身行《しゃしんぎょう》とは、おのれの身をなげうって俳諧の道を求める修行のことである。

平谷は戦前「奥の細道」を旅し、七十歳で本格的登山を終えるまで、白馬岳、八ヶ岳、穂高岳、西穂高岳などの高山を登った。戦時中に俳誌統合が指令されると、加藤楸邨《しゅうそん》が主宰する「寒雷」に合同権を提供し、謄写版《とうしゃばん》刷りで「野守」という同人誌を発行し続けた。また、戦後は評論集『芭蕉俳諧』をはじめとする俳句関連の本を何冊か出版し、復刊した「火焔」を九十四歳で逝去するまで発行し続け、それは四百号にも達した。

平谷は芭蕉の研究はむろんのこと、山も好きで、その行動は東洋城とよく似ている。もしかすると、東洋城の説く俳諧道を最も忠実に実践しようとした人物であったかもしれない。

だが、俳句で身を立てることはできない。生活に困って妻子を国許に帰すことまでしたが、尊敬する禅僧・釈《しゃく》宗活《そうかつ》に叱られ、元に戻ったとある。

自分にできなかったことを東洋城に求め、俳諧の理想を描いたとあるが、東洋城が理想像どおりでなかったからこのように糾弾したというのだろうか。なにか屈折したものを感じさせる文章である。

『俳人風狂列伝』を書いた石川桂郎に東洋城の資料を送った「ある人」とは、この上甲平谷なのか、それとも別の人物なのか――。

「あら野」設立メンバーの一人である星野石木は、東洋城が京都帝大に行っていた明治三十八年頃からの知り合いで、三高俳句会のメンバーだった。東京帝大に進んでからも東洋城の指導を受け、連句にも熱心に取り組ん

でいた人物である。昭和三十五年三月、石木が他界したとき、東洋城が

春や昔三高句会連句会

の弔句を送ったのはそうした所以である。そしてその翌年、小杉余子も他界した。

南仙臥は戦時中、長野県の松本へ疎開し、戦後はそのまま信州大学附属病院の産婦人科部長を務めたが、のちに甲府病院長となり、退職後、東京に戻って自適の生活となった。東大で水原秋桜子に俳句の手ほどきをしたのはこの人で、「あら野」時代には、新しい俳句にいろいろチャレンジしたが、とうとう行き詰まり、「俳句がわからなくなった」と休俳してしまった。昭和四十四年十一月に没したから、石木、余子と同じく、仙臥も『俳人風狂列伝』を見ていない。

「ある人」が誰なのか、謎は謎のままだが、いずれにせよ、『俳人風狂列伝』が読売文学賞を受賞して高く評価されたことにより、東洋城は女好きで、しかも人妻好き、というのは定評のようになった。

だが、そういう話が出たとき、「東洋城先生に限って、そんなことあるはずがない」というのではなく、もしかすると本当かもしれないと受け取られてしまったのは、やはり東洋城の出自や独身を通した生き方なりに、そう思われる要素が多分にあったためだった。

東洋城に対しては、多くの人が「殿様」という印象をもっていた。それは俳句の世界でのことで、自分の意見を押し通し、人のことばに聞く耳を持たないという意味だったのだが、女性に対しても「殿様なら、気に入った女がいれば、うむを言わせず自分のものにしたかもしれない」と思われかねない、ある理由があった。

東洋城が生きてきた環境は、一般庶民には考えられない世界である。藩主には正妻がいて、側室がいる。後継ぎとなる男子をもうけるため、当事者にとっては当然ともいうべき制度であった。東洋城の祖父・伊達宗城は幕末、薩摩藩の五代才助《ごだいさいすけ》（友厚《ともあつ》）を通じて、イギリス公使パークスが宇和島に来航するよう働きかけた。宗城はイギリスの通訳アーネスト・サトウとも懇意になり、サトウは外国通の宗城を日本でも有数の英明な藩主だと評価するのだが、それほど〝進んでいる〟宗城ですら、彼ら外国人言うところの「ハーレムの主《あるじ》」なのだった。

東洋城が仕えた明治期の宮家もまた、そうした封建制を引き継ぐ階級だった。北白川宮能久は、若いころドイツに留学し、ドイツ貴族の男爵夫人と婚約するほど国際的で進歩的な人物だったが、日本でその結婚が認められなかったため、帰国後、土佐藩主の娘と結婚した。その女性と離婚し、富子と再婚したわけだが、正妻以外に五人の側室を持ち、十人の庶子を産ませ、薨去《こうきょ》後にその後胤《こういん》と認定された男子二人もいた。

東洋城はそうした世界で生きてきた。

ただ東洋城は、漱石やその門弟たちと交流することで目を開かされた。力のある親戚を頼れば、難なく援助の手を差し伸べてもらい、相応の地位と財力をもてる境遇にありながら、若いころは安月給の身分に甘んじてキュキュとした生活をし、行き場をなくせば、弟宅の三畳間を「三畳庵」、弟子宅の廊下の隅を「一畳庵」と呼び、自分の境遇を嘆くことなく生きていった。

また、東洋城自身はヨーロッパに行くことはなかったが、漱石はじめ寺田寅彦や小宮豊隆、安倍能成ら留学経験のある親しい人たちから、西洋の哲学や文学、芸術に関する話をふんだんに聞き、どのように新しい時代を生きていくべきかを考えた。

だが東洋城にとって不幸だったのは、スキャンダラスな噂を立てられたとき、さもありなんと思われがちな事件が周囲で数多く起きていたことだった。

東洋城が学生時代に世話になっていた柳原家の当主・義光は、東洋城の従兄にあたる。義光は昭和六年ころ、蒔田広城《まきたひろなり》（廣城）子爵から新派俳優上がりのやさ男・田中吉太郎を男色相手として紹介され、伯爵という身分を隠し、偽名を使って田中と会っていた。蒔田広城は伊達宗城の十一男である。

義光は、やがて田中に飽きて別の男娼を探し始めた。ところが華族に男娼を斡旋するブローカーがそのことを田中に告げ、二千円もの大金を手切れ金として取る画策をした。しかし義光にそんな大金はなかったため、これを退けると、彼らの態度は豹変し、脅迫しはじめた。困り果てた義光が築地警察署に告訴し、警察は華族の腐敗に呆れつつも極秘に田中らを取り調べていたのだが、やがてこれが国民新聞記者の知るところとなり、昭和八年九月四日付新聞の社会面に「奇怪　柳原義光伯に乱倫極まる行為」の大見出しに、「変態的全貌を暴露」の見出しすら加えられ、大きく報じられた。

このころ、昭和のはじまりとともに起きた金融恐慌や大恐慌による不況で国民は苦しみ、非常時の叫ばれているときにもかかわらず、こうしたスキャンダルを引き起こす華族に対し、国民は呆れた。額に汗して懸命に働いても、ろくに食べるものさえない貧しい身の上の農民や漁民、一般庶民のあいだに激しい反感が湧き上がり、新聞も「華族社会の醜聞」を暴いて、腐敗した華族を糾弾し続けた。

柳原家は、そもそも「白蓮事件」という燁子の不義密通事件からはじまり、義光の乱倫事件と、義光の娘で吉井勇伯爵と結婚した徳子も不倫騒動を起こして新聞で報じられ、スキャンダルまみれといった状態になった。また燁子の最初の夫である北小路資武《きたこうじすけたけ》子爵も、詐欺事件や恐喝容疑で検挙され、世襲華族制の末期的症状を露呈していた。

華族の醜聞は、明治のころからはじまっていたが、社会の顰蹙《ひんしゅく》を買うようになったのは大正に入ってからで、昭和にはそれが深刻化した。その背景には、第十五国立銀行の休業により、子爵、男爵といった下層華族が全般的に窮乏化し、なかばやむなく、その地位を利用してさまざまな詐欺事件に加担したということがあった。十五銀行は明治十年、岩倉具視が主導し、四八四名の全華族が金禄公債を出資してできた銀行で、俗に「華族銀行」とも呼ばれた。発足以降、鉄道事業などに出資して国の社会資本整備に寄与していたが、昭和二年に起きた昭和金融恐慌により、表向き「休業」とは言っていたものの事実上「倒産」し、華族たちを窮地に追いやった。

昭和の戦後になってからは、華族制度の廃止や財閥の解体がおこなわれ、親戚たちも貴族的生活に別れを告げざるを得なかった。

こうした経済不況とともに起きてきた文化的退廃や世代交代などで、昭和に入ってから華族の腐敗はさらに深刻化したのだった。

東洋城は、いうなれば近しい存在であった親戚のスキャンダルによって、腐敗華族と同類のように世間から邪推されかねない立場にあったわけで、石川桂郎に資料を送った「ある人」はそのことを十分踏まえた上で東洋城の資料を送ったものと思われる。

俳句のような生き方

芝青松寺《せいしょうじ》で東洋城の葬儀がおこなわれたとき、写真の前には昭和天皇から下賜《かし》された祭祀料《さいしりょう》が供えられ、病床で伝達された勲三等瑞宝章も輝いていた。友人総代の安部能成、高橋芸術院長、俳人協会を代表する水原秋桜子の弔詞のあと、渋柿主宰・野村喜舟の弔詞とともに

秋晴れの俄かに暗くなりにけり

の悼句が献じられた。安住敦《あずみあつし》、石川桂郎、林原耒井《らいせい》、竹原はん、堀口大学といった俳人や文人のほか、東京、関東、伊予、関西からやってきた渋柿同人たちが多数参列し、俳句一筋、独居自炊の果てに大往生を遂げた東洋城を悼んだ。

このなかに、異色ともいうべき経歴をもつ俳人がいた。秋元不死男《あきもとふじお》である。

戦前、俳句弾圧事件に連座して検挙され、後年、獄中の句を所収した句集『瘤《こぶ》』を刊行したことで知られる俳人である。戦後は山口誓子《せいし》の「天狼《てんろう》」創刊に参加し、のち「氷海《ひょうかい》」をつくって主宰となった。また昭和三十六年には「俳人協会」設立に参加し、初代会長に中村草田男、二代目会長には水原秋桜子が就任した。

東洋城の葬儀の日、秋桜子は俳人協会代表として出席することになっていたが、その日の朝、秋元不死男から電話があった。俳人協会として、東洋城先生に弔詞を差し上げてはどうかというのである。

「確かに、それはそうあるべきことなんだが、先生は協会に所属していなかったしね。渋柿社の意向も聞いてみなけりゃいけないんじゃないか」

と秋桜子が言うと、不死男は、

「実は、徳永山冬子さんにお電話してみたんですが、それを聞くと喜ばれて、ぜひ、というお話でした」

と言う。

「そうか。それなら……と言いたいところなんだが、実は今、僕は、締め切りの差し迫った原稿を書いていてね。僕が先生への弔詞を書くとなると間に合うかどうかわからないから、なんだったら秋元君、きみがその弔文を書いてくれないか。それを僕が御霊前で読むから」

そう言うと、不死男は
「私など、ほんの数回渋柿の句会に出たきりで、東洋城先生とはことばも交わしていません」

と、謙遜とも遠慮ともつかないことを言う。

「そんなこと言ったら、僕だって途中からホトトギスに行ってしまった恩知らずだ」

秋桜子はそう言って笑った。秋桜子は「渋柿」から「ホトトギス」に行ったが、虚子の花鳥諷詠や客観写生に飽き足らず、やがて新興俳句運動を起こし、「ホトトギス」も離れた。

不死男も笑いながら、わかりました、では書かせていただきますと言って、電話は切れた。


秋元不死男は本名秋元不二雄といい、いくつかの俳号をもっていたが、昭和二十二年からこの俳号にした。俳号をいくつももっていたのは、戦時中、「プロレタリア俳句」や「新興俳句」にたずさわっていたため、特高にマークされないようカムフラージュしたものだったが、不死男はそうした創作活動はしていても、共産主義者として非合法の活動をしていたわけではなかった。

明治三十四年、横浜に生まれた不死男は、十三歳のとき漆器の輸出商を営む父が病没し、以後母親が和裁の賃仕事や夜店の行商をして家計を支えたため、高等小学校を卒業するとすぐ、横浜火災海上保険会社に入社し、母を助けた。そこに渋柿派の俳人・守能断腸花や大村胡刀が上司としており、不死男が文学好きだとわかると、俳句をやってみないかとすすめた。多感な少年期を過ごすなかで何か心満たされるものがほしかった不死男は、句会について行くことにした。

だが不死男は、三、四回「渋柿横浜句会」に行ったものの、長続きしなかった。そのとき指導にきた東洋城の印象は、とにかく行儀にやかましくて、怖く、句会とはこんなに窮屈なものかという思いが脳裏に焼き付いて離れなかった。東洋城が最も怖かったころだった。

不死男は仕事をしながら一時期夜間学校に通ったが、これも続かず、学業を断念した後は文芸書を耽読《たんどく》して過ごし、やがて同人誌を出したり白樺派に傾倒したりして詩や短編小説を書くようになった。

昭和四年、東京外国語学校出の嶋田的浦《しまだてきほ》（本名襄）が入社してきて同僚となった。不死男は的浦と話をしているうち、兄である嶋田青峰《せいほう》のことをいろいろ聞くようになった。

青峰は早稲田大学を卒業後、英語教師をしていたが、職を失い、国民新聞社の「国民文学」編集部員となり、当時同紙にいた虚子の部下となった。やがて虚子は「ホトトギス」を立て直すため国民新聞を退社し、青峰は虚子から頼まれて、新聞社の仕事の傍ら「ホトトギス」の編集を手伝うようになった。

大正十一年、国民新聞社の句会である「国民吟社」の機関誌として「土上《どじょう》」が創刊され、最初は別の人が主宰していたが、のちに青峰が受け継いだ。不死男が的浦から兄を紹介され、「土上」に投句するようになったのはそのころである。

「土上」は、はじめのうちは温厚な生活感情を詠んだ句が中心であったが、青峰は若い人の新しい意見として、プロレタリア俳句やそれに関する評論などを掲載するようになった。昭和五年、その誌上で発表されたのが「プロレタリア俳句の理解」という文で、ペンネームはＡＢＣとあった。それは不死男が書いたものだった。

俳壇では、こうした文が掲載されることに奇異な目を向けたが、読売新聞の文芸部長が評価し、同紙に掲載したため、青峰は喜んだ。不死男は秋元地平線、東京三《ひがしきょうぞう》と俳号を変えながら「土上」を代表する俳人へと成長し、「土上」は新興俳句運動の流れを受けて、社会主義リアリズムの色彩を帯びるようになっていった。虚子の門弟らはこうした青峰の行動を批難し、のちに「ホトトギス」同人から除名した。

昭和九年、不死男は、歯科医ながら新しい感覚の俳句をつくる西東三鬼《さいとうさんき》らと交流し、新興俳句系の連絡機関の幹事を務めるようになった。

昭和十二年、日中戦争がはじまったころ、不死男が両毛線《りょうもうせん》に乗ると、偶然東洋城が三等車に乗っているのを見かけた。東洋城は渋柿の栃木支部があったことから、北関東方面にはよく出かけており、この日もすいていた列車でひとり座席に腰かけ、本を読んでいた。

不死男は、昔の自分のことなど覚えているはずがないだろうと思いながらも、あいさつしようかどうしようかとしばらくためらった。だが、「土上」という異なる舞台ではあるが、自分が俳句をやっていることに間違いないのだから、とにかくあいさつくらいはしなくてはと思って近づいていった。そして声を掛け、昔、守能断腸花に連れられて三、四回、渋柿横浜句会へうかがったことがありますと言うと、東洋城はひょいと顔をあげてちらっと不死男を見たが、何も言わず、また本を読み続けた。

不死男も声を掛ける前、おそらくそういう結果になるだろうと覚悟していたので、すこし間を置き、「いつもお変わりなくて……」と頭を下げると、そこを離れ、遠くの座席に移っていった。

東洋城にしてみれば、これまでどのくらいの人を相手に、句会や俳諧道場を開いたか数え切れない。おそらく全国にすれば何千、もしかすると万を超える人数に上るであろう。句会のつど、講演のつど、東洋城は俳諧根本義を説き続けてきたが、通行人のように、ただ自分の脇を通り過ぎていった人がどれほどいたことか――。同郷で名をなした俳人・石田波郷《はきょう》も富澤赤黄男《とみざわかきお》も、そうした人たちだった。

不死男が名を挙げた守能断腸花は、関東大震災の翌年、なんということはないただの感冒から肺炎になり、三十七歳という若さで子ども三人を残し、死んでしまった。渋柿の同人にしては珍しく、大胆で、奇想な句を多

く作り、東洋城は彼を高く評価して、亡くなったときは

落椿ことに濃かりし汝かな

と、その才能を惜しんだ。もうその死から十数年が過ぎている。断腸花の名を聞いて、ひょいと見上げてはみたが、相手の顔に見覚えはない。覚えがなくても適当に受け答えするような愛想や如才なさは、東洋城にはない。覚えのない人には、態度でそう示す。

不死男は、東洋城の指導を受けたといっても句会でほんの数回句を見てもらったに過ぎず、そのときも直接ことばをかけられることはなかった。そしてこの日も、ほんの数十秒、列車内であいさつをしたのを最後に、東洋城が亡くなるまでのおよそ三十年間、ついに面と向かってことばを交わす機会はなかった。

だが不死男は、生まれてはじめて俳句というものを作り、人の前に出したのは渋柿横浜句会だったので、俳句をなりわいとして生きていくようになった自分にとって、この時期のことは忘れられない思い出だった。

昭和十五年、「土上」が終刊すると、不死男は西東三鬼らと「天香」を創刊したが、翌十六年から、治安維持法違反という名目で新興俳句弾圧事件が始まり、粉雪の降りしきる二月の未明、二人の刑事に踏み込まれた。不死男は、目を覚ました子どもを見ながら妻の着せかける二重回し（コート）を着て連行され、昭和十八年までの二年間、獄中にあった。

降る雪に胸飾られて捕へらる
青き足袋穿いて囚徒に数へらる

虱《しらみ》背をのぼりてをれば牢しづか
冬シャツ抱へ悲運の妻が会ひにくる

不死男は、もし自分が渋柿句会に出たことが機縁になり、そのまま熱心に句作を続けていたとしたら、どういう道を進んだだろうかと想像した。馬鹿げているとは思ったが、まったく意味のない空想とも思えなかった。というのも、熱心に俳句をつくっていると、いつのまにか心のなかに「俳人格」といったものが生まれ、人にもよるが人間性が変わってしまうことすらある。同じ俳句でも、季題を大切に思う人とそうでない人とでは、俳句に対する考え方以上に、ものの考え方がどこか違ってくる。

それは、教えを受けた師によっても変わってくる。不死男は、自分が青峰門とならず東洋城門だったら、どうだったろうと考えた。おそらく俳句弾圧事件はなかっただろうし、失業することもなく、ずっと横浜火災海上保険で勤め人をしていたかもしれないと思う。だがそうであれば、自分が獄中で詠んだ句や、それらを入れた句集『瘤』が生まれることもなかった。

投獄の経験は不死男にとって大きな転機となったが、この当時、新興俳句弾圧事件で投獄された俳人のうち、獄中での句をまとめたのは不死男だけで、これを読んだ人々に強烈な印象と感銘を与えた。

治安維持法違反のかどで検挙された俳人たちは、「句作をやめれば釈放してやる」と言われた。口で「やめる」というのは簡単だが、心の底から湧き上がってくる感情やことばを止めることはできない。それにも増して、紙も鉛筆もなく、頭に浮かんだ句を書き留めることもできない状況下で、それを記憶しておくことも容易ではないのにそうしてしまうのは、俳人にとって句作をやめることは、感じたり、表現したりするのをやめることで、それは生きるのをやめることにも等しいからだった。

俳句は人をつくる。作句すればするほど、まるで俳句という怪物が人間に乗り移るかのように、人は変わってくる。不死男は自分自身の経験からしても、戦前の無季俳句をつくっていたころと、季題を厳守する戦後になってからを比べると、ものの考え方が大きく変わったように思った。

そう考えていくと、芭蕉を師とする東洋城がなぜあれほどまで伝統に執着し、ある時期からは厳しいまでに生活を簡素にし、名利《みょうり》を嫌い、時流に超越し、門弟たちにやかましいほど教えを言って求道を説いたかが、よく理解できる。俳句の方向性は違うが、それでも不死男は、東洋城がまさしく俳句に一生をかけた人であったことに敬服せずにはいられなかった。

東洋城は、自分を俳句に任せきった人として、生き方そのものが俳句のように簡素で、頑固で、少々のことではびくともしない俳人だった。不死男はそういう意味で、一度も東洋城の謦咳《けいがい》に接しなかったにもかかわらず、その死を心から悼まずにはいられなかった。

秋桜子は青松寺で、不死男が書き上げたばかりの弔辞を受け取り、それを東洋城の霊前で読み上げた。不死男の書いた弔辞は立派で、文章の一行一行に心がこもっており、秋桜子は読みながら感動した。

それは、不死男が若いころ渋柿社の俳句会に出席し、東洋城の指導を受けたころのことを思い浮かべながら書いたものに違いなかったが、その時期は、秋桜子が俳句を始めたころとほぼ同時代だったようで、東洋城が最も怖かったころだった。

その怖さが懐かしさに変わり、秋桜子は胸がいっぱいになった。

あとがき

私が松根東洋城翁の評伝を書こうと思ったのは、漱石に関する本を書いたことがきっかけでした。その取材の一環で、東洋城が一時期身を寄せていた伊予の惣河内《そうこうち》神社（現東温市）を訪れ、「一畳庵」と称して暮らしていた社務所の廊下の隅っこを見たとき、東洋城とは一体どんな人だったのだろうと興味を抱いたのです。

また、漱石の個性的な弟子たちのなかでも、特に面白いエピソードに事欠かなかったことに加え、やはり同郷ならではの親しみや誼《よしみ》のようなものがあり、この人のことをもっと知りたいと思いました。

しかし、それは思った以上に困難なものでした。すでにこの世にいない人について書くには、資料にあたるしかないのですが、書き始めた当時、そもそも俳誌「渋柿」がすべて揃っている公共機関（図書館）がありませんでした。

それでも、ご親戚の松根敦子氏の知遇を得てご自宅を訪問したり、ご紹介いただいて渋柿社の松岡潔氏にもお目にかかったりし、書けるところまでは書いたのですが、ある時点から筆が進まなくなりました。というのも、私自身が俳句の門外漢で、東洋城が生涯をかけて追求した俳諧精神を理解できなかったことがその原因でした。

当時、私自身が多忙だったこともあり、取材先に書き上げられなかったことをお詫びして、長年そのままにしていたのですが、ふと、調査や執筆に費やした時間や労力がかけがえのないもののように感じられ、再び東洋城に向き合う気持ちになりました。加えて、人の一生をたかだか数百ページで書くこと自体無理な話で、自分がその人物をどう見たのか、その一断面を切り取るしかないのではないかと思い至り、東洋城の人生そのものに焦点を当てることによって、ようやく書き上げることができました。

しかし、「渋柿」に登場してくる俳人たちが、本名を含め、どのような経歴、句歴を持つ方であったのか、いずれ松岡潔氏にお尋ねするつもりだったのが、数年前、鬼籍に入られ、その機会が得られませんでした。私自身の決断の遅さが原因とはいえ、悔やまれてなりません。本書をお読みいただいた方のなかに、お気付きのこと、ご存じのことなどありましたら、ぜひお知らせいただければと思います。

子規や子規につながる人たちのことは比較的多くの人によって研究され、書かれていますが、孤高の俳人・東洋城はあまり顧みられることがなかったような気がします。本書に引き続き、私の手に負えなかったさまざまなことをテーマに、新たな東洋城像がいろいろな人によって書かれるようになれば、著者として嬉しく思います。

二〇二一年夏

中村英利子

○参考文献

『東洋城全句集　上巻・中巻・下巻』　東洋城全句集刊行会
『黛』　松根東洋城　秩父書房
『薪水帖』　松根東洋城　同文社
『列伝・日本近代史』　楠精一郎　朝日新聞社
『松根図書関係文書』　三好昌文　近代史文庫
『定本漱石全集 別巻』より「先生と病気と俳句」　松根東洋城

「渋柿」　渋柿社（順不同）

幼い詩情　松根東洋城／松中時代　松根東洋城／大震罹災記　松根東洋城／山籠解脱の記　松根東洋城／談話筆記　漱石を語る　松根東洋城／棒杭　松根東洋城／終焉記　松根東洋城／終焉記後記　松根東洋城／落木林森　矢ヶ崎通ひ　松根東洋城／山男現はる　松根東洋城／流浪記　松根東洋城／隠居之辞　松根東洋城／東洋城を憶ふ　新野良隆／兄東洋城と私　松根新八郎／大礼服炎上　石川笠浦／宮内官松根豊次郎　東洋城像下書・前篇　長川虎彦／大葬使から大礼使へ　東洋城像下書（前編残稿）　長川虎彦／佐伯松花先生の思い出　豊竹春野／はぎ女への手紙　池上浩山人／しみじみとした先生　沢田はぎ女／俳句における音韻的音調　西岡十四王／東洋城先生と私　井下猴々／松根東洋城君のこと　安部能成／若様　小林臍斎／俳諧伊豫（中）「今治出迎、松山へ」　井下猴々／「御遺骨礼拝」　西岡十四王／東洋城雑俎　牧野寥々／三畳庵の頃　石川笠浦／あら野　石川笠浦／薄かった縁　小島夕哉／余子の手紙　小島夕哉／孤高と孤独　野口里井／Sの話　秋元不死男／食ひ物その他　藪宕山／晩年の東洋城先生　松岡六花女／渋柿継承と山冬子主宰　牧野寥々／晩年の東洋城　松岡凡草／漱石先生と運座　守能断腸花／城先生と私　石川笠浦／師をめぐる人人　高畠明皎々／佐伯松花先生の思い出　豊竹春野／兄東洋城と私　松根新八郎／国立大蔵病院　火野艸

／顧みれば　徳永山冬子／東洋城孤高の胚胎　野口里井／東洋城先生病床記　松岡六花女／鍛錬　中矢蘇木／葬送記　野口里井／座談会「渋柿六百号」を語る（出席・水原秋桜子・秋元不死男・安住敦・楠本謙吉　司会・徳永山冬子）／東洋城青春時代を語る（聞き手　吉田洋一）
『松根東洋城と岡田燕子』米田双葉子　伊予民俗の会発行
「俳句ジャーナル」東洋城俳句観を語る（聞き手・吉田洋一）浩山人　文芸新聞社
『寅彦と三重吉』　津田青楓　万葉出版社
『黛石』　佐伯巨星塔　「黛石」刊行会
『恋の華・白蓮事件』永畑道子　文芸春秋
『明治・大正・昭和　華族事件録』　千田稔　新人物往来社
『明治俳壇史』　村山古郷　角川書店
『大正俳壇史』　村山古郷　角川書店
『昭和俳壇史』　村山古郷　角川書店
『虚子と「ホトトギス」』　秋尾敏　本阿弥書店
『父・夏目漱石』夏目伸六　文芸春秋新社
『俳人風狂列伝』　石川桂郎　角川選書
『人のこと自分のこと』　小宮豊隆　角川書店
『漱石・寅彦・三重吉』　小宮豊隆　岩波書店
「俳句研究」松根東洋城と小杉余子のあいだ　小笠原樹々
『渋柿俳句一〇〇〇号史』　松岡潔　渋柿社

「俳句」松根東洋城特集　座談会「東洋城を囲んで」吉田洋一・楠本謙吉
「俳句」松根東洋城と渋柿　三輪青舟
「俳句」人としての松根東洋城先生　三輪青舟
「俳句」東洋城翁の京都時代　亀田小蛄
「俳句」遠い思い出　松根東洋城先生のこと　秋元不死男
「俳句」思い出片々　水原秋桜子
「俳句」軽井沢の松根東洋城　吉田洋一
「俳句」松根東洋城のこと　小宮豊隆
「科学ペン」若かりし日を語る　松根東洋城
句集「寒暁」徳永山冬子　渋柿図書刊行会
句集「花径」　徳永善枝　渋柿図書刊行会　（後記より）
句集「心月抄」　徳永善枝　渋柿図書刊行会
『胸に突き刺さる恋の句』谷村鯛夢　論創社
『定本 高浜虚子―並びに周囲の作者達』水原秋桜子　講談社文芸文庫
「火焔」天地阿呍　上甲平谷
『漱石と松山』中村英利子　アトラス出版
「伊予細見」（WEB）東洋城と五人姉妹

○取材協力［敬称略］　松根敦子　松岡潔（故人）　米田双葉子（故人）　宇和島市立伊達博物館

○写真提供　日本近代文学館　国立国会図書館　大洲市立博物館　澄田恭一

凡例

○俳句および引用文の仮名づかい
読者の読みやすさを優先し、現代仮名づかいを基本としていますが、正確を期すものについては、一部そのままにしているところもあります。
○俳句および随筆のルビについて
作品にルビが入っていないものであっても、現代の人には読みづらいと判断したものについては、ルビを振っています。
○表現が難解なもの
「ホトトギス第十二巻五号」に掲載された、松根東洋城の沢田はぎ女の句の評釈については、一部意訳しています。

中村英利子（なかむら　えりこ）

愛媛県松山市出身　1948年生まれ
文化誌「Atlas（アトラス）」編集長などを経て、出版の仕事に携わる。

著書および編著書
『兵頭精、空を飛びます！』『海と真珠と段々畑』『漱石と松山』
『宇和島をゆく』『新松山紀行』『水郷の数寄屋　臥龍山荘』（共著）
『大洲城下物語』（共著）ほか

受賞
愛媛出版文化賞『兵頭精、空を飛びます！』『水郷の数寄屋　臥龍山荘』
『渋柿の木の下で』

渋柿の木の下で　孤高の俳人・松根東洋城の生涯

2021年8月30日　初版第1刷発行
2022年4月21日　第2刷発行

著　者　中村　英利子
発行人　中村　洋輔
発　行　アトラス出版
〒790-0023　愛媛県松山市末広町 18-8
TEL 089-932-8131　FAX 089-932-8131
HP　http : //userweb.shikoku.ne.jp/atlas/
E-mail　atlas888@shikoku.ne.jp

印　刷　株式会社シナノパブリッシングプレス